LE NECRONOMICON

DANS LA MÊME COLLECTION

Le grand et le petit Albert
Grimoires et rituels magiques

Le Necronomicon

précédé de
Histoire du Necronomicon
par Howard-P. Lovecraft

Préface
de Paul R. Michaud

Introduction
de Colin Wilson

Textes et notes
de Robert Turner, David Langford,
Dr Stanislaus Hinterstoisser,
L. Sprague de Camp, Christopher Frayling,
Angela Carter

Postface
de Joseph Altairac

Édition publiée sous la direction de
George Hay

le pré aux clercs

Titre original :
THE NECRONOMICON
par Neville Spearman, Jersey.

Illustrations de Gavin Stamp et Robert Turner.

Traduit de l'anglais par FRANÇOISE REY-SENS

ISBN : 978-2-84228-340-7
N° d'éditeur : 300

Ce livre est dédié à ma fille Alison Hay.
Peut-être lui donnera-t-il beaucoup à penser,
mais à quoi bon un livre qui ne donne pas à penser ?
Je le lui dédie avec toute mon affection.

George Hay
Sudbury, le 1er décembre 1977

SOMMAIRE

The NECRONOMICON,

OR,

The book of dead names.

Written by the Moor: El Hazzared,
Done into English by Iohn
Dee, *Doctor.*

Imprinted at ANTVVERPIAE
1571.

AVERTISSEMENT

Tout d'abord, je voudrais dire que la compilation de cet ouvrage doit beaucoup à Ken Slater, pour certaines raisons qui n'ont pas leur place ici, mais que lui-même connaît bien. Cela dit, quelques mots s'imposent sur ce qui suit.

Peut-être ce livre plaira-t-il à la fois aux personnes très crédules et à celles qui sont particulièrement incrédules. En fait, il n'a pas été écrit à l'usage exclusif des unes ou des autres, mais pour les hommes et les femmes qui font la part des choses – ceux qui, comme disait Krishnamurti, savent voir le faux dans le vrai et le vrai dans le faux. Les passionnés de magie, ceux qui s'intéressent aux mythes de Lovecraft, devraient être également comblés – mais on peut y trouver d'autres centres d'intérêt. Certains, j'imagine, ne considèrent tout cela que comme une « évasion par la magie », une espèce d'échappatoire au monde sinistre et morne des épreuves et de la mort. Dans ce cas, ils se trompent. Qu'ils y regardent donc de plus près…

George Hay
Sudbury, le 1er décembre 1977

HISTOIRE
DU « NECRONOMICON »

par H.P. LOVECRAFT

Résumé court, mais complet, de l'histoire de ce livre,
de son auteur, des diverses traductions et éditions depuis
sa rédaction (en 730) à nos jours
Édition commémorative limitée
Wilson H. Shepherd, The Rebel Press,
Oakman, Alabama

Le titre original était *Al-Azif*, Azif étant le terme utilisé par les Arabes pour désigner le bruit nocturne (produit par les insectes) supposé être le murmure des démons.

Composé par Abdul al-Hazred, un poète fou de Sanaa, au Yémen, qui aurait vécu à l'époque des califes Omeyyades, vers l'an 700. Il visita les ruines de Babylone et les souterrains secrets de Memphis et passa dix années dans la solitude du grand désert au sud de l'Arabie, le *Roba el-Khaliyeh* ou « Espace vide » des anciens et le *Dahna* ou « désert écarlate » des Arabes modernes. On dit que ce désert est habité par des esprits qui protègent le mal et des monstres de mort. Ceux qui prétendent y avoir pénétré racontent qu'il s'y produit des choses étranges et surnaturelles. Pendant les dernières années de sa vie, Al-Hazred vécut à Damas, où il écrivit le *Necronomicon (Al-Azif)* et où circulent des rumeurs terribles et contradictoires concernant sa mort ou sa disparition, en 738. Son biographe du XIIe siècle, Ibn-Khallikan, raconte qu'il aurait été saisi en plein jour par un monstre invisible et dévoré de façon horrible devant un grand nombre de témoins glacés de peur. On raconte aussi beaucoup de choses sur sa folie. Il prétendait avoir vu la fameuse Irem, la cité des Piliers, et avoir trouvé sous les ruines d'une certaine cité du désert les annales et les secrets d'une race plus ancienne que l'humanité. Il fut un musulman peu zélé, adorant des entités inconnues qu'il nommait Yog-Sothoth et Cthulhu.

En l'an 950, le *Azif*, qui avait circulé en secret parmi les philosophes de l'époque, fut secrètement traduit en grec par Theodorus Philetas de Constantinople, sous le titre de *Necronomicon*. Pendant un siècle, à cause de lui, se déroulèrent certaines expériences terribles, de sorte que le livre fut interdit et brûlé par le patriarche Michael. Après cela, on n'en parla plus que furtivement mais, en 1228, Olaus Wormius en fit une traduction latine, qui fut imprimée deux fois, l'une au XVe siècle, en lettres noires (en Allemagne vraisemblablement), et l'autre au XVIIe siècle (probablement en Espagne). Les deux éditions ne portaient aucune mention particulière et c'est seulement par leur typographie qu'on peut supposer la date et le lieu de leur impression. L'ouvrage, dans sa version grecque comme dans sa version latine, fut interdit par le pape Grégoire IX en 1232, peu après sa traduction en latin qui avait attiré l'attention. L'édition arabe originale avait été perdue à l'époque de Wormius, comme il est dit dans la préface (une vague allusion est faite à une certaine copie secrète retrouvée à San Francisco au début de ce siècle mais qui aurait disparu dans le grand incendie). Aucune trace de la version grecque, imprimée en Italie entre 1500 et 1550, depuis l'incendie de la bibliothèque d'un certain habitant de Salem en 1692. Il y aurait également une traduction faite par le Dr Dee, qui ne fut jamais imprimée et dont des fragments viendraient du manuscrit original. Des textes latins qui restent, l'un (du XVe siècle) serait enfermé au British Museum et l'autre (du XVIIe siècle) est à la Bibliothèque nationale de Paris. Une édition du XVIIe siècle est à la bibliothèque Widener à Harvard et une autre à la bibliothèque de l'université Miskatonic à Arkham ;

une autre également à la bibliothèque de l'université de Buenos Aires. Il existe probablement de nombreuses autres copies secrètes et une rumeur persistante assure qu'une copie du XVe siècle ferait partie de la collection d'un célèbre millionnaire américain. Une rumeur plus faible assure qu'une copie du XVIe siècle du texte grec serait la propriété de la famille Pikman de Salem ; mais cette copie aurait disparu avec l'artiste R.U. Pickman, en 1926. L'ouvrage est sévèrement interdit dans la plupart des pays par les autorités et par toutes les branches des Églises organisées. Sa lecture entraîne des conséquences désastreuses. C'est après avoir entendu parler de ce livre (peu connu du grand public) que R.W. Chambers a tiré l'idée de son roman *Le Roi en jaune*.

CHRONOLOGIE

1. *Al-Azif* écrit vers 730 à Damas par Abdul al-Hazred.

2. Traduction en grec du livre qui devient le *Necronomicon* en 950, par Theodorus Philetas.

3. Brûlé par le patriarche Michael en 1050 (le texte grec). Le texte arabe est perdu.

4. Olaus Wormius traduit le texte grec en latin, en 1228.

5. Les éditions latine et grecque sont détruites par Grégoire IX en 1232.

6. En 14… (?) édition en lettres noires, en Allemagne.

7. En 15… (?) le texte grec est imprimé en Italie.

8. En 16… (?) traductions en espagnol du texte latin.

Le texte ci-dessus est celui de « Histoire du Necronomicon *» tel qu'il fut publié dans une édition très limitée par Wilson H. Shepherd en 1938 et réimprimé plus tard par Marc A. Michaud et Paul R. Michaud qui découvrirent son contenu parmi les papiers de H.P. Lovecraft. Un fac-similé de l'édition originale de 1938 peut être demandé à Necronomicon Press, 101 Lockwood Street, West Warwick, Rhode-Island, 02893, U.S.A.*

PRÉFACE
AU « NECRONOMICON »

par Paul R. MICHAUD

Si la publication du Necronomicon, *écrit en 730 par l'Arabe dément Abdul al-Hazred, n'a été entreprise que très récemment, c'est sans aucun doute parce que tous les contacts avec ce livre se sont terminés tragiquement au cours des âges. De nombreuses personnes, parmi lesquelles l'éminent Charles Dexter Ward, de Providence, Rhode-Island, sont devenues folles ou ont simplement disparu après la lecture du* Necronomicon *; aussi le livre a-t-il été banni dans la plupart des pays du monde. En vérité, si cette édition française du* Necronomicon *a réussi à voir le jour, c'est seulement parce que les membres de la commission de contrôle, qui possède le pouvoir de censurer les livres et les films en France, n'ont pu, après une certaine tendance à interdire la publication de ce livre en France, réussir à prendre une décision définitive à l'encontre de cet ouvrage.*

Le contact initial avec le Necronomicon *peut conférer certains pouvoirs magiques, mais par la suite sa lecture, comme le souligne le célèbre auteur Howard Phillips Lovecraft, « peut avoir des conséquences terribles ». Il a découvert qu'une copie du* Necronomicon *avait dormi pendant des siècles sur les rayons poussiéreux de la bibliothèque de l'université de Buenos Aires. C'est la découverte de l'ouvrage qui a valu la gloire à son bibliothécaire d'alors, l'écrivain Jorge Luis Borges, mais c'est également à sa lecture prolongée du* Necronomicon *que l'on attribue sa cécité. Un sort semblable a frappé les innombrables chercheurs qui ont tenté d'arracher son secret à ce livre sacré.*

Bien que l'existence du Necronomicon *ait été prouvée de longue date, une école de pensée prétend, sous la direction de l'éminent universitaire élève de Lovecraft, S.T. Joshi, de la* Miskatonic University, *dont la thèse est parfaitement convaincante, que le* Necronomicon *n'a jamais existé ; s'il semblait exister, ce n'est que parce que le célèbre écrivain H.P. Lovecraft, spécialiste de littérature d'horreur et de mystère, en a fait une telle exégèse que c'est sa prose qui lui a donné une vie propre.*

Selon Joshi, qui a fait des recherches considérables sur cette publication, le nom de ce livre célèbre est d'abord apparu à Lovecraft sous la forme d'un rêve. L'étymologie, du grec nekros *cadavre,* nomos *loi et* eikon *image, éclaire le titre du livre : l'image de la loi des morts. Lovecraft a aussi fait remarquer qu'il avait trouvé le titre arabe original* Al-Azif *(l'équivalent de* Necronomicon) *dans les notes d'un certain Samuel Henley à propos du* Vathek *de William Beckford.*

Bien que Lovecraft ait mentionné le titre de l'ouvrage dans son livre La Meute *(1922), certaines allusions y sont faites dans des textes plus anciens. Dans* La Déclaration de Randolph Carter *(1919) il est fait mention d'un livre « en des caractères indéchiffrables qu'il (Harley Warren) avait rapporté d'Inde » mais il ne peut s'agir du* Necronomicon *car les détails sont tous faux. Abdul al-Hazred (nom qu'il a apparemment modelé sur celui de ses ancêtres, les* Hazard, *famille très respectée à Rhode Island) apparaît d'abord dans* La Ville sans nom *(1921).*

Après La Meute, *le* Necronomicon *est cité dans les histoires suivantes :* La Fête *(1923)*, L'Appel de Cthulhu *(1926)*, L'Horreur de Dunwich *(1928)*, Celui qui murmure dans le noir *(1930)*, Dans les montagnes de la folie *(1931)*, Les Rêves de la maison hantée *(1932)*, La Chose sur le seuil *(1933)*, L'Ombre hors du temps *(1934-35) et* Le Chasseur de l'ombre *(1935). Le* Necronomicon *fut donc plus ou moins une création tardive de Lovecraft, à laquelle il ne fit que rarement allusion avant 1928 mais dont il fait usage dans presque toutes ses nouvelles après cette date. Il rédigea une « Histoire du* Necronomicon *», dont le texte fait l'objet de cette édition, vers la fin de*

1927, qui ne fut publiée que vers 1938 dans le pamphlet de Wilson Shepherd.

Pourquoi Lovecraft créa-t-il le Necronomicon ? *Nous ne pouvons que citer le correspondant de Lovecraft, Fritz Leiber, auteur lui-même* (Un Copernic littéraire) : « *Il semble que Lovecraft l'ait utilisé comme une porte d'accès au royaume des merveilles et des mythes dont l'entrée lui était fermée par son acceptation du nouvel univers des sciences et du matérialisme. Cela lui permit de maintenir dans ses contes quelques passages de cette prose poétique, résonnante et colorée qu'il aimait mais qui ne correspondait pas au style scientifique et réaliste de la fin de son œuvre. Cela lui donna une unité d'atmosphère qu'il aurait dû, autrement, recréer pour chaque œuvre. Cela illustrait parfaitement sa conception copernicienne de ce nouvel univers scientifique, vaste, étrange et aux possibilités mystérieuses infinies. Enfin, ce fut la clé d'un monde "réel" bien plus fascinant encore que le cosmos aveugle et sans but dans lequel il dut vivre tout au long de sa vie.* »

Cependant, en dépit de la qualité impressionnante des preuves que le Pr Joshi rassemblait à l'appui de sa thèse, le témoignage de ceux qui ont vu le Necronomicon *et l'ont réellement eu en main est tout aussi saisissant. Un lecteur des* Histoires extraordinaires, *dans une lettre à l'éditeur de cet ouvrage, relate en 1952 qu'il a vu et parcouru un exemplaire du* Necronomicon.

« Cela se passait en 1927 à Honolulu, aussi curieux que cela puisse paraître. Il "appartenait" à un Levantin douteux que je rencontrai dans des circonstances équivoques. Celui-ci m'autorisa à examiner l'ouvrage pendant presque une demi-heure. C'était un volume in-quarto et sa reliure avait manifestement subi de nombreuses réfections à en juger d'après celle d'alors d'un cuir vert noirâtre crevassé et fendu. Il comportait un peu plus de 400 pages, dans un état déplorable. De nombreux feuillets manquaient, beaucoup étaient abîmés et le temps les avait rendus fragiles. Partout étaient gribouillés des commentaires en toutes les langues. Il subsistait assez de la page de titre pour qu'on puisse y lire que le volume avait été imprimé à Londres en 1632. Je pense qu'il devait s'agir d'une édition privée très restreinte, probablement remaniée par Wormius (ainsi que le désigne H.P. Lovecraft). Le livre, écrit en latin, était médiocrement imprimé en caractères noirs et grossiers. Bien que ne parlant pas cette langue couramment, je la comprenais suffisamment pour être convaincu de me trouver en présence de l'ouvrage authentique. Le Necronomicon, *tel que j'ai pu l'appréhender pendant le court laps de temps où je l'ai eu entre les mains, semble se diviser en trois parties principales : 1. Une histoire de la magie et de la démonologie sur notre planète ; 2. Un symposium sur les rapports entre la terre et d'autres sphères et espaces, tels que "Yuggoth" ; 3. Une*

incroyable variété et collection de sorts, formules et incantations.

« Je sais parfaitement que H.P.L. connaissait très bien le Necronomicon *et qu'il devait sans doute en posséder un exemplaire ou, au moins, en avoir un à sa disposition. J'ai recherché en particulier l'origine d'une de ses citations authentiques tirée de cet ouvrage et l'ai trouvée dans la Deuxième Partie :*

Mortuus non credite illud quin latet aeterno
Quum per saecula mira Mors etiam pereat[1]. »

Quelle preuve plus convaincante pourrait-on souhaiter de la véritable existence du Necronomicon ? *Nous posâmes cette question au Pr Joshi qui répondit, par le truchement d'un intermédiaire s'exprimant avec une voix mystérieuse, bien que très proche de la sienne, qu'il consacrait tout son temps au décryptage d'un volume que l'on venait d'exhumer dans les sous-sols de la Bibliothèque John Hay de l'université de Miskatonic et qu'il n'apporterait une réponse à notre question qu'à une date ultérieure. Nous reçûmes peut-être la meilleure réponse que nous aurions jamais pu obtenir : pas de réponse du tout. Un an s'est maintenant écoulé depuis notre dernière rencontre avec Joshi dont la disparition virtuelle de cette planète paraît confirmer ce*

1. Cf. *H.P. Lovecraft in the Eyrie*, West Warwick, Rhode Island : The Necronomicon Press 1979, pp. 63-64.

dont nous nous doutions – que le Necronomicon *a, en fait, existé, que c'est assurément un ouvrage extrêmement puissant, à tel point que le lecteur éventuel mériterait d'être mis en garde quant aux terribles conséquences qui risqueraient de s'ensuivre.*

Paul R. Michaud

Providence, Rhode Island, 22 juillet 1979

INTRODUCTION

par Colin WILSON

Feu August Derleth, ami et éditeur de Lovecraft, me dit un jour qu'il recevait souvent des lettres de lecteurs qui voulaient savoir s'il possédait réellement une copie d'*Al-Azif* ou le *Necronomicon*, de « l'Arabe dément Abdul al-Hazred », ou s'ils pouvaient vraiment en consulter une copie à la Bibliothèque de la Miskatonic University à Providence. Il devait toujours répondre la même chose : bien que de nombreux ouvrages de magie mentionnés par Lovecraft existent réellement, le *Necronomicon* n'est qu'une invention.

Chez Derleth, à Arkham House (juste à la limite de Sauk City, dans le Wisconsin), assis dans la bibliothèque et dégustant un excellent vin rouge de Californie, je demandai à celui-ci s'il pensait que Lovecraft avait pris un texte de magie déjà connu comme point de départ d'*Al-Azif*. « Pas un texte de magie, répondit Derleth. Autant que je sache, il s'est inspiré d'un poème latin intitulé *Astronomica* – vous savez qu'il était bon astronome. »

Je ne le savais pas ; en fait, je connaissais peu de chose sur Lovecraft en dehors de son œuvre. Ce n'est qu'en 1975 que je trouvai une référence à *Astronomica* du poète romain Manilius dans une biographie que Sprague de Camp consacra à Lovecraft.

Lorsque je rencontrai Derleth, je réunissais déjà des documents nécessaires au livre que je préparais sur les phénomènes paranormaux (publié par la suite sous le nom de *The Occult) ;* complètement plongé dans cette tâche, je m'efforçai de donner un sens à des livres comme *The Magus* (Le Mage) de Francis Barrett, *The Book of Ceremonial Magic* (Livre du Cérémonial magique) de A.E. Waite, et *Demonolatry* (Démonolatrie) de Nicholas Remy. Si je les trouvais difficiles et déroutants, j'étais en même temps frappé par la similitude de ton de nombreux passages avec celui des « Citations » tirées par Lovecraft d'*Al-Azif* et d'autres œuvres...

Par exemple, de Remy, au sujet d'enfants nés de rapports avec des démons : « Il est plus difficile de comprendre l'horrible sifflement discordant que ces enfants profèrent au lieu d'un vagissement ordinaire, leur allure précipitée et leur façon de fouiller les recoins cachés... Là, il faut avouer que les démons interviennent activement et... prennent possession des mères ou de leur enfant à naître et leur confèrent des pouvoirs entièrement surnaturels. » Cette description rappelle l'une des créatures à demi humaines de Lovecraft venant des « collines derrière Arkham ». J'avais également lu les œuvres d'Aleister Crowley, rassemblées par mon ami Roger Staples de l'université du Michigan, et trouvai les parallélismes si frappants que je me demandai si Lovecraft et Crowley se connaissaient.

Derleth était certain du contraire – et doutait même que Lovecraft eût jamais entendu parler de *The Great Beast*. S'il avait connu Crowley, il l'aurait sans doute rejeté et traité de charlatan et de poseur. Car, si curieux que cela puisse paraître, la « philosophie » de Lovecraft était scientifique et matérialiste. Bien qu'il exécrât le matérialisme pris dans son sens commercial – religion américaine de l'argent et du succès –, il se considérait comme descendant des rationalistes du XVIIIe siècle et en tirait orgueil. À l'école, ses préférences allaient à la chimie et à l'astronomie. Adolescent, il signa même un article sur l'astronomie dans un journal local. On imagine que les spéculations du professeur Lowell sur les canaux de Mars auront certainement attiré le jeune Lovecraft. Pourtant, il les a rejetées, les considérant comme le produit d'un cerveau avide. Il adopta la même attitude à l'égard du spiritualisme, et écrivit à

Frank Long Belknap en février 1929 : « Un mot sur la vaine démarche des spiritualistes qui prétendent que la nature non solide de la “matière-esprit” ou “ectoplasme” mythique, faisant de l’immortalité une notion beaucoup moins absurde que par le passé… », puis il poursuit en soulignant que si la matière est bien constituée de particules chargées d’électricité, cela ne prouve en rien qu’elle soit de nature spirituelle.

D’après Derleth, l’attitude de Lovecraft se rapprochait de celle de son contemporain Charles Fort, l’homme qui se targuait de collectionner des coupures de presse relatant des événements inexplicables, telle une pluie de grenouilles vivantes. Comme Charles Fort, il trouvait la science contemporaine trop limitée. Lovecraft admirait beaucoup le *Book of the Damned* (Livre des damnés) de Fort. Mais, pour autant que nous sachions, Lovecraft et Fort ne se rencontrèrent jamais ni n’échangèrent de correspondance. (Sprague de Camp en est moins sûr ; il lui paraît vraisemblable que Lovecraft ait été présenté à Fort au cours d’un de ses nombreux voyages à New York, ou pendant qu’il y résidait.)

Derleth en savait naturellement beaucoup plus que moi ; aussi renonçai-je à contrecœur à l’idée – que j’avais souhaité développer dans *The Occult* – que la mythologie de Lovecraft reposait sur sa familiarité avec la tradition magique occidentale. J'y repensais pourtant encore deux ans plus tard en lisant la version anglaise du *Matin des magiciens* de Louis Pauwels et Jacques Bergier. Fondamentalement, ce livre développe l'argument de Fort, selon lequel la science est trop limitée dans ses vues, et il tire ses preuves des ouvrages sur les OVNI, la recherche paranormale et la science marginale. Mais les auteurs développent également une théorie intéressante selon laquelle certains écrivains pleins d'imagination – comme Lovecraft et Arthur Machen – « imaginaient » des choses qui se révélaient ensuite être réelles. Machen écrivait à son traducteur français Toulet : « Lorsque j'écrivais *Pan* et *The White Powder* (La Poudre blanche) je ne pensais pas que des choses si étranges arrivaient dans la vie réelle, ou avaient jamais existé. Mais j'ai, récemment, vécu certaines expériences qui ont complètement modifié ma façon de penser dans ce domaine… Et depuis, je suis absolument convaincu que rien n'est impossible sur cette terre. »

Cet extrait est un extrait exceptionnel, car il mentionne les deux ouvrages que Lovecraft admirait le plus. Et d'ailleurs le *Novel of the White Powder* est dans le plus pur style de Lovecraft : un homme absorbe accidentellement une étrange substance que les sorcières utilisaient autrefois afin de changer d'aspect ; il se transforme en une « masse sombre et putride, bouillonnante dans son horrible putréfaction, ni liquide ni solide, mais en décomposition et se modifiant sous vos yeux… Au cœur de tout cela brillaient deux points ardents, comme des yeux… » (Lovecraft le cite *in extenso* dans *Supernatural Horror in Fiction)*. D'après les biographes de Machen, Aidan Reynolds et William V. Charlton, Toulet vint à Londres pour « entendre les mystères de la bouche même des adeptes » ; mais il ne semble pas avoir laissé de notes sur ce que Machen lui confia.

Là encore, il n'est pas inutile de relire *The Great God Pan* (Le Grand Dieu Pan) à la lumière des déclarations de Machen. Ce livre parle d'un docteur en philosophie panthéiste, qui pense que la nature est un voile, dissimulant un monde merveilleux de réalité spirituelle ; il croit avoir découvert la façon de provoquer cette vision mystique, par une opération du cerveau. « Les anciens […] appelaient cela voir le dieu Pan. » Il réalise l'opération sur une fillette, qui devient débile. La « vision du dieu Pan » s'avère trop horrible à supporter pour les êtres humains. La jeune fille débile erre par les montagnes et entretient des relations sexuelles avec une créature étrange ; aussi conçoit-elle un enfant beau et mauvais… Notons ici la transformation par

Machen du mysticisme de la nature de Wordsworth en quelque chose de beaucoup plus sinistre. Il nous rappelle que le mot « panique » vient de « Pan ». Là encore, Machen semble suggérer à Toulet que la vision sous-jacente de *The Great God Pan* est plus réelle qu'il ne le supposait en écrivant ce livre.

Peut-être exagérait-il, ou peut-être mentait-il tout simplement pour impressionner son admirateur français. Il n'avait pourtant pas la réputation d'être menteur. Il prend la peine de préciser qu'« aucune de mes expériences n'a le moindre rapport avec des impostures du genre du spiritualisme », ce qui semble éliminer complètement l'hypothèse qu'il ait vu un fantôme.

Pauwels et Bergier inclinent à penser que la réponse se trouve dans l'appartenance de Machen à un ordre magique appelé le *Golden Dawn* (l'Aurore dorée) fondé par Mac Gregor Mathers. Peut-être n'ont-ils pas entièrement tort. Mais le chapitre 9 de l'ouvrage biographique de Machen, *Things Near and Far* (Choses d'ici et d'ailleurs), décrit certaines expériences qui eurent lieu avant même son entrée dans l'ordre du *Golden Dawn*. En 1899, alors qu'il résidait à Gray's Inn, Machen sentit son inspiration se tarir. Il connut aussi une série d'expériences semi-hallucinatoires. Un matin, alors qu'il remontait Roseberry Avenue, il eut la sensation de « marcher sur de l'air », comme si le trottoir s'était transformé en coussin. Un après-midi, le mur de sa chambre commença à miroiter, à se déformer et sembla sur le point de disparaître entièrement, avant de reprendre soudain un aspect normal. Cette expérience curieuse était le résultat d'un phénomène qu'il refusa de préciser. Par la suite, il raconta qu'il se trouvait dans un état de dépression profonde, d'« horreur de l'âme », lorsqu'« un phénomène se présenta à moi, capable de me soulager ; sans ajouter foi à ce que j'avais entendu dire à ce sujet, sans même avoir d'idée bien précise sur le phénomène ou sur ses conséquences, je fis ce qu'il fallait faire… ». Ici, nous nous heurtons à une certaine contradiction. Dans une lettre ultérieure, il déclare que ce phénomène était de l'hypnotisme, mais dans *Things Near and Far* (Choses d'ici et d'ailleurs) il semble le nier : « Je ne pouvais m'être hypnotisé, ni "magnétisé" […] ni ensorcelé moi-même pour me trouver dans cet état, pour la bonne raison que je n'avais jamais entendu parler de ces choses-là. » Il paraît vouloir dire que le résultat obtenu n'était pas une scène d'auto-hallucination, de rêve éveillé. Lorsque le mur sembla sur le point de disparaître, il eut l'impression que « quelque chose, je ne savais quoi, venait d'être ébranlé au tréfonds de moi-même ». Il pensa avec terreur qu'il se trouvait sur le point de mourir, mais cette idée s'effaça et il ressentit « une paix de l'esprit absolument ineffable », une joie extatique qui dura plusieurs jours.

Aussi n'y eut-il pas, en fait, de vision d'horreur, d'entités mauvaises ; seulement la conviction que le monde matériel se révélait n'être qu'un voile jeté sur une réalité plus profonde. Il en avait dit tout autant dans ses récits, mais sans vraiment y croire ; il sentait maintenant que l'éclairage surnaturel dans lequel baignaient ses premiers récits était vraiment le bon. Alors, il rejoignit le *Golden Dawn* (l'Aurore dorée) et fit la connaissance de Yeats, de Crowley et de Mathers. Dans un texte consacré à Machen, et non à Lovecraft, je citerai le long essai que Yeats écrivit sur la magie ; il y parle de certaines expériences magiques réalisées par Mathers et montre sans aucun doute que Mathers possédait quelque étrange secret pour provoquer des visions. Mais nous nous penchons, pour l'instant, sur les origines « magiques » de Lovecraft. Disons seulement que le *Golden Dawn* montra l'existence réelle d'autres niveaux de réalité, « d'autres dimensions » peuplées d'entités non humaines.

Mon livre *The Occult* (L'Occulte) parut en 1971. L'année suivante, on me pria de réviser un ouvrage intitulé *The Magical Revival* (La Renaissance magique) de Kenneth Grant, disciple de Crowley et chef d'une organisation de magie connue sous le nom de « Ordo Templi Orientis ». Dans un chapitre sur les « Noms barbares d'évocation », je découvris un passage sur Lovecraft qui confirmait les hypothèses que j'avais avancées devant Derleth en 1967. Grant note : « Lovecraft ne connaissait ni le nom ni les travaux de Crowley et pourtant certaines de ses visions fantastiques reflètent, même de façon détournée, les thèmes saillants du Culte de Crowley… » Le culte des noms barbares remonte, d'après Grant, « aux premiers stades de l'évolution, lorsque la bête devint homme ». Il indiquait que la puissance des « noms barbares » repose principalement sur le fait qu'ils ne sont pas intelligibles au niveau conscient, et s'avèrent donc « particulièrement propres à révéler le subconscient ». Il consacre tout un tableau à l'identification des similitudes entre les dieux barbares de Crowley et ceux de Lovecraft. Crowley, souligne-t-il, avait lui aussi son livre sacré, non pas *Al-Azif*, mais *Al-Vel Legis*, le livre de la Loi. En fait, Crowley écrivit ceci lui-même, dans un état de demi-transe, et crut fermement toute sa vie que cela lui avait été dicté par Aiwass, son ange gardien. Crowley et le *Golden Dawn* faisaient souvent allusion aux Vénérables Anciens (Great Old Ones) – nom que Lovecraft donne à sa race de dieux. Lovecraft parle du « Désert glacé » (Cold Waste), royaume se trouvant au-delà de l'espace et du temps : Crowley parlait du Désert Glacé nommé Hadith. Lovecraft parlait du Grand Cthulhu (Great Cthu-Ihu) qui rêve allongé dans le R'lyeh, et Crowley du sommeil primitif des Vénérables Anciens. Grant déclare que le culte d'Aiwass – ou Aiwaz d'Akhad – chez Crowley « remonte à une période qui inspira la longue Tradition Draconienne en Égypte, qui se continua au cours des dynasties "noires", et dont les monuments furent dévastés par les adeptes du culte plus ancien. Ces dynasties furent calomniées pour éliminer toute trace d'un prétendu culte du mal… ». Tout cela semble suggérer que la fiction de Lovecraft était en fait bien plus réelle qu'il ne le supposait. Dans un livre ultérieur, *Nightside of Eden*, Grant approfondit encore les remarquables parallélismes entre les traditions gnostiques et kabbalistiques et la mythologie de Lovecraft – nous y reviendrons plus loin.

Tout cela renforça alors ma conviction que, malgré son rationalisme violent, Lovecraft en savait beaucoup plus sur la tradition magique que Derleth ne le supposait. Et en 1976 cette conviction devint absolue lorsque j'entendis parler des recherches de Robert Turner, chef de l'Ordre magique de la Pierre Cubique (Order of the Cubic Stone), lui-même fervent admirateur de l'œuvre de Lovecraft.

Mais avant de parler de la recherche du véritable *Necronomicon*, il convient d'expliquer comment j'en suis venu à être impliqué dans l'histoire de Lovecraft, puis à étudier de plus près sa personnalité.

J'ai fait connaissance de l'œuvre de Lovecraft pendant l'été de 1959. Je résidais alors avec ma femme dans la ferme d'un vieil ami, Mark Helfer. L'endroit était propice, cette ferme ne se trouvant pas très éloignée de Corfe Castle où le jeune roi Edouard fut assassiné par sa belle-mère en 978. Ces ruines passent pour être hantées par une femme sans tête, bien que nul ne soit certain de son identité. La ferme de Mark Helfer, vieille de plusieurs centaines d'années, dotée de murs d'une épaisseur considérable, donne à ces lieux un aspect un peu sévère. Dans notre chambre, je découvris un exemplaire de *The Outsider and others*, recouvert en noir, tiré sur un mauvais papier jauni et déchiré sur les bords. Le titre retint mon attention, car mon premier ouvrage s'intitulait *The Outsiders.* Je lus presque tout le livre avant de quitter la ferme le lendemain. L'originalité de Lovecraft m'impressionna. Malgré l'inspiration, aussi personnelle que celle de Poe, de Machen ou de M.R. James, la faiblesse du style me frappa. Lovecraft n'était visiblement pas très sensible au langage.

Ce jour-là, alors que nous nous dirigions vers North Devon, je me mis à parler à Joy de Lovecraft et de toute la tradition des récits d'horreur. Je tenais Lovecraft pour l'un de mes « extra-terrestres » (Outsiders) – un romantique trouvant notre monde réel intolérable. Dans *The Outsiders*, j'avais volontairement évité de parler des « fantaisistes » qui entretiennent avec le monde réel des rapports plus ou moins négatifs et je m'étais concentré sur des hommes comme Dostoïevski, Van Gogh, Nietzsche, Gurdjieff – qui tous pensaient que l'on pouvait quelque chose contre la banalité et la futilité de l'existence humaine. Les « fantaisistes » tournent simplement le dos à la réalité et espèrent qu'elle disparaîtra. Aussi ne parviennent-ils jamais à l'élévation morale d'un Tolstoï ou d'un Dostoïevski. Mais après avoir lu Lovecraft, il m'apparut qu'un « fantaisiste » peut également, à sa manière, apporter des solutions au problème posé par la « banalité du quotidien », et qu'il n'était peut-être pas inutile d'écrire une suite à *The Outsiders* sur ce sujet. Pendant ce voyage de Corfe Castle à North Devon, je conçus l'ensemble de *The Strength to dream* (La force de rêver). L'ouvrage commençait par une étude sur Lovecraft, qui est d'ailleurs au centre de l'exposé tout entier.

L'année suivante, je fis mon premier voyage en Amérique sous les auspices de l'Institut des Arts contemporains de Washington. Jusque-là, j'arrivais difficilement à me procurer des livres et des documents américains que je convoitais depuis longtemps – puisqu'il fallait pour cela payer en livres sterling. Mais j'étais maintenant décidé à dépenser une partie des revenus provenant de cours de littérature que j'avais donnés. À peine arrivé à New York, je me rendis à la librairie la plus proche, consultai le catalogue pour voir quels volumes de Lovecraft étaient en cours d'impression et les commandai tous. La chronique littéraire du *New York Times* diffusa une interview que j'avais accordée. August Derleth, directeur de « Arkham House Publishers », tomba sur cette interview, et m'écrivit à Washington. Il suggérait une rencontre, ce qui n'était pas possible pendant ce voyage ; mais nous eûmes ainsi l'occasion d'entamer une correspondance qui devait se poursuivre jusqu'à sa mort.

Quelques semaines plus tard, je me trouvais à Providence – Rhode Island ; je devais donner des cours et animer des séminaires à la Brown University – la Miskatonic University de Lovecraft. Lorsque j'appris que la bibliothèque possédait une collection d'œuvres de Lovecraft, je passai une journée entière à lire ses lettres et manuscrits inédits.

Je fus tout d'abord frappé par le racisme de Lovecraft ; il fulmine rageusement contre les Juifs, les

Noirs, les Espagnols, les Arabes, les Polonais et toute la « racaille » qu'il rencontrait dans les autobus new-yorkais. À ce stade de sa carrière, Lovecraft se disait nietzschéen. Comme Nietzsche, il pensait que la race humaine se compose de maîtres et d'esclaves et qu'il existe donc deux mentalités entièrement différentes. Cela renforce ma conviction que le désir d'échapper à la réalité quotidienne constitue le fil conducteur de l'œuvre de Lovecraft, lequel rêvait de prendre une espèce de revanche sur cette réalité qui le dégoûtait. Sur ce point, Sprague de Camp et Lin Carter ne partagent pas mon avis, pas plus que Derleth. Lovecraft lui-même le confirme pourtant dans une de ses lettres, datée du 30 octobre 1929. Je cite : « Je ne suis pas le seul à prédire un très grave problème à l'esthète sensible qui resterait en vie au milieu des ruines de la civilisation traditionnelle. En fait, une attitude d'alarme, de souffrance, de dégoût, de recul et de stratégie défensive est si répandue chez presque tous les hommes d'aujourd'hui attirés par la création artistique que je suis parfois tenté de rester tranquille de peur que mes idées personnelles ne soient interprétées à tort comme une pure imitation ! Dieu, voyez cette liste… Ralph Adams Cram, Joseph Wood Krutch, James Truslow Adams, John Crowe Ransom, T.S. Eliot, Aldous Huxley, etc. Chacun présente un plan différent d'échappatoire, mais tous s'accordent sur ce à quoi il convient d'échapper... »

Que ceci ne soit pas pris pour une critique adressée à Lovecraft, pas plus qu'à Eliot ou à Huxley. Il peut paraître dommage qu'ils aient cherché une échappatoire. Pourtant chacun d'eux tenait fermement à ses propres valeurs. Je serai sûrement le dernier à les condamner.

Mon propre intérêt pour Lovecraft vient du fait que j'ai ressenti en grande partie la même chose que lui pendant toute mon adolescence et ma jeunesse ; souvent, j'arpentais Londres dans une espèce d'aversion totale pour la civilisation moderne. Mais je sentais bien que cette attitude était négative – presque suicidaire ; et à l'époque où je commençais *The Outsiders*, à vingt-trois ans, je comprenais qu'il fallait adopter une attitude positive, créer de nouvelles valeurs au lieu de vouloir simplement préserver les anciennes. Malgré cela, je n'ai qu'admiration pour la superbe intransigeance de Lovecraft face à un monde qu'il trouvait futile et destructeur.

Ma façon personnelle de « critiquer » Lovecraft a été d'écrire trois ouvrages de fiction basés sur le mythe Cthulhu : *The Mind Parasites* (Les parasites de l'esprit), *The Philosopher's Stone* (La pierre philosophale) et *The Return of the Lloiggor* (Le retour de Lloiggor). Le premier a été écrit sur le conseil de Derleth et publié par Arkham House en 1966. C'est aussi à la demande de Derleth que j'ai rédigé la nouvelle *Return of the Lloiggor* qui devait faire partie de *Tales of the Cthulhu Mythos.* À l'origine, ce ne devait être qu'une nouvelle, mais je ne me suis jamais senti à l'aise dans ce genre littéraire qui offre si peu de place pour développer ses idées. *Return of the Lloiggor* me fit prendre conscience de ce qui n'allait pas chez Lovecraft dans les cinq dernières années de sa vie. Sa créativité se tarit. À plusieurs reprises, il informa ses amis de sa décision de ne plus écrire. Dans son étendue, l'œuvre de Lovecraft comporte des limites. Le schéma de départ de la plupart de ses contes est le même. L'auteur commence par informer son public qu'il vient de faire une terrible découverte qui a presque aliéné sa raison. Hier homme équilibré, normal, il ne croyait pas au surnaturel. Mais à l'occasion d'un séjour dans la Maison Ancienne d'Arkham (ou Dunwich, ou Innsmouth), il a pu voir de ses propres yeux… Ces histoires, baignant volontairement dans une atmosphère de claustration, ne permettent qu'un développement restreint.

En atteignant la quarantaine, Lovecraft avait joué toutes les variations possibles sur son thème. Il avait exploité cette veine, et il ne restait plus rien à découvrir. Le philosophe Kierkegaard s'effondra et mourut le jour où il retira tout l'argent qui restait sur son compte bancaire. On pourrait dire que Lovecraft commença à mourir lorsqu'il comprit que son inspiration s'était tarie.

Cette idée qu'un homme soit atteint d'un cancer uniquement parce qu'il a cessé d'utiliser son imagination semble un peu absurde. Au contraire, je la tiens pour la clé de la vie et de l'œuvre de Lovecraft. Une fois que nous aurons accepté cela, et que nous l'aurons éclairé à la lumière du récit de Machen sur ce qui arriva cet après-midi-là à Gray's Inn, nous serons en mesure de répondre à certaines des questions fondamentales qui concernent le *Necronomicon*.

T.S. Eliot soulignait que, examinée avec détachement, la vie humaine paraît d'une grande futilité : « Naître, copuler et mourir… » Et de même, Lovecraft ne se lassait pas d'affirmer que seul notre aveuglement nous permet de garder la paix de l'esprit. Ce n'est pas du pessimisme total, mais une réflexion objective sur l'existence humaine. (J'ajouterai que je ne vois pas pourquoi cela ne pourrait pas être le fondement d'une philosophie optimiste, ou disons religieuse.) Les humains sont comme les chevaux qui portent des œillères, piégés dans un présent sans intérêt. Lorsqu'un enfant pleure son jouet brisé, nous disons qu'il manque de perspective. Mais cette réflexion peut s'appliquer à nous tous. L'importance de l'art et de la science réside dans la faculté qu'ils nous donnent de considérer les choses de haut, avec un certain recul. Mais lorsque l'astronome quitte son télescope, il lui faut fouiller dans ses poches pour trouver les clés de sa porte... Le temps nous tient au collet.

La plupart des gens semblent accepter cela tranquillement, peut-être parce que leurs problèmes quotidiens les accaparent. Mais ceux-là mêmes qui n'ont pas trop de problèmes paraissent accepter le côté étonnamment futile de la vie sans trouver cela anormal. Récemment, à la télévision, une vieille dame – survivante de l'époque edwardienne – disait qu'elle se rappelait le temps où la plupart des hommes ne faisaient rien d'utile dans la vie : le matin, ils allaient au club, l'après-midi ils jouaient au billard et le soir ils jouaient au bridge... Pour moi, c'est la formule idéale pour devenir fou. Mais combien d'hommes trouvent plaisante et enviable cette façon de passer sa vie ?

La réponse, je pense, est qu'un faible pourcentage de l'humanité, environ cinq pour cent, pour être précis, possède le besoin inné de se donner un but. Ce sont les « cinq pour cent qui dominent », et le même chiffre semble s'appliquer chez les animaux. Pourquoi cela, nul ne le sait avec certitude. Sans doute Lovecraft aurait-il répliqué que c'est purement biologique ; pour qu'une espèce survive, un certain nombre d'individus doivent posséder un élan qui les entraînera au-delà des obligations quotidiennes. Sans quoi, parvenue à un certain stade de confort et de stabilité, cette espèce ne manquerait pas de dégénérer rapidement. L'Histoire nous a appris que les nations « s'amollissent » lorsqu'elles vivent dans l'abondance. Cependant, ces nations survivent et produisent une grande civilisation, élan que le confort ne peut compromettre. Ces hommes présentent, je le répète, le besoin inné de donner une justification à leur existence.

Privés d'un but à atteindre par les circonstances de leur vie, ils deviennent frustrés et suicidaires. Telle est l'histoire des « outsiders ».

Avant de découvrir leur voie, ils sont souvent proches de la folie et tentés par le suicide. Ce but qu'ils se fixent, peut prendre les formes les plus variées, comme chez George Fox, fondateur du Quakerisme, qui traversait une ville en criant « Malheur à la ville maudite de Litchfield » – ce qui, de nos jours, l'aurait directement conduit à l'asile le plus proche – ou chez Lawrence d'Arabie entrant dans la Royal Air Force comme simple soldat.

Je ne prétends pas que les « cinq pour cent qui dominent » sont tous des génies frustrés. Ils sont parfois stupides, et leur prédominance en fait des tyrans ; parfois malhonnêtes, et ils deviennent alors des escrocs ; parfois obsédés sexuels, et ils deviennent alors satyres ou nymphomanes (car il existe autant de femmes que d'hommes « qui dominent »). Tous les vendeurs de magasin, tous les sergents-majors, tous les chanteurs de musique pop, tous les hommes d'affaires peuvent faire partie de cette minorité dominante. On pourrait écrire un ouvrage très intéressant sur des « outsiders » mineurs, annihilés par la conscience qu'ils avaient de la futilité de l'existence ; on pourrait citer l'archiduc Rodolphe d'Autriche qui se suicida avec sa maîtresse à Mayerling et le chanteur de rock'n roll Elvis Presley, mort d'une crise cardiaque à quarante-deux ans. Ils appartenaient tous deux à la minorité dominante et ne pouvaient s'exprimer par un concours de circonstances exceptionnel, Rodolphe parce qu'il était le fils de l'empereur François-Joseph, Presley à cause de son immense succès qui le contraignait à être prisonnier dans sa propre demeure.

Revenons maintenant à la biographie de Lovecraft par Sprague de Camp – ou à l'ouvrage de Derleth *A Memoir* (Mémoires) consacré à H.P. Lovecraft et considérons la carrière du « reclus de Providence ». Providence est un endroit assez charmant, avec ses maisons à bardeaux et ses petites rues bordées d'arbres. Mais en 1890, lorsque naquit H.P.L., c'était sans doute la plus provinciale des villes de province. Shaw décrivit un jour le Dublin de son enfance comme « cet enfer de petitesse », et c'était pourtant une capitale pleine d'acteurs, d'artistes et d'hommes de lettres. Comparativement, Providence devait sembler aussi lointaine qu'un village au milieu de l'Antarctique. De sa plus tendre enfance jusqu'à vingt et un ans, Lovecraft ne rencontra et ne parla probablement jamais à quelqu'un dont l'esprit témoignait de la moindre originalité. Son père mourut fou lorsqu'il avait huit ans – probablement des suites d'une syphilis. Howard lui-même, enfant unique, nerveux et délicat, subit l'affection étouffante de sa mère. Étudiant cette relation de type proustien, on peut s'étonner qu'il ait évité l'homosexualité.

Obsédé par la lecture, Lovecraft passa les vingt premières années de sa vie dans une bibliothèque. Ici, je pense pouvoir prétendre connaître de l'intérieur ce genre de situations ; né dans une ville de province, je me suis abîmé la vue à lire dix heures par jour, aux alentours de ma douzième année. Je me souviens encore très bien de cette curieuse sensation d'être coupé du monde réel, et de ce sentiment que la vie est une espèce de rêve ou d'illusion. Pour l'esprit juvénile qui se nourrit d'eux, les livres rendent la vie réelle un peu superflue, comme s'ils reflétaient une réalité plus exaltante. Et le contact avec le monde quotidien produit alors comme un ressentiment, l'idée d'Axel selon laquelle un domestique devrait vivre cette vie-là à notre place.

Mais la réalité refuse d'admettre les rêveurs romantiques ; on dirait qu'elle prend plaisir à les secouer et à les faire claquer des dents. Et de ce fait, les romantiques qui déjà rejetaient le monde connaissent alors une furieuse amertume. Certains des romantiques du XIXe siècle se sont suicidés par rancœur, par désir de « rendre à Dieu la monnaie de sa pièce ». Mais le rejet de Lovecraft ne fut jamais aussi violent que celui de Nietzsche ou de Dostoïevski. Tendre son poing à Dieu, comme le Manfred de Byron, demande une certaine confiance en soi, découlant d'une robuste santé, et d'un sentiment marqué de supériorité. Mais Lovecraft ne jouissait pas d'une bonne santé et passait des semaines entières dans un état de « fatigue immense et de complète léthargie ». Alors, « le simple effort pour s'asseoir est insupportable ». « Je ne suis qu'à moitié vivant – une grande partie de mes forces étant consacrée à m'asseoir ou à marcher. Mon système nerveux est une épave brisée et je croupis dans l'ennui, apathique sauf si je tombe sur quelque chose qui m'intéresse particulièrement. » Non seulement Lovecraft manquait de cette confiance que donne la santé, mais aussi de celle que procurent la position sociale et une bonne éducation. Sa santé – et peut-être aussi son mépris des études « structurées » – l'empêchèrent d'entrer à la Brown University.

Pis encore, il ne trouvait personne à admirer parmi ses contemporains. Vers 1910, l'Amérique était un désert culturel. Qui lit encore aujourd'hui Ellen Glasgow, Edith Wharton, William Dean Howells, ou même H.L. Mencken ? En Angleterre, on trouvait Shaw, Wells et Chesterton, que Lovecraft détestait, bien entendu. Il préférait Poe, Arthur Machen et (plus tard) lord Dunsany. Mais parmi ces trois auteurs, aucun ne méritait qu'on l'imite. Dans ses pires moments, Poe est terriblement mauvais et dans ses meilleurs moments, il reste verbeux. Un jeune écrivain a grand besoin de quelqu'un à admirer et à imiter pendant qu'il s'exerce à son propre style. C'est sa façon de quitter la chrysalide de son adolescence. Lovecraft imitait Poe, en sachant bien – car il avait du sens critique – que le résultat était désolant. « St. John est un cadavre mutilé ; moi seul sais pourquoi, au point que je vais me faire sauter la cervelle de peur d'être mutilé de la même façon. À travers les couloirs obscurs et illimités d'une fantaisie de Grand-Guignol passe la Némésis noire et informe qui me conduit à ma propre annihilation. » Cet extrait infâme provient d'un roman intitulé *The Hound* (Le chien). Et en plus, il ne s'agit pas, comme on pourrait le croire, d'une œuvre de jeunesse. Elle a été écrite en 1922, alors que Lovecraft est resté un adolescent craintif beaucoup plus longtemps que la plupart des gens. Artistiquement parlant, son problème est simple ; il ne parvenait pas à trouver ce que T.S. Eliot appelle un « corrélatif objectif » – un scénario et des personnages convenables pour incarner l'essence de ses pensées. Une nouvelle intitulée *Dagon* – que Lin Carter trouve excellente – date de ses vingt-sept ans, et révèle son problème de base. Après un naufrage, un marin se retrouve sur une île du Pacifique, qui semble avoir jailli de quelque convulsion volcanique ; couverte de vase noire, elle pue le poisson mort. Après des jours de voyage, il découvre un monolithe sculpté présentant d'étranges créatures à l'apparence de poissons. Alors qu'il le contemple debout au clair de lune, un monstre couvert d'écailles surgit des eaux et lance ses énormes bras en direction du monument. Le marin devient fou – inévitablement – et se réveille dans un hôpital, à San Francisco. Mais, « lorsque la lune est gibbeuse et décroissante [...] je vois la chose ». Et même maintenant, elle monte l'escalier à pas pesants. « Elle ne me trouvera pas.

Dieu, cette main ! La fenêtre ! La fenêtre !... » L'idée d'un homme sur le point d'être dévoré vif et qui continue de gribouiller sur une feuille de papier est absurde. L'essence du conte repose sur la scène de l'homme debout sur l'île marécageuse, contemplant le monument au clair de lune, puis voyant quelque chose de « vaste, comme Polyphème, et répugnant » qui sort des eaux. Mais, comme un orfèvre sans talent, il a enchâssé cette vision dans une monture pauvre et ordinaire.

Cela nous amène au point fondamental : la plupart de ses « visions » les plus intéressantes proviennent de rêves. August Derleth a rassemblé en un volume fascinant les rêves de Lovecraft – d'après ses lettres – et les contes qu'il en a tiré. Ces lettres montrent bien que – pour quelque curieuse raison – Lovecraft faisait un cauchemar toutes les nuits. Celui-ci, par exemple : avec son ami Samuel Loveman, il se rend dans un cimetière ; ils soulèvent la dalle recouvrant une tombe ; puis Loveman voit quelque chose de terrifiant et s'écrie « Pour l'amour du ciel... C'est la fin... Fiche le camp... » Et lorsque Lovecraft se penche sur la tombe pour demander « Loveman, tu es là ? » une voix gutturale, sourde, répond « Pauvre fou, Loveman est mort. » Le rêve est décrit longuement (et gâté par une surabondance d'adjectifs) dans *The Statement of Randolf*

Carter (« Et alors me parvint le comble de l'horreur – une chose incroyable, inconcevable et presque impossible à mentionner… »).

Un psychologue dirait que l'inconscient de Lovecraft lui fournissait activement des matériaux pour ses récits. Élevé dans du coton par sa mère et ses deux tantes, souffrant de maux de tête et d'apathie, il vivait dans une mare culturelle stagnante, correspondant avec divers auteurs de fiction de pacotille encore moins sophistiqués que lui. Il devait se sentir très éloigné des endroits où il aurait aimé être, en Grèce, en Italie, en Égypte, et des écrivains qu'il admirait. Il connaissait le gouffre qui existait entre *Weird Tales* et les œuvres des grands maîtres européens. Et il faisait sans aucun doute partie des « cinq pour cent qui dominent ». Il aurait voulu se mêler à ses semblables. Si le sort lui avait été favorable, il serait né assez riche pour vivre à Londres ou à Rome, et pour frayer avec des êtres intellectuellement égaux à lui. Il se serait senti à l'aise en dînant au Café Royal avec Ronald Firbank ou en dégustant du vin à Capri avec Norman Douglas. Mais il était fils d'un représentant de commerce et non pas, comme Henri James, petit-fils d'un millionnaire (à la mort de sa mère, son capital n'atteignait pas 20 000 dollars). Qu'il le veuille ou non, il appartenait au district de College Hill à Providence, cet endroit morne et médiocre qui l'avait vu naître. Il avouait lui-même son sentiment d'ennui et de frustration : « Les livres sont bien peu de chose. Ni vous ni moi, malgré tous les classiques que nous avons lus, n'éprouvons le centième de la joie que procurent la Grèce et Rome au millionnaire auquel son yacht et sa voiture permettent de flâner indéfiniment sous des cieux méditerranéens... » (14 février 1924). « Il ne se passe jamais rien ! C'est peut-être pourquoi mon imagination s'échappe et explore des mondes étranges et terribles... Je vis mon quotidien dans une espèce de léthargie dédaigneuse, sans vertus et sans vices. Je ne fais pas partie du monde, j'en suis le spectateur amusé et parfois dégoûté. Je déteste le genre humain, ses faux-semblants et sa grossièreté – pour moi la vie fait partie des beaux-arts [...] bien que je considère que l'univers est un chaos automatique et vide de sens, dénué de valeurs élevées » (3 février 1924). Il se sent prisonnier d'un monde qu'il déteste. Peut-être devrait-il aller ailleurs, mais il ne peut surmonter sa léthargie. Sa seule expérience de vie dans une autre ville – à New York – s'avéra si désastreuse qu'elle détruisit l'espoir qu'il entretenait de s'évader un jour de Providence. Il est surprenant qu'il n'ait pas tenté de se suicider – comme son ami Robert Howard, auteur de *Conan the*

Warrior (Conan le guerrier). Mais il possédait un puissant allié – son subconscient.

Cela nous ramène à Machen et à ce qui arriva en cet après-midi de 1899. Machen refusa toujours de livrer les détails de cette expérience. La seule clé dont nous disposons semble être ses deux déclarations contradictoires au sujet de l'hypnose. Mais celle-ci élimine tout au moins la possibilité que Machen ait procédé à une forme quelconque de rituel magique – peut-être une invocation du démon. Lorsqu'il assure que ce n'était pas de l'hypnotisme, il veut dire qu'il ne s'agissait ni d'un rêve ni d'une hallucination. Il déclare pourtant à son ami Munson Havens : « Je peux te dire que le phénomène qui eut lieu était de l'hypnotisme, je ne peux rien dire de plus. Sauf ceci : je suis absolument sûr que ce phénomène n'est pas efficace *ex opere operato.* » Les spécialistes de la magie affirment que leurs rituels sont efficaces *ex opere operato* ; ils agissent comme on allume l'électricité, et non par autohypnose.

Tout cela semble indiquer que, dans une certaine mesure, Machen a essayé d'entrer en contact avec les forces profondes de son subconscient. Mais même cette explication pose autant de problèmes qu'elle en résout : pourquoi les forces du subconscient devraient-elles fournir des révélations ? Des rêves, oui. Des névroses, oui.

Même des hallucinations, des illusions ou des paranoïas. Mais pas des intuitions mystiques. Selon Freud, bien sûr, les intuitions mystiques sont des illusions ; mais cela fait aussi problème, car Freud « réduisait » le mysticisme à une espèce de pensée ardente. Machen déclare que ce qui lui arriva, ne s'apparentait ni à une quelconque « pensée ardente », ni à l'autohypnose.

F.W.H. Myers, spécialiste de recherches psychiques, a tenté de répondre à cette question dans son remarquable ouvrage *Human Personality and its Survival of Bodily Death* (La personnalité humaine et sa survivance après la mort). Myers consacre un chapitre au génie – aux personnes qui ont témoigné de pouvoirs remarquables dès leur enfance – et en particulier aux « génies du calcul », les jeunes enfants qui effectuent d'énormes calculs mentaux en quelques secondes ou en quelques minutes. En 1961, dans son introduction au livre de Myers, Aldous Huxley précisa encore la pensée de celui-ci en demandant : « La demeure de l'âme est-elle un simple bungalow avec une cave ? Ou existe-t-il un étage au-dessus du niveau du conscient, ainsi qu'un sous-sol couvert d'immondices en dessous ? » Il souligne que Freud avait un bungalow avec vue sur le sous-sol, mais les exemples de génies remarquables semblent indiquer que l'homme possède un « superconscient » au même titre qu'un inconscient, ce superconscient étant tout aussi étranger à sa personnalité ordinaire.

Voilà quelques années, une série de paniques – dues au surmenage – me réduisirent nerveusement à l'état d'épave. J'en ai parlé dans mon livre *Mysteries*, aussi n'ai-je pas l'intention d'y revenir. De ces luttes avec mes crises nocturnes, j'ai gardé la conviction que Myers et Huxley avaient raison de croire que la personnalité présente un étage de « superconscience », mais que cet étage lui-même possède plusieurs niveaux. Il est peut-être plus exact de prendre comme image un building, et non une maison à deux étages. Il en va de même du sous-sol : l'inconscient a plusieurs niveaux.

J'étais particulièrement frappé par le phénomène des « personnalités secondes ». Certaines personnes peuvent se « scinder » en deux ou plusieurs personnalités. Celles-ci se comportent comme des entités indépendantes, comme si le corps était pris en charge par plusieurs âmes. Myers a également étudié ce phénomène dans son livre. Il cite notamment le cas curieux de Louis Vivé, jeune délinquant qui, terrifié par une vipère à quatorze ans, commença à souffrir de crises d'épilepsie et à présenter des symptômes d'hystérie. Puis sa personnalité dégénéra profondément et il devint alcoolique, irascible et cupide. À l'hôpital, souffrant d'une hémiplégie, il faisait de grands discours, injuriait les médecins et se comportait avec une grande impudence, discourant sur l'extrémisme de gauche et l'athéisme.

Les médecins pratiquèrent sur lui le magnétisme, et découvrirent que lorsqu'on lui appliquait de l'acier, la paralysie se portait du côté gauche. Sa personnalité changeait alors complètement ; il devenait sensible, modeste et raisonnable, et refusait de parler de religion et de politique, prétendant ne rien y connaître. On aurait dit que le choc provoqué par la vipère avait en quelque sorte dissocié les côtés gauche et droit de son cerveau et provoqué l'apparition d'une seconde personnalité indépendante.

Dans bien des cas de personnalités « multiples », le patient abrite trois personnes différentes au moins. (Dans le cas récent de « Sybil », décrit par Flora Rheta Schreiber, on en comptait seize.) Ces personnalités forment souvent une hiérarchie. Celles qui en occupent le sommet connaissent tout sur celles qui se trouvent au bas de l'échelle. Très souvent, ces personnalités élevées témoignent d'une maîtrise et d'une maturité bien supérieures à celles dont le patient fait montre dans sa vie courante. Les personnalités deviennent puériles et limitées au fur et à mesure que l'on descend l'échelle hiérarchique. Dans le cas de Doris Fischer, au début du siècle, la personnalité la plus rudimentaire n'était guère plus qu'une machine, dépourvue de vitalité et de facultés intellectuelles.

Le psychologue Pierre Janet put observer que, lorsque certaines personnes tombent dans un état d'anxiété permanente ou de dépression, elles se « referment », comme pour économiser leur énergie vitale. Parfois, elles vont jusqu'à perdre l'odorat ou le sens du toucher. Curieusement la personnalité « intègre » demeure malgré tout, et Janet découvrit qu'il pouvait bien souvent communiquer avec elle en murmurant. Ainsi, il ordonnait à voix basse à une hystérique de lever le bras. Elle obéissait. Mais lorsqu'il lui demandait à voix haute pourquoi elle avait le bras levé, la patiente restait toute stupéfaite de se trouver dans cette posture.

J'ai suggéré que nous devons concevoir la « personnalité totale » sous forme de cercle, comme la pleine lune. Mais quelqu'un qui développerait cette « personnalité totale » deviendrait presque un Dieu. Pour la plupart, nous demeurons « limités », excessivement prudents et tendus. Même la personnalité la plus « vitale » et la plus « ouverte » ne représente probablement qu'un seul quart de la lune. Mais je le répète : inutile de développer la personnalité « totale ». Elle est déjà là, comme l'étonnante faculté des enfants prodiges pour le calcul. J'avoue que cela semble paradoxal, mais un très grand nombre d'éléments le confirment. Nous nous « limitons » nous-mêmes. Ainsi, une personne est fragile, nerveuse et maladive seulement par incapacité de se relaxer et de s'ouvrir à une personnalité plus large. Une crise obligeant quelqu'un à faire appel à ses réserves vitales peut effacer en une nuit ce côté maladif.

Wilhelm Reich pensait à la même chose lorsqu'il parlait d'« armure ». Si vous développez certains traits de caractère dans un dessein défensif, ceux-ci finissent par vous envelopper dans une « armure » : elle deviendra votre vraie personnalité.

Nous possédons une personnalité plus « élevée » ou plus « vaste » – personnalité qui en « sait plus » que notre personnalité « partielle » de tous les jours. J'admets que ceci n'est pas une conception très orthodoxe de la personnalité humaine et que les disciples de Freud ne voudront pas y souscrire. Les disciples de Jung la trouveront peut-être moins étrange, puisque Jung admettait l'idée d'une conscience qui transcende celle de l'individu – un inconscient racial – et de ce fait, se rapprochait de la vision « globale » – ou « pleine lune » – de la personnalité.

Quoi qu'il en soit, il est aisé de reconnaître que la plupart des gens demeurent en quelque sorte « incomplets » – que la nervosité et le manque de confiance ont circonscrit leur personnalité à certaines limites que l'habitude et la paresse, parfois, fixent définitivement. Bien des gens très tranquilles et soumis recèlent une vitalité potentiellement beaucoup plus forte. Mais ils n'ont jamais essayé d'explorer leurs capacités.

Suivant cette théorie, Machen n'aura utilisé qu'une forme quelconque d'autohypnose pour faire appel à son « moi global ». Et le « moi global » a fait connaître son existence en provoquant des phénomènes semi-magiques. La conséquence de cette révélation fut une sensation débordante de soulagement et de bonheur. Machen tenta alors d'obtenir d'autres révélations de son « moi global » en entrant dans l'ordre du *Golden Dawn*. Peut-être que ce qu'il y apprit ne ressemblait pas le moins du monde à ce qu'il cherchait. Machen cherchait d'autres révélations de son « moi global ». Mais le *Golden Dawn* s'occupait surtout de ce que Jung appellera plus tard l'inconscient racial. Yeats exprime cela dans son autobiographie : « Je sais maintenant que la révélation provient du moi, mais de ce moi mémorisé au cours des âges [...] et que le génie est une "crise" pendant laquelle ce moi "enterré" est réuni pour un moment à notre moi vulgaire et quotidien. » Mathers enseignait que le « moi mémorisé au cours des âges » peut être évoqué par des symboles ; et que, de plus, l'esprit entraîné du magicien pouvait passer dans d'autres dimensions, dans d'autres plans d'existence. Le magicien devrait exercer son imagination jusqu'à pouvoir contempler un objet mental comme s'il existait réellement en trois dimensions. Enfin, il pourrait même le « projeter » dans le monde extérieur. Cela fait, il aurait la possibilité de contempler un symbole de son choix – pourquoi pas l'un des cinq symboles de « tattwa », terre, eau, air, feu et esprit – puis de fixer un mur blanc (ou un plafond) afin que le symbole y soit projeté sous forme d'image rétinienne. Ensuite, il élargirait le symbole à la dimension d'une porte et passerait par cette ouverture. Il se retrouverait sans doute dans une sorte de paysage onirique, correspondant au symbole choisi. Yeats explique comment, lorsqu'il pressait un symbole de feu sur son front, lui venait la vision d'un désert et d'un titan gigantesque surgissant de ruines. D'après Mathers, le symbole lui-même entre pour moitié dans le phénomène.

On voit que, d'après cette théorie, certains rêves ne sont peut-être pas des rêves du tout, mais des visions de ces « plans astraux ». Pour parler dans les termes de Jung, le magicien a entrevu certains des « archétypes de l'inconscient collectif ». Jung s'est convaincu de l'existence de ces archétypes – et de l'inconscient collectif – en découvrant que les rêves de ses patients s'exprimaient souvent par des symboles mythologiques, alors que ces personnes n'avaient pas la moindre connaissance de la mythologie.

Bien que très proches, le concept de l'inconscient collectif et celui d'un « moi global » ne doivent pas être confondus. Ce que nous entrevoyons dans des moments de grande intensité semble être un potentiel plus large de notre individualité. Lawrence trouvait cette révélation dans l'extase amoureuse, la sensation que le « moi » qui prédomine un moment pendant l'acte d'amour est en quelque sorte plus vrai que le « moi » de tous les jours – et, donc, plus réel. Cette conception renverse évidemment nos idées courantes ; car comment peut-on croire que le « moi » conscient a moins de réalité qu'un moi hypothétique seulement entrevu dans des moments d'extase ou d'orgasme ?

D'après cette théorie, le but de l'évolution personnelle est de parvenir au « moi » le plus vaste possible – à la « pleine lune ». Ce qui arrive ensuite demeure une hypothèse, notre problème étant d'essayer de nous « élargir », de devenir plus vastes.

Il se peut que le genre de disciplines prônées par le *Golden Dawn* produise cet effet d'élargissement. D'autre part, reconnaissons, par pure honnêteté, que des « magiciens » comme Mathers et Crowley ne se distinguaient pas par la générosité de leur esprit ou leur largeur de vues. Au contraire, tous deux, assez mesquins, se comportaient parfois comme des enfants gâtés. Or ce genre de comportement se rapproche de la description faite par Janet au sujet des personnes hystériques. Au contraire, les témoins de sa vie ont dépeint Machen comme un homme beaucoup plus agréable. On comprend mieux qu'il n'ait pas cru que les disciplines magiques pouvaient le rapprocher de la révélation ressentie à Gray's Inn. Par rapport au *Golden Dawn*, son attitude devint rapidement indifférente et détachée, et il semble avoir quitté cet ordre en 1901.

Il suffit de regarder une photographie de Lovecraft pour comprendre qu'il passa sa vie dans une profonde anxiété. Sur les photographies de jeunesse, la bouche est mince et pincée ; avec ses lunettes cerclées, il ressemble à la reine Victoria annonçant à son gentilhomme de service qu'elle ne s'amuse pas. À ma connaissance, nulle photographie ne montre l'ombre d'un sourire. Il a toujours l'air tendu et malheureux, comme s'il voulait s'enfuir et se précipiter aux toilettes. Sa vie durant, il fut extrêmement timide et emprunté. Ses amis affirmaient qu'il lui arrivait de sourire dans ses moments de détente, mais qu'il ne riait jamais.

Gauche et silencieux avec les étrangers, il ne se « livrait » un peu qu'aux gens qu'il connaissait bien ; alors il savait être un très agréable compagnon. Tous ses amis lui étaient inférieurs, intellectuellement parlant, peut-être simplement parce que sa vie publique très limitée l'empêcha de rencontrer des gens à sa hauteur. De toute façon, il aimait visiblement dominer dans ses rapports avec autrui, être le guide et le conseiller. Par jeu, il s'appelait lui-même « Grand-père » même lorsqu'il se trouvait avec ses tantes. Sans doute avait-il besoin de voir en lui l'image d'un père. Lovecraft fit de son mieux pour élargir et développer sa personnalité ; son problème majeur résidait dans le fait qu'il se considérait comme un invalide inefficace. Idée fausse, qu'il s'était imposée. Des amies soulignaient que, pendant les vacances, il pouvait marcher ou travailler, autant que les autres, sans montrer de signe de fatigue.

La biographie de Sprague de Camp établit que Lovecraft était ce que Freud appelle un « érotique anal » – ce qui signifie simplement qu'il était méticuleux, pointilleux et obsédé de détail. On s'étonne que ce genre de personnage soit devenu un écrivain de renom et même un écrivain tout court !

Mais il faut tenir compte du facteur essentiel chez lui : son côté « dominant » et son intelligence. Ceux qui connaissent l'astrologie, apprendront avec intérêt que Lovecraft, né un 20 août, appartenait au signe du Lion, signe associé aux acteurs et à ceux qui aiment monter sur les planches. Son ascendant en Vierge, dirait un astrologue, explique son obsession du rangement et son côté « maniaque ». Il ajouterait que Lovecraft ne développa que son côté négatif, son côté Vierge, et n'eut jamais l'occasion de réaliser son véritable potentiel de Lion. Cela n'est dû qu'en partie à sa timidité et à son goût pour l'infirmité. Plus importants étaient son attitude délibérée de « distance » aristocratique, son dégoût de la vaine gloire. Rappelons une anecdote au sujet de Poe, qui, sous ce rapport, ressemblait beaucoup à Lovecraft. On la trouve dans la vie de Poe par Hervey Allen, *Israfel.* Mrs. Grove Nichols raconte que Poe lui expliqua qu'il n'écrivait que pour « satisfaire (mon) goût et (mon) amour de l'art. La gloire n'a aucune influence sur (moi) ». Poe commença ensuite un long discours sur « l'adulation de la populace » et sur les écrivains assez bornés pour la rechercher. Plus tard, alors qu'ils se promenaient sur la crête d'une colline, Poe déclara à Mrs. Grove Nichols qu'il avait une confession à faire. « Je vous ai dit la dernière fois que je détestais la gloire. – Oui, je m'en souviens. – C'est faux, j'adore la gloire. J'en ai la passion. Je l'idolâtre. Je boirais jusqu'à la lie le vin fort de la gloire. Je voudrais voir l'encens brûler en mon honneur dans chaque hameau, dans chaque ville de la terre. La renommée, la gloire ! C'est le souffle, le sang, porteurs de vie. Nul homme ne vit vraiment jusqu'à ce qu'il connaisse la gloire ! Comme je trahissais ma vraie nature [...] lorsque je prétendais ne pas rechercher la gloire, et la mépriser ! »

Tout comme Poe, Lovecraft affichait toujours une grande indifférence pour la célébrité ; mais dans chaque page de ses *Collected Letters* (Recueil de lettres), il saute aux yeux qu'il ressentait exactement la même chose que Poe. Lion frustré, Lovecraft resta toujours une « personnalité partielle », un homme dont la vraie nature fut toujours éclipsée. C'est précisément le genre de personne, comme Janet le faisait souvent remarquer, capable d'être possédée par des démons ou d'abriter des personnalités secondes.

Lorsque nous passons des lettres de Lovecraft à son œuvre, nous voyons clairement pourquoi sa vraie nature ne put se faire jour. Au niveau du style, il ne parvint jamais à la distinction de Poe. Il resta toujours gauche comme un amateur. Sa connaissance du monde réel était très limitée, et, même après son mariage et sa vie à New York, il conserva la tournure d'esprit d'un adolescent. Lisons les œuvres de jeunesse rassemblées par Derleth dans

The Shuttered Room (La chambre aux volets clos). Ces histoires écrites à six ans sont celles d'un enfant exceptionnellement brillant et imaginatif ; elles laissent présager un avenir de grand écrivain. Mais le premier de ses contes d'adulte, *The Alchemist* (L'Alchimiste), écrit à dix-huit ans, ne témoigne pas des progrès que l'on pouvait attendre. Il pourrait être écrit par un enfant de douze ans un peu doué. « Fous que vous êtes ! hurlait-il, ne pouvez-vous deviner mon secret ? N'avez-vous pas de cervelle vous permettant de reconnaître la volonté qui, depuis dix siècles, appelle la malédiction sur votre foyer ? Je vous le dis : c'est moi, moi, Moi ! qui vis depuis six cents ans pour poursuivre ma vengeance, car je suis Charles le Sorcier ! » Il semble que Lovecraft ait été, intellectuellement et physiquement, arrêté dans sa croissance par ses « années de fatigue et de léthargie terribles ». Et si l'on réalise que, dix ans plus tard, il écrivait toujours le même genre de prose absurde et outrée, on peut penser qu'il lui manquait le nécessaire pour devenir autre chose qu'un mauvais amateur. Sprague de Camp parle d'un récit daté de 1919 en termes de « petite fantaisie sans consistance » et d'un autre comme « un véritable échantillon d'horreur ». Cette année-là, Lovecraft découvrit les contes de lord Dunsany, qui avait lui-même subi l'influence du poète William

Morris. Un moment, Lovecraft renonça à terrifier ses lecteurs et s'essaya à une prose poétique et chantante qui rappelle Tolkien dans ses mauvais moments. « Ainsi je me parlais à moi-même de Cathuria, mais toujours l'homme barbu me conseillait de revenir aux rivages heureux de Sona-Nyl !... Par la suite, l'Océan ne me livra plus ses secrets ; et bien que, depuis, la pleine lune ait brillé haut dans le ciel, le Bateau Blanc venant du Sud ne revint jamais. » Mais vers la trentaine, il revint à l'horreur et produisit quelques histoires crues mais intéressantes comme « The Lurking Fear » et « The Music of Erich Zann ».

En 1924, Lovecraft épousa Sonia Greene – elle semble avoir pris l'initiative du mariage – et le couple vécut à New York. Cette union prit fin au bout de deux ans et Lovecraft retourna à Providence. En 1927, il commença à produire l'œuvre qui allait lui assurer la postérité, des nouvelles comme *The Call of Cthulhu, The Case of Charles Dexter Ward, The Dunwich Horror, The Colour out of Space.* Ceux qui se penchent sur le mythe Cthulhu, noteront que dans *The Dunwich Horror*, l'entité étrangère est dispersée par des incantations magiques provenant du *Necronomicon.* (Trois ans auparavant, dans *The Shunned House*, le narrateur avait compté sur une sorte d'appareil scientifique pour détruire l'entité.)

Et de toutes les nouvelles « Cthulhu » de cette période, on retire l'impression que Lovecraft avait beaucoup lu sur l'histoire et la pratique de la magie.

The Colour out of Space manifeste un tournant dans le parcours de Lovecraft. Le désir de créer de l'horreur pure disparaît. Les meilleures nouvelles de cette période sont plus des œuvres de science-fiction que des œuvres d'horreur. Parmi elles, *The Whisperer in darkness, At the Mountains of madness* et son dernier ouvrage, *The Shadow out of time*. Dans toutes, on retrouve l'idée de Fort selon laquelle des êtres venus d'autres galaxies – ou d'autres dimensions – ont visité notre planète il y a des millions d'années, et que l'on peut encore trouver des traces de leur civilisation. Dans *The Whisperer in darkness*, il suggère, et c'est assez gênant, que ces étrangers prélèvent les cerveaux humains, les placent dans des cylindres métalliques et les envoient aux quatre coins de l'univers ; mais cette idée même est présentée avec beaucoup de détachement, sans chercher à donner la chair de poule. Maintenant Lovecraft, délaissant l'horreur, veut évoquer l'immensité de l'univers, le mystère du temps et de l'espace.

En 1960, lorsque j'écrivais *The Strength to dream* (La force de rêver), je ne m'intéressais qu'à la qualité que Lovecraft partage avec les autres écrivains d'imagination : le désir de surprendre le lecteur et de lui faire partager une perception plus profonde de la réalité. Une fois découvert ce « dénominateur commun », il apparaît qu'il n'y a pas de différence fondamentale dans les objectifs de Lovecraft et d'Hemingway, de Théodore Dreiser et de Jorge Luis Borges. Hemingway utilise un langage dépouillé, usuel, afin de communiquer au lecteur un sentiment de sécurité. Et puis le message devient dur et effrayant : la mort est la réalité ultime, la plupart des émotions humaines ne sont que des illusions et l'homme se trouve dans un univers vide. Tous les écrivains d'imagination partent du fait que la conscience quotidienne est vulgaire et limitée. Les gens ne voient pas plus loin que le bout de leur nez. Le but de l'écrivain consiste à faire passer sa vision personnelle de la réalité, qui est plus large et parfois plus « vraie ». Tous les événements mélodramatiques des premiers romans de William Faulkner – meurtres, rapts, suicides, violence – ne semblent pas avoir grand-chose en commun avec l'univers de Lovecraft, mais le but poursuivi est semblable : asséner une gifle au lecteur. Dans ses premiers récits, Lovecraft rate cet objectif à cause de l'outrance de son style. Au lieu de bercer le lecteur, il provoque sa suspicion. Seul un enfant pourrait être terrifié par son récit ; les adultes s'en délectent.

J'ai peu parlé d'un autre aspect de Lovecraft également très important : son romantisme. Lovecraft était romantique, au sens classique du terme – celui dont parlent Keats, Shelley ou William Morris. À coup sûr, il détestait le monde moderne, mais cela n'est qu'un aspect négatif du romantisme. Comme tous les romantiques, il se passionnait pour un univers dont il ressentait clairement l'existence, sans pouvoir le situer exactement. Keats aurait parlé d'un monde de beauté, Shelley du monde d'idéal. Né à Providence en 1890, Keats aurait peut-être écrit des œuvres macabres et non pas des poèmes sensuels. À l'inverse, un Lovecraft né à Londres un siècle plus tôt aurait très bien pu écrire des poèmes oniriques pleins de l'imagerie de Malory et de Spenser.

Mais le plus important est de comprendre pourquoi les romantiques rêvent « d'autres mondes ». L'essence du romantisme est un sentiment de libération qui semble déboucher sur un monde intérieur. Nous vivons dans le monde réel comme un cheval sous le harnais que son cavalier maintient en éveil en l'effleurant de son fouet. Ainsi, nous sommes relégués dans le monde physique, piégés dans la réalité immédiate.

Lorsque l'humeur est vagabonde, l'esprit cesse d'être confiné dans le présent. Le corps se détend et l'esprit voyage. Notre sensibilité n'est plus bridée. Je peux ouvrir une anthologie poétique, évoquer toute une succession d'émotions et entrer dans chaque poème avec toute ma sensibilité. C'est comme si l'on m'avait donné la clé d'un monde qui se trouve en moi-même. Comme si l'on m'avait accordé un type de liberté presque inconnu des êtres humains. Voilà l'idéal réel des romantiques, cette curieuse liberté.

Mais est-il bien exact de la décrire comme la liberté de plonger en nous-même ? Si je lis un volume de poèmes, je vogue dans le monde des poèmes ; je n'explore pas l'univers extérieur, mais mon propre univers intérieur non plus. Ce monde de poèmes – ou d'idées – représente un troisième univers. Le philosophe Karl Popper a été le premier à souligner que celui-ci a sa propre existence. Si une catastrophe atomique détruisait toutes nos bibliothèques et n'épargnait qu'une poignée d'êtres humains ayant perdu la mémoire, l'humanité mettrait des milliers d'années à retrouver son niveau culturel actuel. Mais si les bibliothèques demeuraient intactes, il ne faudrait alors que quelques générations. Ce monde qui se trouve dans les livres possède sa propre existence indépendante.

Mais ce « troisième monde » est aussi la porte d'accès à notre univers personnel. Je peux poser mon livre, regarder par la fenêtre et me laisser aller à la rêverie pendant des heures. Peut-être même serai-je alors envahi d'une paix intérieure si profonde que je ressentirai une sorte de révélation mystique, comme le héros de *The Hill of dreams*, roman de Machen que Lovecraft préférait. (Il est significatif que cet ouvrage, considéré par Lovecraft comme le meilleur livre de Machen, ne comporte aucun élément surnaturel.)

Peut-être le lecteur commence-t-il maintenant à entrevoir pourquoi j'ai parlé si longuement de l'impulsion romantique. Ce n'est pas seulement une échappatoire ou une façon d'atteindre un développement personnel. C'est l'exploration d'un royaume inconnu de liberté. Lorsque je pense à l'enchantement ressenti à lire des poèmes ou à écouter de la musique, j'imagine aisément un degré de liberté bien plus grand encore : l'exploration de nouveaux plans d'existence en moi-même. Pour les romantiques, l'homme est, potentiellement, un dieu et son évolution dépend de sa faculté d'explorer ce nouveau royaume de liberté intérieure. Peut-être avons-nous tort de penser à l'évolution en termes de physique – et au développement à partir de l'amibe et de l'amphibie. Ce développement-là est infiniment lent. Mais selon la théorie de la « super-conscience » formulée par Huxley, l'homme, dans un certain sens, s'élève déjà au rang des dieux. Son problème consiste à explorer la « hiérarchie des moi ».

Tout cela pour dire que nous nous trompons peut-être en ne voyant en Lovecraft qu'un écrivain de fiction macabre. Il était un romantique authentique, et l'on devrait considérer son œuvre comme une tentative d'évolution personnelle. Comme tous les hommes de génie – car je pense qu'il possédait indéniablement un certain degré de génie – il était instinctivement en quête de ce qui lui manquait. Malheureux et égaré dans ce monde réel, il s'efforçait de provoquer des états de « vision intérieure » – tout comme Machen cet après-midi-là à Gray's Inn. Nous avons vu que les forces cachées de Machen répondaient à l'appel et manifestaient leur existence. En lisant les contes Cthulhu, on peut penser que le même genre de chose arriva à Lovecraft. Pourquoi le mythe reste-t-il si puissant, alors que la *Pegana* de Dunsany et le *Poictesme* de Cabell sont plus ou moins oubliés ? C'est parce que Cthulhu et les Grands Anciens touchent une corde plus sensible. Ils semblent surgir du « moi mémorisé tout au long des âges » qui, d'après Yeats, peut être contacté par le truchement de symboles.

Lovecraft avait-il étudié le gnosticisme ou la kabbale ? Les gnostiques pensaient que le monde a été créé par une espèce de démon qui fit de l'univers une immense prison. Les hommes doivent rejeter cet univers matériel et remonter jusqu'à Dieu. La tradition gnostique est très proche du mysticisme de la merkabah juive, dans laquelle le mystique lutte pour atteindre le chariot où trône Dieu, en passant par une série de salles célestes. Au seuil de chaque salle se trouve un gardien que le mystique doit combattre grâce à divers sceaux et noms sacrés. La tradition de la kabbale provient à la fois du gnosticisme et du mysticisme de la merkabah. Selon elle, lorsque Adam commit le péché originel, il cessa d'être uni à Dieu et descendit successivement dix plans de conscience pour se trouver enfin dans un état d'amnésie totale. Il faut donc repasser par ces neuf royaumes, comme Jack escaladant la tige de haricot. Mais le kabbalisme est plus qu'une forme particulière de mysticisme juif. Il pourrait être considéré comme le fondement de toute la magie occidentale. Ces « autres plans » d'existence s'identifient aux royaumes que les adeptes du *Golden Dawn* tentèrent d'explorer par des symboles et un rituel. Ce sont les plans de notre moi intérieur, et dans *Mysteries*, j'ai souligné à quel point ils semblent correspondre à la notion d'« échelle de moi » rejoignant la théorie de Jung sur les divers niveaux d'inconscient.

Kenneth Grant souligne, dans tous les volumes de sa remarquable trilogie *(The Magical Revival,*

Aleister Crowley and the Hidden God, Cults of the Shadow), que Lovecraft ne peut être convenablement interprété que dans le contexte de toute la Tradition mystérieuse. Dans son livre sur Crowley, Grant parle des « expériences occultes, déguisées en fiction » de Lovecraft, et affirme que sa poésie révèle « la source de ses visions [...], l'influence de forces conformes aux archétypes, de symboles amenés par Crowley lorsqu'il entra en contact avec une entité non terrestre ». Il est particulièrement fasciné par la conception de Lovecraft selon laquelle existent, à côté de notre « espace-temps », d'autres dimensions dont des êtres puissants gardent le seuil. Enfin, dans son étude la plus complète de la Tradition mystérieuse, *Nightside of Eden*, il se réfère constamment à Lovecraft, soulignant les ressemblances entre les mythes de Lovecraft et les traditions magiques d'Orient et d'Occident. Il écrit, à propos du romancier Sax Rohmer, qui fut un temps membre du *Golden Dawn* : « Comme Lovecraft, Rohmer a eu l'expérience directe et consciente des plans intérieurs et ils sont tous deux entrés en contact avec des entités non spatiales. De plus, ces deux écrivains se sont refusés à une confrontation réelle avec des entités facilement identifiables comme étant les envoyées de Choronzon-Shugal (le « Gardien du seuil » que Grant semble assimiler à Cthulhu). Les masques de ces entités étaient d'une clarté si irrésistible que ni Rohmer ni Lovecraft ne purent affronter ce qui se trouvait en dessous. Pourtant la répugnance insurmontable provoquée par ce contact dissimula le potentiel magique, comprimé et explosif, qui fit de ces deux auteurs des maîtres dans leurs branches respectives d'occultisme créatif. » Il pense que Lovecraft marqua une hésitation et fit demi-tour parvenu au bord de l'abysse qui s'étend entre le septième et le huitième plan d'existence, et, de ce fait, « passa sa vie à tenter vainement de nier les Entités puissantes qui l'animaient ».

Grant mentionne que Lovecraft fait allusion à l'existence d'entités qui « se déplacent dans les profondeurs de l'espace entre les étoiles », puis poursuit : « Historiquement parlant, le Dr John Dee (1527-1608) fut le premier à laisser un compte rendu détaillé du commerce des humains avec ceux qui peuplent les gouffres insondables qui séparent les univers. » Dans ce contexte, la mention du nom de Dee n'est pas sans intérêt, non seulement parce que Lovecraft lui attribue la seule traduction anglaise du *Necronomicon*, mais aussi parce que Dee est l'un des rares grands adeptes de la magie à nous offrir dans le passé une preuve pratique de l'existence d'entités non humaines. Astrologue de la reine Élizabeth, Dee ne possédait pas lui-même de pouvoirs « paranormaux » ; mais il collaborait avec plusieurs « voyants ». Parmi eux, le plus doué, un certain Edward Kelly, Irlandais et fieffé coquin, semble avoir été ce que nous appelons aujourd'hui un médium. Grâce à la médiumnité de Kelly, qui utilisait probablement une boule de cristal ou un verre d'eau, Dee tenait de longues conversations avec des esprits et les a rapportées dans des milliers de pages.

À cette époque – vers 1580 – nul n'avait jamais entendu parler de ce que nous appelons le spiritualisme. Celui-ci a vu le jour au XIXe siècle, après que la maison de la famille Fox, dans l'État de New York, eut été hantée par des coups secs et que l'« esprit » se fut lui-même identifié comme celui d'un colporteur assassiné. (Plus d'un demi-siècle plus tard, des fouilles permirent de mettre au jour un squelette humain et un équipement de colporteur derrière les murs de la cave.) Les entités qui communiquaient avec Dee par le biais de Kelly ne se présentaient pas comme des âmes de morts, mais comme des anges et divers autres esprits ; mais peut-être cela répondait-il à l'attente particulière de John Dee. Car, sans aucun doute, que les esprits existent ou non, le subconscient humain joue un rôle important dans les phénomènes médiumniques. En ce qui me concerne, je pense que la plupart des esprits sont des entités désincarnées mais qu'elles ne sont pas ce qu'elles prétendent être. Peut-être s'agit-il des escrocs et des chevaliers d'industrie du monde spirituel, ou encore de délinquants désœuvrés n'ayant pas mieux à faire que de s'amuser avec des humains trop crédules.

Mais Kelly était sans aucun doute un voyou, et le bon sens voudrait que l'expérience de Dee avec les esprits ne soit pas considérée comme réellement établie. Pourtant, il existe une preuve importante en sa faveur. Les « esprits » déclarèrent qu'ils fourniraient une série d'invocations magiques, ou de « clés », dans une langue ancienne appelée l'énochien. Le *Book of Enoch* (Livre d'Enoch), livre apocryphe de l'Ancien Testament, explique comment les anges entretenaient des rapports avec les jeunes filles et leur communiquaient les principaux secrets de la magie et de l'occultisme. À l'époque de John Dee, il n'en restait que des fragments, bien qu'un voyageur, du nom de Bruce, en ait rapporté une copie complète d'Abyssinie en 1773. Ce livre est bien entendu écrit en hébreu et non en « énochien ». Mais les « esprits » de Dee identifièrent la langue des « clés » comme étant celle des anges du *Livre d'Enoch*. Le plus extraordinaire est que l'énochien existe réellement comme langue, avec sa grammaire et sa syntaxe. Crowley indique dans son autobiographie qu'« elle est beaucoup plus sonore, noble et majestueuse que le grec ou le sanskrit ». La traduction anglaise, bien que parfois difficile à comprendre, présente d'assez longs passages sublimes.

Cette déclaration provoque un scepticisme naturel, puisque Crowley avait évidemment des raisons d'exagérer. Mais la preuve apportée est extrêmement convaincante. Les textes énochiens comprennent dix-neuf « clés », dont la plus longue compte environ 300 mots. La plupart en comportent une centaine. Un dictionnaire d'énochien, compilé par Leo Vinci, comprend environ 900 mots. Si nous supposons que Kelly a inventé ce langage, nous devons supposer qu'il a d'abord traduit une série d'invocations en énochien convenable, puis les a toutes mémorisées. Mais autre chose encore. Dee possédait une série de tableaux, de 49 × 49, dont la plupart contenaient des lettres ou des symboles. Il s'asseyait devant ses tableaux, ou cartes, disséminés en face de lui, pendant que Kelly consultait la boule de cristal. À l'aide d'une baguette, Kelly désignait l'un ou l'autre des tableaux et disait : « Il (l'ange) désigne la colonne 6, rangée 31. » Dee soulevait alors le carré et notait la lettre. Il aurait fallu que Kelly connaisse l'emplacement des lettres et des symboles sur toutes les cartes. De plus, les messages étaient transmis à l'envers, parce que prononcer les mots à l'endroit aurait libéré certaines forces ; aussi, une fois transcrit, le message devait être renversé. On peut accorder à Kelly assez d'intelligence pour inventer l'énochien et mémoriser dix-neuf invocations dans cette langue, mais il est difficile de concevoir qu'il ait pu également mémoriser un code aussi incroyablement compliqué.

L'énochien a été longuement étudié par de nombreux historiens de la magie – le dernier en date étant Stephen Skinner, qui écrit actuellement un livre à ce sujet ; tous confirment qu'il s'agit d'une langue construite, sans ressemblance avec une autre langue vivante. Aussi les « occultistes » regardent-ils l'énochien comme la preuve la plus valable de l'existence réelle d'entités intelligentes indépendantes de l'esprit humain. Selon une autre hypothèse, cette langue serait une pure invention de l'inconscient de Dee et de Kelly (personne n'a jamais prétendu que Dee ait pu lui-même l'inventer – son honnêteté n'est jamais mise en doute). Certes, nous n'avons pas une idée claire de la complexité de l'inconscient. Sans nul doute provoque-t-il des phénomènes de « poltergeist » et peut-être se trouve-t-il à l'origine de la plupart des « messages d'esprits ». Mais dans ce cas, les messages sont simples, souvent puérils ; l'énochien est complexe. Nous pouvons supposer qu'il s'agissait d'un produit du subconscient de Dee (ou de Kelly), mais est-ce beaucoup plus logique que de soutenir que cette langue a été dictée par des « entités désincarnées » ?

Tout cela peut nous laisser sceptiques mais nous permet au moins de comprendre pourquoi Kenneth Grant – élève de Crowley – se montre si sûr que Lovecraft avait une connaissance directe de « ceux qui peuplent les immensités insondables entre les univers ». Si la langue énochienne de Dee provenait de ces entités – ou d'autres esprits que nous ne pouvons encore définir –, il est alors très plausible que la mythologie de Lovecraft provienne de la même source. Et Grant l'affirme avec beaucoup de conviction dans *Night Side of Eden*, qui parle de la « face cachée » de l'arbre de la vie.

Soyons clairs. Lovecraft était un romantique qui rejetait le monde ; pas seulement un rêveur, mais un homme ayant une aversion profonde pour le « monde réel » qui l'entourait. Je crois qu'il effectuait couramment une démarche semblable à l'« hypnose » de Machen – non pas consciemment mais, comme Machen, par désespoir et par épuisement. L'une des idées fondamentales de la magie est la « volonté profonde ». Les êtres humains veulent rarement quelque chose très profondément. Lorsque cela leur arrive, entre en jeu une sorte de volonté beaucoup plus puissante que la volonté ordinaire. Les magiciens tentent de contrôler ce type de volonté. (Un homme peut provoquer inconsciemment la mort de son ennemi, s'il le désire avec assez de force.) Lovecraft, rêveur, indolent, n'utilisait pas beaucoup sa volonté. Mais il a peut-être connu de temps à autre des états d'angoisse pendant lesquels son rejet total du monde qui l'entourait, avait eu pour effet de réveiller sa « volonté profonde ».

Pour provoquer de tels effets, nul besoin d'intense concentration. Il suffit d'une sorte d'« absorption » particulière. Je prendrai un exemple dans ma propre expérience. En 1968, je commençai à écrire un livre intitulé *The God of the Labyrinth*, traitant d'une quête littéraire. Le héros, Gérard Sorme, devait effectuer des recherches au sujet d'un noceur irlandais du XVIIIe siècle du nom d'Esmond Donelly, prétendu auteur d'un ouvrage pornographique célèbre. Au début, mon intention était d'écrire un roman policier littéraire, à la manière du Russe Irakly Andronikov. Mais, à un moment donné, je pris conscience de ce que l'intrigue me filait des mains. De plus en plus absorbé par la recherche d'Esmond, mon héros se laissa posséder par l'esprit de celui-ci. Étrangement, j'avais moi aussi l'impression qu'Esmond était en quelque sorte en train de me « posséder ». Je savais, bien entendu, que, sorti de mon imagination, ce n'était pas une personne réelle. Mais j'avais le curieux sentiment qu'il était bien réel et essayait de communiquer avec moi. J'avais naturellement étudié en détail tout ce qui le concernait, ses rencontres avec des contemporains comme Rousseau et Boswell, par exemple. Né en 1748, il partit en 1765, à l'âge de dix-sept ans, faire le Grand Tour d'Europe. Dans le roman, le héros découvre soudain qu'il est « possédé » par Esmond. Alors qu'il se dirige vers Dublin, une hallucination lui fait croire qu'il voyage en voiture à chevaux, comme s'il effectuait le Grand Tour avec Esmond. Dans Dublin, il croit voir la « Chapelizod Road » dans l'état qui était le sien deux siècles plus tôt. Il va pour prendre le Grattant Bridge, certain que c'est la seule façon de traverser la rivière pour se rendre à Stephen's Green ; il a simplement oublié que le O'Connell Bridge existe depuis 1765…

À ce moment-là, je pris conscience que ce que je cherchais vraiment, c'était un témoignage sur le Dublin du XVIIIe siècle. Dans cette maison, il y a des milliers de livres ; je devais pouvoir y trouver quelque chose ! J'examinai le rayon « voyage » et tombai sur un livre intitulé *Dublin Fragments* par A. Peter (1928). Il tomba de l'étagère et s'ouvrit sur une carte. J'y jetai un coup d'œil et mes cheveux se dressèrent sur ma tête. C'était une carte de Dublin et de sa banlieue par J. Roque – elle se trouve en face de moi à l'heure où j'écris ces lignes – dédiée à George Putland Esq. et « mise à jour en 1765 ». J'y découvris tous les renseignements désirés…

Dès lors, et jusqu'à la fin de la rédaction de mon ouvrage, j'eus la sensation étrange de la présence d'Esmond. Mais, après la publication du livre, les coïncidences continuèrent. Je reçus une lettre de Francis King, qui écrivait sur la magie, me demandant comment j'avais trouvé toutes ces informations sur la société secrète appelée « The Cult of the Peacock ». C'était évidemment, disait-il, ce que j'entendais par la « Sect of the Phoenix » (Secte du Phénix) – société sexuelle dont Esmond finit par devenir le Grand Maître. J'avais, semblait-il, fourni une clé intéressante en mentionnant qu'Edward Sellon en faisait également partie. Sellon, un viveur et un pornographe du XVIIIe siècle, appartenait au « Cult of the Peacock » (Culte du Paon). Mais Francis King, convaincu d'être l'une des rares personnes en Angleterre à savoir que Sellon avait fait partie du « Cult of the Peacock », voulait apprendre l'origine de mon information. Je dus répondre que j'avais inventé la « Secte du Phénix » à partir d'une allusion de Borges ; quant au nom d'Edward Sellon, je l'avais tiré de la « Bibliography of Prohibited

Books » (Bibliographie des livres interdits) de Pisanus Fraxi…

Je concède que tout ceci était peut-être pure coïncidence. Je dirai seulement que, à partir du moment où je commençai à ressentir la présence d'Esmond, j'attendais en quelque sorte ce genre de coïncidences ; et il y en eut bien d'autres, dont la plupart m'ont échappé. Par la suite, la même chose m'est arrivée alors que j'écrivais *The Occult* ; je tombai sur des informations capitales au moment précis où j'en avais besoin. Une fois, un livre tomba d'une étagère et s'ouvrit à la page que je cherchais. J'incline à penser que cette espèce de synchronisme parfait est orchestré par le superconscient. J'entrepris la rédaction de *Mysteries* absolument certain que les coïncidences allaient recommencer. Et elles recommencèrent, comme sur commande.

De ce fait, j'ai tendance à croire que, une fois que Lovecraft se fut penché sur le mythe Cthulhu, ses « créations » commencèrent à mener une vie indépendante, tirant leur vitalité de l'inconscient collectif. Et vingt-cinq ans après sa mort, Pauwels et Bergier conclurent à leur tour que les êtres humains n'étaient pas les premières créatures intelligentes à marcher à la surface de la Terre – et que la Terre avait probablement reçu des visiteurs venus de l'espace des milliers, voire des millions d'années, avant que l'homme apparaisse. (Leurs théories ont été vulgarisées par le Suisse Erich Von Daniken.) Et dans certains livres comme *The UFO Menace* (La menace des ovnis) et *Why are they watching us?* (Pourquoi nous observent-ils ?) des experts en objets volants non identifiés ont avancé des théories sur les « étrangers » venus de l'espace, qui se rapprochent énormément des derniers récits de « science-fiction » de Lovecraft.

Admettons, avec Kenneth Grant, que les créations de Lovecraft avaient plus de réalité que ne le supposait le « reclus de Providence » lui-même. Cela nous permet de mieux comprendre pourquoi il fut si tourmenté par le problème des « personnalités multiples » après avoir écrit « The Call of Cthulhu ». Il était devenu le réceptacle d'un savoir secret, une sorte de prêtre. Des voix étrangères s'exprimaient à travers lui. Grant affirme que, si l'on en croit sa poésie, Lovecraft en était conscient – et qu'il jouait avec une connaissance occulte réelle et non pas avec sa pure imagination. Mais dans ce cas, la connaissance était intuitive plus que consciente. Lovecraft continuait à se considérer comme un auteur de livres d'horreur, un conteur qui augmentait ses revenus en révisant le gagne-pain d'autres écrivains. Crowley était peut-être un personnage profondément insatisfait, mais au moins se considérait-il comme l'émissaire de puissances inconnues. Il acceptait son rôle de prêtre. Lovecraft était un prêtre profondément insatisfait qui ne croyait pas en ses « créations ». Il abandonna certains de ses meilleurs récits dans des tiroirs et les oublia. Il annonça à ses amis qu'il avait décidé de ne plus écrire. Rétrospectivement, nous voyons qu'il ne s'était pas compris lui-même et qu'il se sous-estimait tragiquement. Le dernier acte de la tragédie commence avec *The Shadow out of time* que certains considèrent comme son meilleur ouvrage. Plus que jamais il parle ici d'êtres existant dans « d'autres dimensions », d'esprits pouvant aller au-delà des étoiles et d'une civilisation de millions d'années plus ancienne que celle des hommes. Or Lovecraft continuait à croire qu'il écrivait un livre d'horreur. Beaucoup de lecteurs trouveront cela incompréhensible. Ces remarquables visions des « Vénérables Anciens » ne sont pas terrifiantes, mais fascinantes. Elles galvanisent l'imagination. Elles provoquent l'émerveillement et non la crainte. Pourtant, le fait que Lovecraft ne comprenait pas sa propre nature le poussait à écrire dans le style d'autrefois, comme s'il racontait une histoire dans un murmure rauque. Au lieu de sentir qu'il se tenait au seuil d'un nouveau développement, il imagina sans doute que son talent déclinait. Il cessa d'écrire. Et la même année, en 1935, il eut un cancer. On a souvent fait remarquer que le cancer semble lié à un sentiment de frustration. Un docteur de la Medical School de l'Université du Texas, Agustin de la Pena, a même écrit un ouvrage suggérant que ce mal résulte de ce qu'il appelle une « sous-charge d'information », en d'autres termes de l'ennui. Il ne nie pas que les virus ou les produits chimiques puissent jouer un rôle, mais il suggère qu'il existe un autre facteur, lié au système nerveux central. Une « surcharge d'information » parvenant au système nerveux central – lorsqu'on a trop à faire – inhibe d'après lui le cancer, alors que la dépression et l'ennui provoquent des cancers à développement rapide. « Lorsque le manque d'information atteint un seuil critique, le système nerveux central envoie un signal non spécifique à l'ensemble des structures somatiques [...] pour indiquer le besoin d'une information nouvelle ; la carcinogénèse ou cancer est la façon dont le corps fournit une information nouvelle... »

Si, au sens physique, Lovecraft passa presque toute sa vie en état de « sous-charge d'information », son imagination apportait la nouveauté. À partir de 1930 environ, il affirmait périodiquement à ses correspondants qu'il allait s'arrêter d'écrire, puisqu'il n'avait plus rien à dire. Il continua pourtant à se contraindre à cet effort. En 1935, il cessa définitivement d'écrire et le cancer s'installa. Il commença *The Shadow out of time* en novembre 1934 et l'acheva au début de 1935. Nous ne savons pas exactement quand le cancer apparut, mais Sprague de Camp parle de « février 1937, plus de deux ans après la première atteinte du mal », ce qui suffit à faire croire à un rapport entre la fin de son roman et le début de sa maladie. Si Lovecraft avait consulté un médecin pendant les six premiers mois de sa maladie, il aurait été possible de l'opérer. Mais lorsqu'on diagnostiqua un cancer du côlon en mars 1937, il était trop tard ; le cancer avait gagné tout le corps. Il mourut cinq jours après son admission à l'hôpital.

Tout cela me ramène à ce livre et à son histoire. En 1967, L. Sprague de Camp, qui travaillait alors à sa biographie de Lovecraft, fit un séjour en Inde et au Moyen-Orient avec le romancier de science-fiction Alan Nourse ; il recueillait des documents pour son livre sur les *Great Cities of the Ancient World* (Grandes Cités de l'Ancien Monde). Il rencontra à Bagdad un membre de la Direction générale des antiquités d'Irak, avec lequel il avait entretenu une correspondance et passa quelques jours avec lui à visiter des sites archéologiques. Lorsque le fonctionnaire irakien apprit le projet de

Sprague de Camp d'écrire une biographie de Lovecraft – dont l'œuvre est très connue au Moyen-Orient –, il révéla qu'il se trouvait en possession d'un manuscrit intéressant, écrit dans une langue ancienne assez proche de l'arabe. Sprague de Camp commença d'abord par refuser ; ne comprenant pas l'arabe, il pensait ne pas pouvoir tirer parti de ce manuscrit. De plus, la loi interdit d'exporter des manuscrits pouvant être classés comme pièces archéologiques, et il craignait que la douane ne le confisque. Et puis le fonctionnaire restait vague au sujet du manuscrit ; il se bornait à dire qu'il s'agissait d'un livre magique. On en resta là. Mais peu de temps avant que Sprague ne quitte Bagdad, l'Irakien aborda à nouveau le sujet, indirectement cette fois. Ils déjeunaient dans un restaurant, avec une douzaine de personnes, assises en terrasse sous une bâche, dont Alan Nourse et un professeur palestinien de l'Université de Beyrouth. Par une extraordinaire coïncidence, celui-ci était alors plongé dans la traduction arabe de mon livre *The Strength to dream*. Sprague mentionna que nous étions amis et la conversation porta sur Lovecraft. Sprague demanda si l'on pouvait traduire *Al-Azif* par *The Demonology*. Alan Nourse expliqua que ce mot est utilisé par les Arabes pour parler du bruit que font les insectes la nuit et que l'on suppose être le bruissement des démons. Le Palestinien dit qu'il n'avait jamais entendu parler de semblable chose. À ce moment-là, le fonctionnaire de la Direction des antiquités expliqua négligemment que ce mot provient de l'ancienne langue akkadienne et qu'il figurait en tête d'un manuscrit se trouvant dans son bureau. En essayant de contenir son excitation, Sprague lui demanda s'il pouvait le voir et le fonctionnaire accepta de le lui apporter le lendemain matin. Il s'avéra être écrit, à l'encre noire, sur un parchemin brun, et Sprague fut déçu de constater qu'il ne comprenait le sens d'aucun des caractères. Le fonctionnaire lui apprit qu'il était écrit dans une langue appelée duriaque et encore parlée par quelques vieillards du village de Duria, dans la région kurde du nord de l'Irak. Lorsque Sprague lui proposa d'acheter ce manuscrit, le fonctionnaire en demanda un prix assez élevé, mais encore raisonnable. Sprague, certain de pouvoir, en cas de besoin, revendre ce manuscrit au Département des antiquités du Musée de Philadelphie, l'acheta. Il n'eut apparemment aucun problème pour le faire sortir du pays.

De retour aux États-Unis, il essaya de le faire traduire et connut une déception. Les experts prétendaient que cette langue ressemblait au perse, mais que dans l'ensemble c'était du charabia. Cela réconforta Sprague, qui fit valoir que le mot « charabia » provient d'un alchimiste arabe, à peu près contemporain du légendaire Al-Hazred ; mais lorsque Reinhold Carter, du Metropolitan Museum, jugea le manuscrit comme un faux du XIXe siècle, il fut découragé. En 1969, il reçut une lettre du fonctionnaire de Bagdad lui proposant, en post-scriptum, de racheter le manuscrit plus cher qu'il ne l'avait vendu. Sprague l'informa de son désir de discuter de ce problème et ne reçut pas de réponse. Un autre correspondant arabe lui apprit par la suite que ce fonctionnaire avait été emprisonné pour avoir détourné des fonds de l'État. En 1973, Sprague décida de publier le manuscrit en fac-similé ; il parut avec, comme nom d'imprimeur, la Owlswick Press, Philadelphie, et comme titre, *Al-Azif, Le Necronomicon*. En introduction, Sprague racontait l'histoire réelle de son acquisition, mais se perdait ensuite dans la fiction, prétendant que trois arabisants qui en avaient entrepris la traduction, avaient tous trois disparu : en écrivant, ils avaient murmuré les mots à voix basse… En fait, il publia l'ouvrage dans l'espoir d'intéresser à ce mystère quelque spécialiste des langues arabes.

C'est alors qu'intervient Robert Turner, fondateur d'un cercle magique moderne appelé « The Order of the Cubic Stone » (L'ordre de la pierre cubique), qui officie à Wolverhampton. Cet ordre publie un magazine semestriel, *The Monolith* (Le monolithe). On trouve des détails sur l'ordre dans le livre de Francis King, *Ritual Magic in England* (Rituel magique en Angleterre). Tout comme Kenneth Grant et moi, Robert Turner avait acquis depuis longtemps la certitude que les mythes de Lovecraft n'étaient pas simplement une invention de romantique, mais reposaient sur la tradition magique ancienne, « un archétype sous-jacent, unifiant l'ensemble apparemment incohérent des données magiques et mythologiques… ».

M. Turner finit par se convaincre de la valeur fondamentale de la magie pour des raisons assez semblables aux miennes. Ingénieur de profession, il admet qu'une impulsion purement romantique à base de fascination pour le mystérieux et l'étrange l'amena à s'intéresser à la magie. Mais, lorsqu'il commença à étudier les traditions magiques venant du monde entier – et des civilisations les plus anciennes –, il fut frappé par leur remarquable uniformité. Si la magie est réellement un produit de la superstition et de l'ignorance, on pourrait s'attendre que les croyances magiques des Esquimaux et des Indiens du Pérou n'aient pas grand-chose en commun. Pourtant, la similitude est surprenante et a été soulignée par des anthropologues, de sir James

Frazer à Joseph Campbell (dont l'ouvrage monumental *The Masks of God* – les masques de Dieu – est la meilleure introduction moderne écrite à ce sujet). Un chaman (ou sorcier) indien d'Amérique n'aurait aucune difficulté à comprendre les pratiques magiques d'un confrère de Nouvelle-Guinée ou de Lettonie. Les découvertes archéologiques révèlent que la magie de l'ancienne Babylone ou de Thèbes ne différait guère de celle de Paracelse ou de Cornelius Agrippa. Bien entendu, la langue et les symboles sont différents – tout comme le langage des mathématiques égyptiennes diffère de celui des mathématiques romaines ou arabes ; pourtant, les idées sous-jacentes sont étonnamment semblables. Ceci amena Robert Turner à penser que les lois fondamentales de la magie possèdent autant de valeur objective que celles de la physique. Avec cette différence essentielle : la physique concerne le monde extérieur, tandis que la magie s'intéresse au monde caché du psychisme humain et à ses mystérieux rapports avec l'univers extérieur.

M. Turner a en partie expliqué ses propres conceptions sur la nature de la magie dans son commentaire du *Necronomicon* figurant dans le présent ouvrage. Disons simplement que, lorsqu'il commença à lire les contes Cthulhu de Lovecraft, il eut la conviction profonde que le mythe n'était pas né de l'imagination de Lovecraft. Il trouvait ses racines dans cette tradition magique qui lie l'œuvre d'un Hermès Trismégiste à celle d'un John Dee. Il supposa d'abord, nous dit-il, que Lovecraft était lui-même adepte pratiquant, ou tout au moins membre d'un ordre magique quelconque. Lorsqu'il prit connaissance des lettres de Lovecraft, il fut stupéfait – et dérouté – d'apprendre que celui-ci considérait apparemment l'occultisme comme un signe de faiblesse d'esprit. Pourtant, lorsqu'il relut les principaux ouvrages sur le mythe Cthulhu – *At the Mountains of madness, The Case of Charles Dexter Ward, The Shadow out of Time, The Dunwich horror* –, il eut à nouveau la conviction que Lovecraft en savait plus sur la magie qu'il ne voulait le dire à ses correspondants.

À peu près à cette époque – en 1972 – parut le *Magical Revival* de Kenneth Grant ; et M. Turner fut d'abord tenté d'accepter le point de vue de Grant qui voyait là un cas de « perspicacité inconsciente ». Et d'ailleurs, il demeure convaincu que Grant avait foncièrement raison. Pourtant, il soupçonnait encore Lovecraft de mieux connaître les textes magiques que ne le pensait Grant, et d'avoir puisé cette connaissance dans des ouvrages qu'on pouvait facilement se procurer à Providence et à New York.

Je rencontrai Robert Turner, à cause de notre intérêt commun pour le rituel magique. Je fus intrigué lorsqu'il m'énonça sa théorie selon laquelle la mythologie de Lovecraft reposait sur une tradition magique ancienne, et surtout lorsqu'il me dit avoir trouvé l'une de ses principales clés dans mon propre livre, *The Strength to dream*, où je compare la mythologie de Lovecraft à celle de Mme Blavatsky. J'avais noté que Mme Blavatsky parle de « ruines cyclopéennes et de pierres colossales » dans *The Secret Doctrine* (La doctrine secrète) – volume II, p. 341. *The Secret Doctrine* se présente surtout comme un vaste commentaire sur le « plus vieux manuscrit du monde », *The Book of Dzyan ;* Mme Blavatsky prétendait posséder ce livre et le garder sur « des feuilles de palmier rendues imperméables à l'eau, au feu et à l'air par un procédé spécifique inconnu ». Comme la plupart des non-théosophes, j'avais toujours tenu le *Book of Dzyan* pour une invention de cette vieille occultiste rusée. Pourtant, plusieurs personnes fort honorables, dont le bouddhiste de renom Christmas Humphreys, ont affirmé croire à son authenticité. Un écrivain, Sri Madhava Ashish, a consacré deux livres à l'analyse des *Strophes de Dzyan* pour confirmer la version de Mme Blavatsky. Je dois admettre, avec Robert Turner, qu'en cas d'authenticité, le *Book of Dzyan* pourrait être à l'origine du *Necronomicon*. Malheureusement, c'est également possible s'il est né de l'imagination de Mme Blavatsky, car Lovecraft aurait très bien pu tirer, en partie, sa mythologie de la « Doctrine secrète ».

À la même époque, j'eus des nouvelles d'un autre ami, George Hay, président de la H.G. Wells Society, dont je fais partie. George Hay est historien de science-fiction, et l'éditeur du présent ouvrage lui avait demandé de publier une série d'essais sur Lovecraft et le *Necronomicon*. Il traiterait bien entendu le *Necronomicon* comme une pure imagination de Lovecraft. (Deux de ces essais, écrits avant que Robert Turner ne fasse d'importantes découvertes au sujet du *Necronomicon*, sont publiés en appendice.) George me demanda un article. Je lui parlai de la théorie de Robert Turner sur *Dzyan* et lui suggérai de demander à Robert d'écrire quelque chose là-dessus. Mais lorsqu'il entra en contact avec Robert Turner, celui-ci s'était déjà lancé dans de nouvelles recherches : Lovecraft avait peut-être eu accès à divers grimoires médiévaux, comme *The Sword of Moses* (L'épée de Moïse) et cela pouvait expliquer l'impression d'authenticité de ses références à la magie. Cela me parut très improbable. J'eus l'impression que Robert se laissait entraîner par ses désirs. Malgré tout, et d'accord avec George Hay, j'admis que ses idées méritaient de figurer dans l'ouvrage projeté.

Mais notre première découverte importante vint d'une source complètement différente. Au cours de l'été 1976, je fis part de notre projet concernant Lovecraft à mon ami le Dr Carl Tausk, de l'Institut Technologique de Vienne. À ma grande surprise, Carl remarqua incidemment qu'il avait entendu dire que le père de Lovecraft était un franc-maçon égyptien. Je lui demandai d'où il tirait cette information, mais sa réponse fut un peu vague ; il dit avoir entendu cela au cours d'une discussion nocturne, après une réunion académique. N'ayant guère lu Lovecraft, il n'avait rien fait pour en savoir plus. Il pensait toutefois pouvoir se souvenir de la personne de qui il tenait cette information et promit de se renseigner dès son retour à Vienne.

J'avais enfin l'impression de me trouver sur une piste importante. Je venais de lire la biographie de Lovecraft par Sprague de Camp, et je savais qu'on ignorait pratiquement tout du père de Howard, Winfield Lovecraft, mort de la syphilis alors que son fils n'était encore qu'un enfant. D'origine britannique – il parlait avec l'accent anglais – Winfield Lovecraft était connu de son entourage comme « l'Anglais suffisant ». À trente-cinq ans, il épousa Susan Phillips, fille d'un riche industriel de Providence ; il était alors vendeur à la Gorham Silver Company de Providence. Quatre ans après, Winfield Lovecraft se rendit en voyage d'affaires à Chicago et commença à montrer des signes de dérangement mental. Il affirmait que la femme de chambre l'avait insulté ou bien qu'on attaquait son épouse dans une pièce au premier étage. Déclaré légalement incapable, placé dans un asile psychiatrique, il mourut cinq ans plus tard. La paralysie générale, stade final de la syphilis, n'intervient qu'au bout de vingt ans ; la maladie a alors dépassé depuis longtemps le stade infectieux, mais elle peut quand même être génétiquement transmise. Howard semble heureusement avoir été épargné.

Ne nous étonnons pas que Winfield Lovecraft ait pu être franc-maçon. La franc-maçonnerie « moderne » (qui a vu le jour en Angleterre, en 1717) avait atteint Philadelphie dès 1730, et avait rapidement gagné Boston, New York, Charleston, Portsmouth et d'autres villes. L'enthousiasme américain pour l'idée de fraternité lui assurait une bonne audience dans tout le continent, et la plupart des villes américaines possèdent maintenant leur Grand Temple maçonnique. Alors qu'en Europe, la franc-maçonnerie maintenait la tradition d'une société secrète, elle devint aux États-Unis un club respectable auquel les industriels en vue se devaient d'appartenir.

Winfield Lovecraft, « jeune industriel en vue » exerçant surtout à Boston, faisait certainement partie de la franc-maçonnerie. Mais en Égypte, la franc-maçonnerie est quelque chose d'entièrement différent. La plupart des historiens s'accordent à penser que la franc-maçonnerie est apparue dans l'Egypte ancienne – les « Maçons » étant une « guilde » d'architectes de temples et d'artisans. Mais la maçonnerie égyptienne fut créée – ou recréée – par le « Comte » Cagliostro, magicien et imposteur, vers 1778. Cagliostro fut admis à la Loge de l'Espérance (Esperance Lodge) des francs-maçons en avril 1777 à Londres. Il prétend que, peu après, il produisit un manuscrit contenant le détail de la forme originale de maçonnerie telle qu'elle avait existé en Égypte. Puis Cagliostro déclara être lui-même franc-maçon égyptien et fit du prosélytisme dans toute l'Europe. À Leipzig, après un banquet maçonnique, Cagliostro menaça le vénérable de la loge : s'il n'adoptait pas le rite égyptien, il « sentirait la main de Dieu ». L'homme se suicida quelques jours après, ce que l'on considéra comme l'accomplissement de la prophétie de Cagliostro ; la franc-maçonnerie égyptienne fut soudain prise au sérieux. Même les biographes les plus sceptiques ne doutent pas de la sincérité de l'enthousiasme de Cagliostro.

Pendant sept ans, l'étoile de Cagliostro brilla au zénith. Puis il y eut l'affaire du Collier de la Reine, dans laquelle le cardinal de Rohan, ami de Cagliostro, fut dupe de l'escroquerie de la comtesse de La Motte-Valois. On jugea Cagliostro pour complicité, mais on l'acquitta. Cependant, son comportement absurde pendant le procès et la ridicule « histoire de ma vie » qu'il lut à haute voix à la cour firent de lui un objet de risée ; il fut banni et envoyé à Londres. Il commit l'erreur de se rendre à Rome ; arrêté comme franc-maçon, il mourut dans les donjons du pape en 1795. À ce moment-là, la Révolution française avait déjà eu lieu, des milliers d'aristocrates avaient péri sous la Terreur et des centaines s'étaient embarqués pour les États-Unis. Parmi eux, se trouvaient de nombreuses personnes que Cagliostro avait initiées à la franc-maçonnerie égyptienne.

La postérité a peint Cagliostro sous les traits d'un imposteur. Pourtant, comme je l'ai souligné dans *The Occult*, c'était également un magicien qui possédait de réels pouvoirs, tels que clairvoyance, don de prophétie, ainsi qu'un talent de guérisseur particulièrement développé.

Quelle différence existait-il entre la maçonnerie égyptienne et la maçonnerie ordinaire ? Inutile de se poser des questions : A.E. Waite a longuement décrit la maçonnerie égyptienne dans sa *New Encyclopedia of Freemasonry* (Nouvelle Encyclopédie de la franc-maçonnerie) en 1923. Dans le livre que W.R.H. Trowbridge consacra, en 1910, à Cagliostro, nous trouvons une description du rite moins ésotérique auquel celui-ci fut initié à Londres. Après l'avoir mis en présence des autres « frères », on hissa Cagliostro jusqu'au plafond à l'aide d'une corde, pour symboliser sa confiance totale dans la volonté du ciel. Puis on plaça un bandeau sur ses yeux, on lui remit un pistolet chargé et on lui ordonna de se faire sauter la cervelle. Il montra alors une hésitation bien naturelle. On lui ordonna de faire le serment rituel et de jurer d'obéir sans discuter à ses supérieurs. Le pistolet lui fut à nouveau tendu – non chargé cette fois ; Cagliostro le plaça d'une main tremblante contre sa tempe et appuya sur la détente. En même temps, on fit entendre la détonation d'un autre pistolet et on lui assena un coup sur la tête. Puis on retira son bandeau et Cagliostro fut déclaré maçon.

On voit la simplicité du rite de la « Loge de l'Espérance », sinon sa grossièreté. Le rite égyptien avait une tout autre rigueur. Le candidat devait déjà être maçon. Avant la cérémonie, on le laissait dans une pièce où se trouvait l'image d'une pyramide, probablement la Grande Pyramide de Chéops sur laquelle il devait méditer. Puis, après avoir frappé sept fois, il était admis au pied d'un trône ; un maître vêtu de blanc prononçait alors un très long discours en seize points, qui comprenait un chapitre sur la fondation de la maçonnerie par Salomon et l'« utilisation des forces occultes ».

Tout cela souligne la différence entre la maçonnerie ordinaire et la maçonnerie égyptienne : la première formait comme une variante du christianisme, alors que la seconde reposait sur une philosophie hermétique – c'est-à-dire sur la magie. Salomon n'était pas seulement le constructeur du Temple, mais aussi un magicien légendaire, connu pour être l'auteur du fameux grimoire médiéval *The Key of Solomon* (La clé de Salomon). De plus, le fondateur de la magie, d'après la légende, Hermès Trismégiste, venait d'Egypte où il portait le nom de Thoth. Le *Corpus hermeticum*, l'œuvre la plus célèbre de magie et de mystique (comprenant la fameuse Table émeraude), était attribué au Grand Hermès III.

C'est pourquoi Cagliostro pensait que sa maçonnerie égyptienne était supérieure à la maçonnerie ordinaire : parce qu'elle remontait aux origines de la magie et de la « philosophie occulte ». Le franc-maçon ordinaire doit connaître la Bible ; le franc-maçon égyptien était supposé connaître l'astrologie, l'alchimie, la mystique et le rituel magique. Cagliostro lui-même avait des lumières sur toutes ces disciplines. Les maîtres étaient censés en savoir beaucoup plus.

Le siècle qui suivit la mort de Cagliostro connut une renaissance remarquable de la tradition magique ; tout à coup, la magie redevenait un sujet d'études sérieux. En France, elle reçut l'impulsion des œuvres d'Eliphaz Levi, en particulier *Transcendental Magic*, qui liait le jeu de tarots à la kabbale juive. Mac Gregor Mathers, l'un des fondateurs de l'Ordre hermétique du *Golden Dawn*, traduisit *The Key of Solomon* et *The Sacred Magic of Abra-Melin the Mage*. Toutes sortes de sectes maçonniques étranges se répandirent en Angleterre ; certaines d'entre elles – comme la Grande Loge de Memphis et le « Hermetic Order of Egypt » (Ordre hermétique d'Egypte) – étaient évidemment des fruits de la maçonnerie égyptienne de Cagliostro. Kenneth Mackensie, érudit excentrique qui compila *The Royal Masonic Cyclopedia*, alla à Paris s'asseoir aux pieds d'Eliphaz Levi afin d'apprendre de sa bouche tout ce qui concernait l'Ordre hermétique d'Egypte.

À la fin du XIXe siècle, la magie et la maçonnerie étaient devenues étroitement liées. Et, plus que tout autre, Cagliostro était responsable de leur association.

Voilà pourquoi je dressai l'oreille lorsque j'entendis dire que le père de Lovecraft était franc-maçon égyptien. L'intérêt que H.P. Lovecraft portait à la magie pouvait alors lui venir de son père. En effet, Winfield Lovecraft ne resta pas toujours enfermé dans une maison de santé après sa première dépression à Chicago. Sprague de Camp indique qu'il vivait chez lui la plupart du temps et n'entrait à l'hôpital que pendant ses crises d'hallucination. Ainsi, pendant toute la période de formation de son enfance – entre trois et huit ans –, Howard a dû être très proche de son père. L'homme solitaire et l'enfant fragile passaient une grande partie de leur temps à la maison. Et sans aucun doute le solitaire délirait et parlait de toutes sortes de choses qui l'intéressaient autrefois.

Carl Tausk tint parole. Il retrouva la personne qui avait fait allusion au père de Lovecraft. C'était un homme qu'il avait rencontré à plusieurs reprises pendant quelques années. Le Dr Stanislaus Hinterstoisser, auteur d'une histoire de la politique monétaire de la dernière décennie de l'Empire austro-hongrois, né à Liegnitz en Silésie, le 23 août 1896, obtint son doctorat de théorie politique à l'université de Dresde en 1925. Adulte, le Dr Hinterstoisser passa la plus grande partie de sa vie à Vienne. Sa femme, nièce de von Hindenburg, hérita d'un domaine à Mondsee, près de Salzbourg, et le couple partagea alors son temps entre Mondsee et Vienne.

Après une dépression nerveuse, en 1933, en partie due à la crainte que lui inspirait l'ascension de Hitler, Hinterstoisser fut soigné par C.G. Jung à Zurich, où il vécut deux ans. Jung lui prêta un livre intitulé *The Law of Psychic Phenomena*, de Thomas Jay Hudson ; ce n'est pas, comme on pourrait le croire, un livre consacré à l'occulte, mais une tentative d'examen du « vaste potentiel de l'esprit humain », englobant les rêves, l'hypnotisme et la télépathie. Après avoir lu ce livre, le Dr Hinterstoisser fut fasciné par ce problème du potentiel inutilisé de l'esprit humain, et commença à étudier l'histoire de la magie et des phénomènes psychiques. Il en résulta le *Prolegomena zu einer Geschichte der Magie* en trois volumes qu'il publia à Vienne en 1943. Cette œuvre fut saisie et détruite par les nazis (encore qu'une copie ait survécu) et le Dr Hinterstoisser ne fut sauvé des camps de concentration que grâce à l'intervention personnelle de Himmler.

Après la guerre, Hinterstoisser fonda le « Salzburg Institute for the Study of Magic and Occult Phenomena ». Comme la plupart de ses collègues à Vienne, Carl Tausk n'était pas au courant de l'attention que portait Hinterstoisser au domaine des sciences occultes. Non pas que Hinterstoisser dissimulât son intérêt pour la magie, mais il la considérait comme un passe-temps, une façon de se détendre après son travail.

Le Dr Hinterstoisser connaissait mes œuvres – il avait révisé la version allemande de *The Outsiders* et admirait beaucoup *The Mind Parasites*, premier roman que j'écrivis pour Derleth dans la tradition de Lovecraft. Il me fit parvenir une lettre par l'intermédiaire de Cari. Il m'indiquait qu'il ne pouvait pas entrer dans les détails sur ses sources relatives au père de Lovecraft ; mais il affirmait, de façon catégorique, que Winfield Lovecraft était franc-maçon égyptien et qu'il possédait au moins deux ouvrages magiques, le fameux *Picatrix* de Maslama ibn Ahma-al-Magriti, également connu sous le nom de pseudo-Magriti, et le *Book of the Essence of the Soul* (Livre sur l'essence de l'âme) de Godziher.

Sur ma demande, le Dr Hinterstoisser m'écrivit une lettre, que je reçus l'autorisation de citer dans notre livre sur Lovecraft. Je l'ai publiée en entier, n'omettant que quelques points mineurs. Dans cette lettre, il déclare – ce qui est très discuté – que Cagliostro « légua à ses successeurs certains manuscrits dont l'original du *Necronomicon* ».

Cette affirmation, assenée la première fois dans une lettre du 4 août 1976, me coupa le souffle. Par retour du courrier, je demandai des explications à

Hinterstoisser. La suite fut terriblement frustrante : Hinterstoisser ne parlait pas un très bon anglais et sa lettre avait été traduite par Carl Tausk. Cari se trouvait en Italie lorsque j'écrivis à Hinterstoisser, aussi fallut-il attendre deux mois avant que la réponse ne me parvienne. Hinterstoisser déclarait : « Le *Necronomicon* n'est pas un ouvrage unique écrit par un seul homme – El-Hazred – mais la compilation de documents magiques venant d'Acadie, de Babylone, de Perse et d'Israël, probablement effectuée par Alkindi (Ya' kûb ibn Ishâk ibn Sabbah al-Kindî, qui mourut vers 850 ap. J.-C.). Il prétend contenir les restes d'une tradition magique antérieure à l'humanité. » Il poursuit en indiquant que le chapitre plus tard connu sous le nom de « Book of Secret Names » est, en fait, le chapitre 9 de la seconde partie de cet ouvrage. J'en déduisis que le texte appelé *Le Necronomicon* n'était qu'une partie d'une œuvre beaucoup plus vaste et je demandai à Hinterstoisser le titre de cette œuvre. Il ne me le révéla jamais clairement, bien que dans sa dernière lettre (avril 1977) il parlât de « Kitab ma'ani al-nafs » comme de « la grande compilation ». Mais j'ai ensuite découvert qu'il ne s'agit là que du nom arabe du *Livre sur l'essence de l'âme*, auquel il avait fait allusion dans sa première lettre. La mort de Hinterstoisser, survenue le 10 octobre 1977, m'empêcha de lui demander d'autres éclaircissements.

Il expliqua pourtant que « l'ensemble de la compilation » forme un traité global de magie qui provient en grande partie des tablettes de la bibliothèque d'Assurbanipal. Cette œuvre semble comprendre une grande quantité de matériaux que nous considérerions aujourd'hui comme scientifiques ou philosophiques (par exemple, un long chapitre sur la nature de l'homme) ainsi que des chapitres sur l'astrologie, l'alchimie, la science des couleurs et la fabrication de talismans. Mais le chapitre neuvième de la seconde partie s'intitule « De l'histoire des Anciens », et paraît bien être à la base du *Necronomicon*. Hinterstoisser m'avoua qu'il ne possédait pas de copie du *Necronomicon*, mais qu'il en avait vu une à Boston. Là encore, je n'eus pas le temps de lui poser d'autres questions. Mais rappelons que Winfield Lovecraft travaillait surtout dans la région de Boston et que cette ville fut l'une des premières à posséder un temple maçonnique.

Je reproduis la lettre de Hinterstoisser, datée du jour de Noël 1976, sans ajouter de commentaire. Elle contient plusieurs points que j'aurais souhaité éclaircir – par exemple, l'identité de ce « Grand Cèdre » qui apprit à Winfield Lovecraft comment lire le *Necronomicon* (et pourquoi d'ailleurs fallait-il qu'on lui « apprît » à le lire ?) et l'étrange histoire de Fouquier-Tinville qui aurait obtenu ce texte, « non sans torture », des disciples de Cagliostro.

J'avoue que tout ceci serait terriblement frustrant si nous n'avions rien découvert d'autre sur le *Necronomicon*. Heureusement, ce n'est pas le cas. La lettre de Hinterstoisser passionna Robert Turner, au point qu'il reprit toutes ses recherches, cette fois au British Museum. Dans sa deuxième lettre, Hinterstoisser remarque qu'une copie de la compilation d'Alkindi a été cataloguée par le bibliothécaire du roi Rodolphe II à Prague. Robert Turner se rappelait que John Dee et Edward Kelly passèrent plusieurs années à Prague au service de ce roi. D'après Lovecraft, John Dee traduisit le *Necronomicon*. Nous avions tous deux supposé que c'était une pure invention de l'écrivain. Mais si le père de Lovecraft avait réellement en sa possession certains livres magiques, dont *The Secret Names* (Les noms secrets) d'Alkindi, et si Lovecraft puisa sa mythologie Cthulhu dans cet ouvrage, il paraît dès lors fort probable que le chapitre que possédait Winfield Lovecraft ait été la traduction du *Necronomicon* par John Dee, copiée au cours de son séjour à Prague.

L'une de ses premières découvertes – et des plus intéressantes – était la lettre à John Dee relative à la « ville de Dunwich », en partie submergée par la mer. Dunwich (prononcer Dunnich) existe encore à l'est de Suffolk, à quatre miles au sud-ouest de Southwold, et le *Bartholemew's Gazetteer* indique que c'était autrefois la capitale de l'Est-Anglie. Les résultats des fouilles effectuées à Dunwich, en particulier un énorme cercueil de pierre ayant forme humaine, impressionnèrent Dee. Les parallélismes existant entre le Dunwich de Lovecraft et le Dunwich décrit dans le Guide de Jean Carter finirent par convaincre Robert Turner que Lovecraft avait pris la peine de faire des recherches poussées sur ce village d'Angleterre.

Il continua d'étudier les écrits de Dee au British Museum et tomba sur le *Liber Logaeth*, manuscrit entièrement chiffré. Dans ce même volume, il explique comment, aidé de David Langford, spécialiste des ordinateurs, il réussit à prouver qu'il s'agissait sans aucun doute du manuscrit codé, copié par Dee dans la bibliothèque de Rodolphe II. Dans un chapitre, David Langford décrit comment il est parvenu à déchiffrer le code à l'aide d'ordinateurs. Beaucoup de choses m'échappent, mais je crois qu'il est important que son explication soit publiée en entier. Le résultat de ce travail est une des plus remarquables découvertes historiques depuis le déchiffrage des hiéroglyphes par Champollion.

Nous pouvons enfin présenter aux lecteurs une grande partie du « chapitre interdit » du traité d'Alkindi sur la magie. On envisage de publier plus tard le texte en entier, accompagné d'un commentaire. Robert Turner travaille aussi actuellement à une étude comparative poussée du Dunwich de Lovecraft et du village anglais, qui fera partie de cet ouvrage. L'éditeur de ce livre souligne qu'il importe avant tout d'offrir le résultat de nos recherches, avec un échantillon du *Necronomicon*. La préparation de l'ouvrage complet prendra peut-être plusieurs années.

Je dois prévenir les admirateurs de Lovecraft : s'ils espèrent découvrir de terribles secrets interdits, ils seront déçus. Les documents dont on dispose – passionnants pour des spécialistes de la magie – ne signifieront pas grand-chose pour le lecteur moyen. Mais il en va de même d'œuvres comme *The Key of Solomon, The Sacred Magic of Abra-Melin the Mage* et les grands travaux classiques sur l'alchimie effectués par Jung. Il a fallu vingt ans à Jung pour découvrir les secrets des alchimistes (et je doute parfois que ses explications soient bonnes).

D'autre part, les spécialistes de la magie trouveront peut-être que ces pages sont les plus passionnantes qu'ils aient jamais lues. Le point de départ de la plupart des « magiciens » modernes, c'est la pratique du *Golden Dawn.* Celle-ci reposait elle-même sur la Kabbale, tradition mystique typiquement juive. Nul doute que *The Secret Names* se fonde sur une tradition magique beaucoup plus vieille, déjà fort ancienne lorsqu'on la consigna par écrit au pays de Sumer. Il est vrai que, à l'époque où elle parvint jusqu'à John Dee, elle avait subi l'influence de la magie égyptienne, perse et arabe et même du gnosticisme et du mysticisme grec. Mais les érudits qui ont pu voir le texte croient possible d'éliminer les apports successifs, couche après couche, comme lorsqu'on restaure un tableau, jusqu'à dégager les restes de l'original.

Aux lecteurs qui connaissent peu ou pas du tout la magie, je conseillerais *The Sacred Magician, A Ceremonial diary* (Paladin Books, 1976) de Georges Chevalier, comme brève et facile introduction au *Necronomicon.* Il s'agit du journal d'un « magicien » moderne qui explique comment il passa six mois à effectuer l'opération magique indiquée par Abraha-Melin (ou Abra-Melin) le Mage, et indique les résultats obtenus. Cela devrait convaincre chacun que la pratique de la magie est une entreprise longue, fastidieuse et extrêmement « précise ». Celui qui souhaite faire l'expérience de Georges Chevalier doit simplement acheter – ou emprunter à une bibliothèque – une copie de la traduction d'Abra-Melin le Mage par MacGregor Mathers. (Mais il doit savoir que, commencée, l'expérience doit être menée à terme sous peine – disent les magiciens – de conséquences fort désagréables.) Aleister Crowley a expliqué dans ses *Confessions* comment il avait effectué cette opération chez lui près du Loch Ness, et avait vu réellement des entités démoniaques défilant autour de la pièce. Nous pouvons le traiter de menteur ; mais tous les spécialistes sérieux de la magie conviennent qu'effectuée convenablement, cette entreprise devrait produire ce résultat.

The Secret Names expose une opération semblable permettant d'appeler les Anciens. Elle n'est pas publiée en entier dans ce livre, mais les spécialistes de magie trouveront relativement facile de la reconstituer à partir des passages cités. À ce stade, je ne souhaite pas avancer une opinion sur son « efficacité » réelle, d'abord parce qu'il se peut que nous ne comprenions plus certaines des opérations prescrites dans le rituel. Il se peut également, bien entendu, que tout cela ne soit qu'élucubration due à la superstition et que les « Anciens » n'aient jamais existé. Une seule chose est sûre : une fois le rituel publié dans son ensemble, des groupes de « magiciens » essaieront dans le monde entier d'invoquer Hastur, Nyarlathotep et Cthulhu. Aussi ne devrait-on pas tarder à savoir si les « Anciens » existent réellement ou pas. Voici mon opinion, qui vaut ce qu'elle vaut : le travail vraiment important sur le *Necronomicon* ne sera pas le fait de magiciens, mais de disciples de Karl Jung, qui le considéreront comme un document décrivant des niveaux d'inconscient jusqu'alors insoupçonnés.

Il est, je l'avoue, très désagréable que tant de choses restent inexpliquées. Mais il n'en sera pas toujours ainsi. Récemment, j'ai demandé à un chercheur de trouver un maximum d'informations sur tout ce qui concerne la maçonnerie égyptienne à Boston à la fin du XIXe siècle et si possible sur l'implication de Winfield Lovecraft. Sans doute existe-t-il des traces de son initiation et du stade auquel il parvint. J'échange actuellement une correspondance avec un érudit tchèque qui va tenter de retrouver l'original du recueil d'Alkindi que Rodolphe II, l'empereur à moitié fou, recelait dans sa bibliothèque. Il m'a déjà appris que lorsque Dee et Kelly quittèrent Prague pour Leipzig en mai 1586, le nonce du pape soumit un document à Rodolphe les accusant d'évoquer des « esprits défendus ». Dee avait-il mené à bien tout le rituel des *Secret Names* ? Les autorités communistes se cabrant à la simple idée d'« occultisme », mon correspondant devra avancer prudemment, et ses recherches auront peut-être moins de chances de succès que celles de mon ami américain.

Il m'apparaît nettement, à ce stade, que Lovecraft apprit de son père l'existence du chapitre des Noms Secrets *(Secret Names)*, mais aussi qu'il eut entre les mains le véritable document. Il existe beaucoup trop de similitudes entre son mythe Cthulhu et le manuscrit chiffré de Dee pour admettre une autre explication.

Cela pose d'autres questions auxquelles mon vieil ami Sprague de Camp cherche actuellement des réponses. Comment Howard est-il entré en possession de ce livre ? Son père étant mort lorsqu'il avait huit ans, on peut difficilement supposer que Winfield Lovecraft le lui mit en main. Et dans ce cas, il aurait sans doute été la propriété du temple maçonnique de Boston. Il n'est pas très probable non plus que Susie Lovecraft, la mère de Howard, l'ait conservé et donné à son fils lorsqu'il fut plus âgé. Fille de la Nouvelle-Angleterre, typiquement puritaine, elle l'aurait probablement brûlé. Elle devait garder peu d'estime pour ce mari mort de la syphilis. Sans doute regardait-elle avec horreur ses activités maçonniques, les associant à un passé de débauche. Nous devons donc supposer que les papiers de Winfield Lovecraft restèrent dans son bureau jusqu'à ce que son fils, dans sa quête éternelle de nouvelles lectures, tombât sur le chapitre des Noms Secrets et sans doute sur les deux autres ouvrages mentionnés par Hinterstoisser.

Cela pourrait expliquer en grande partie que Lovecraft soit devenu écrivain. Il grandit près d'un père entraîné vers la folie complète et souffrant d'hallucinations (comme nous l'indique Sprague de Camp). Sans doute certaines de ces hallucinations portaient-elles sur les entités dont parle le *Necronomicon* (pour donner aux « Secret Names » leur titre plus familier). Ces noms étaient à coup sûr devenus les croquemitaines de l'enfance de Lovecraft. En trouvant le manuscrit, il a dû sentir ses cheveux se dresser sur sa tête. N'importe quel enfant d'aujourd'hui qui cache un magazine pornographique sous son matelas peut comprendre cette sensation. C'était quelque chose de vraiment interdit, un secret qu'il ne pourrait jamais partager avec sa mère ou ses tantes.

Pourquoi, jeune, se montra-t-il si obsédé d'astronomie ? Était-ce parce qu'il se demandait si les « Anciens » venaient réellement de ces profondeurs sidérales ? Une chose est certaine : vers l'âge de quinze ans, il avait rejeté toutes ces notions. Sans doute avait-il décidé de congédier tous les croquemitaines de son enfance et de se baser sur la raison et la logique.

Mais pourquoi dans ce cas commença-t-il à écrire des livres d'horreur ? Un homme habité par la « vision de la science » devrait écrire plutôt de la science-fiction – H.G. Wells en offre un vivant exemple. Pourtant, dès le départ, ce champion de la raison et de l'équilibre était sans doute obsédé par les « demeures charnelles », les monstres et les entités mauvaises. Sans doute décida-t-il, par un geste de bravade, d'exorciser les croquemitaines de son enfance en les utilisant dans sa fiction ; c'était une façon de crier « je ne crois pas en vous ». Car il ne fait aucun doute que Lovecraft ne croyait pas en Cthulhu et Yog-Sothoth. Ses lettres témoignent qu'il resta un rationaliste convaincu pendant presque toute sa vie.

Dans une lettre récente, Carl Tausk fait une remarque intéressante. Lorsque Lovecraft commença à publier les histoires Cthulhu, de nombreux francs-maçons de ligne « égyptienne » se rendirent compte exactement de ce qu'il faisait. Sans doute le contactèrent-ils pour souligner qu'il révélait des secrets jalousement préservés. Dans ce cas, la présence du mythe Cthulhu dans ses nouvelles ne prouvait pas seulement sa volonté d'émancipation par rapport aux croquemitaines de l'enfance, mais constituait un geste de défi aux francs-maçons de la ligne égyptienne.

Il suffit au lecteur désireux de pousser plus loin ces spéculations de lire la biographie par Sprague de Camp, ainsi que les propres lettres de Lovecraft publiées en cinq volumes par Arkham House. Finit-il par admettre progressivement l'existence réelle des « Anciens » (Old Ones) comme a tendance à le croire Robert Turner ? Était-il « possédé » dans les dernières années de sa vie ? Cette « possession » supposée pourrait-elle expliquer sa léthargie et sa très basse température ?

Mais pourquoi terminer cette introduction sur une note de spéculation occulte ? Je n'ai pas l'intention de donner la chair de poule au lecteur. Lovecraft passa sa vie à essayer d'obtenir ce résultat et finit par y renoncer, par pur ennui. Essayons de résumer nos connaissances et ce que nous pouvons déduire par simple bon sens. Nous savons que *The Secret Names* (Les noms secrets) existait réellement (encore que nous ignorions si Lovecraft l'appelait *Le Necronomicon,* ou si cet autre nom était le titre original du manuscrit). Nous sommes certains que Winfield Lovecraft en possédait une copie – de l'ensemble ou de certains fragments. Nous avons tendance à croire que cette copie tomba entre les mains de Lovecraft et fut à l'origine de ses récits Cthulhu.

Tant qu'il s'agit d'histoire de la littérature, nul besoin d'en savoir davantage. Quelle importance que

Kenneth Grant ait eu raison et que les « Anciens » (Old Ones) aient réellement existé (ou qu'ils existent peut-être encore) ? Les spécialistes de la magie trouveront sans doute que ces questions méritent d'être encore étudiées. De nombreux lecteurs de Lovecraft ont sûrement un avis contraire et regardent avec circonspection la perspective de voir le Grand Cthulhu tiré du profond sommeil qu'il poursuit à R'lyeh. Mais seuls les faits nous intéressent, comme dit M. Gragind. Et tout le monde s'accordera à penser que dans ce cas les faits sont aussi passionnants et extraordinaires que tout ce qui touche au mythe Cthulh.

LETTRE
DU Dr STANISLAUS HINTERSTOISSER

président du « Salzburg Institute for the Study of Magic and Occult Phenomena » (Institut d'étude de la magie et des phénomènes occultes de Salzbourg), adressée à M. Colin Wilson et traduite avec des corrections par le Dr Carl Tausk.

Franz-Kleingasse 315, Vienne 1190

Cher Monsieur,

Je connais bien votre estimé confrère (devrais-je dire collaborateur ?) le Dr Tausk, de l'Institut de Technologie de Vienne, ainsi que vos nombreux ouvrages, et suis donc convaincu que vous êtes « la » personne à qui je dois livrer des informations d'une grande importance. Comme vous le savez, j'ai passé, avec toute mon équipe, plusieurs années à étudier des phénomènes magiques, dans des bibliothèques modernes en Europe, aux États-Unis et au Japon ainsi que dans de vieilles bibliothèques à Venise, à Saragosse, à Oxford et à Kerman. Et nous sommes allés bien plus loin encore interviewer les adeptes des arts occultes – en prenant parfois des risques. Je pense, sans forfanterie, pouvoir me comparer au grand Arminius Vambery, parent par alliance de ma femme, dont les voyages en Asie centrale rivalisent avec ceux du comte de Gobineau quelques années auparavant, et qui stupéfia ses contemporains en se convertissant à la religion « behaïque ». Ses recherches poussées sur les traditions magiques d'Orient ne sont connues que de rares personnes qui savent le hongrois, puisqu'il écrivit dans cette langue afin que ses recherches ne tombent pas aux mains d'individus irresponsables ou immatures. Ces collections de manuscrits n'ont jamais été publiées ou traduites.

Comme il apparaît dans la liste de mes publications, j'ai commencé par être historien pur et simple, associé au Dr Lutz et au Dr Deak, de l'Université de Budapest, et j'ai été amené à me pencher sur les sciences occultes plus ou moins par hasard. Mais c'est une autre histoire. Qu'il me suffise de dire que plus j'étudiais la magie, plus je prenais conscience de ses effets pratiques et de leur portée – récemment dirigés contre moi, autant que je puisse en juger ; dirigés contre moi (j'espère que je ne vous parais pas trop bizarre) d'une façon fort semblable à celle dont vos « Mind Parasites » (Parasites de l'Esprit) s'en prenaient aux perceptions de leurs victimes. En effet, j'ai été subjugué par la ressemblance entre mes propres expériences et les phénomènes décrits dans votre livre, par l'étroite corrélation de celui-ci avec des phénomènes historiques et psychologiques connus. En quoi Lovecraft est concerné (cet écrivain manquant incroyablement de style, de l'avis éminent du Dr Williams), vous allez le voir bientôt.

J'ai suffisamment lu Lovecraft pour comprendre qu'il s'agit là de quelqu'un de très « simple », peu cultivé et peu familiarisé avec les détours stylistiques (encore que je n'irais pas aussi loin que le Dr Williams dans la condamnation de son style), aventuré sans discrétion dans des domaines d'étude et d'expérience qui devraient être réservés aux seuls hommes capables de les affronter – quelqu'un qui a réussi, peut-être à cause de ses dons télépathiques innés (qui ne font aucun doute) à entrer en contact avec des forces qu'il était bien incapable de maîtriser. Elles eurent raison de lui.

Bien entendu, il me fallait du temps pour être en mesure d'apprécier l'importance, sinon de Lovecraft lui-même, du moins des forces qu'il avait libérées. J'étais initialement trop rebuté par son approche erronée de la science, ses montagnes plus hautes que l'Himalaya situées non pas sur la lune, mais sur le continent antarctique – déjà bien connu à l'époque où il écrivait, avant la guerre. (J'avais fait partie de l'expédition de l'Antarctique patronnée par le gouvernement allemand d'alors, dont on a tant parlé.) De plus, on ne pouvait s'attendre qu'un chercheur si simple et si peu cultivé soit capable d'obtenir par lui-même de tels résultats. Pourtant, tout comme un employé de l'EDF, contrôlant un circuit complexe dont la construction est due aux connaissances accumulées par plusieurs générations de technologues, peut, par accident, plonger toute une ville dans l'obscurité ou l'illuminer en soulevant simplement un levier, un homme tel que Lovecraft, grâce à la sagesse accumulée au cours des âges (et il faut se souvenir qu'on a oublié autant de choses qu'on en a retenu), peut découvrir qu'il possède des pouvoirs, même mal contrôlés, bien supérieurs à ce que l'on est en droit d'attendre d'un être de son espèce. Non pas que je le couvre de mépris, en dépit de ses lacunes. Beaucoup de grands hommes, si l'on y réfléchit, doivent leur succès à la chance qu'ils ont eue de tomber sur la source du pouvoir, de même que certaines personnes ont un don de sourcier sans savoir qu'elles ne font qu'utiliser leurs capacités comme elles utilisent une installation électrique, sans que leur intelligence entre en jeu. Il suffit de prendre conscience de l'influence indéniable des planètes sur le caractère et la destinée, bien établie maintenant par le professeur Hans Eysenck et bien d'autres, pour comprendre à quel point nous sommes l'objet de notre destin.

Les recherches que j'effectuai pendant mon voyage en Nouvelle-Angleterre en mars 1975 établirent définitivement que Winfield Lovecraft était membre de la branche égyptienne des francs-maçons, fondée ou du moins rendue célèbre par « Alexandre, comte Cagliostro », imposteur notoire, sans doute, mais aussi dangereux manipulateur de forces cachées. À Providence, Rhode Island – cette vieille ville endormie si tournée vers la culture et les choses de l'esprit –, je fis des recherches qui me conduisirent à de présents adeptes de la maçonnerie « égyptienne ». Comme vous le savez, leurs traditions occultes s'expriment par des rituels accessibles aux seuls initiés, encore que les bases en soient également connues des adeptes de la maçonnerie ordinaire. Vous n'ignorez pas non plus que tous les rituels maçonniques sont plus ou moins secrets, mais que les plus secrets sont ceux des sectes les plus mystérieuses – ou, devrais-je ajouter, ceux des niveaux les plus élevés des loges de maçonnerie ordinaire. Je ne cache pas que j'ai, au cours de ma longue existence, fait partie de plusieurs sectes maçonniques, magiques et sophistes. Inutile de préciser que mes activités, poussées par la curiosité scientifique plus que par la vénération et visant à accumuler une information théoriquement destinée à être publiée, m'ont valu un grand nombre d'ennemis. Les sectes en question étaient très diverses, la plupart n'étant guère que des groupes « semi-rotariens » agrémentés de quelques idoles, d'autres de véritables cercles de conspiration politique, d'autant plus efficaces qu'ils opèrent en coulisse, d'autres encore possédant de vastes connaissances magiques de nature parfois très dangereuse. Les maçons de la ligne égyptienne entrent dans cette dernière catégorie et ont, dans une certaine mesure, influencé toutes les autres branches de la maçonnerie. En fait, la plupart des membres, y compris le père de Lovecraft, avaient également fait partie de loges maçonniques ordinaires, affiliées à la Grande Loge de Londres (comme la plupart des loges américaines) et reconnues inoffensives par une personne aussi réputée que Nesta Webster. Pourtant, les francs-maçons de la ligne égyptienne sont plus proches de la Loge française du Grand Orient, cercle beaucoup moins inoffensif créé à l'origine par les « Illuminati » de Weishaupt, et très lié à la Société des Jacobins, auquel tous les meneurs de la Révolution française appartenaient. Giuseppe Balsamo – *alias* Cagliostro –, « Illuminatus » et Jacobin, joua, comme Raspoutine en Russie, un rôle déterminant dans la Révolution en discréditant la famille royale (dans l'affaire de Marie-Antoinette et du Collier de la Reine). Il fut personnellement initié par Weishaupt lui-même – ce conspirateur élevé par les jésuites – dont la correspondance non publiée contient, entre autres, l'ébauche originale de ce qui devait devenir le Manifeste communiste de 1848. Pour nous, l'importance de Cagliostro tient au fait qu'il légua certains manuscrits à ses successeurs de la ligne égyptienne, y compris des extraits du *Necronomicon* original. Il peut sembler étrange que ce personnage pratiquement anonyme, humble natif de Palerme, ait pu avoir en sa possession un manuscrit aussi important. On ignore généralement que son ancêtre direct gagna beaucoup d'argent en incarnant le dernier croisé, Sébastien de Portugal, qui mourut probablement à la bataille d'Alcazar en 1578 (je dis « probablement » puisque c'est la version officielle, mais l'honnêteté scientifique m'oblige à ajouter que, d'après les témoignages de son contemporain, le père Texeira, et de bien d'autres, il semble fort probable que le prétendant sicilien qui apparut vingt ans après sa mort était réellement le roi disparu).

Voici ma propre information (je la livre avec une certaine émotion, craignant de révéler par inadvertance la façon dont je l'ai obtenue) ; le père de Lovecraft fut initié à la lecture de ces extraits du

Necronomicon par « Grand Cèdre » (et si je révélais son véritable nom, je m'attirerais, encore maintenant, un surcroît de haine). « Grand Cèdre », quant à lui, tenait ce texte sacré de l'« Innermost Shrine » (Reliquaire Secret) que lui avait remis Fouquier-Tinville, le Dzherzhinsky de la Révolution française, qui l'obtint, non sans avoir employé la torture, des disciples de Cagliostro. L'« Innermost Shrine », vous le savez, était d'origine mingrélienne et avait au moins cent quarante ans à la mort de Balsamo.

Je ne voudrais pas vous ennuyer par un trop long exposé sur mon enquête concernant l'origine du *Necronomicon*. Rappelez-vous mon *Prolegomena zu einer Geschichte der Magie*, dont les trois volumes furent détruits dès leur apparition ; mais je pense que le Dr Williams, en tant que membre de notre Société, en possède des copies. Disons simplement que j'ai pu retracer l'histoire des contacts magiques de Cagliostro jusqu'aux membres de la secte hassidique et de leurs prédécesseurs du « Sephardim » d'Espagne. Cependant, il semble que le *Necronomicon* n'était pas très apprécié parmi eux ; les communautés hébraïques ont leurs propres traditions magiques issues de la Kabbale, de l'hermétisme égyptien et des mystères de Babylone, et beaucoup de rabbins influents, appuyés sur le Talmud, s'étaient dressés contre toute pratique ésotérique. Le texte du

Necronomicon, dans une version probablement beaucoup plus complète que celle qui existe actuellement, leur parvint par l'intermédiaire des Maures d'Espagne et beaucoup de mes confrères ont souligné les similitudes existant entre le *Necronomicon* et le *Kital-al-Ihud*. Pourtant, il ne fait aucun doute que ce manuscrit magique remonte aux Perses, et que le nom clé soit celui de Dariush al-Gabr (l'Incroyant), zoroastrien du IXe siècle, qui écrivit en arabe et en perse. Sans doute le *Necronomicon* prit-il sa forme actuelle en Perse, car le code qui est le sien repose sur l'écriture pahlavi. Peut-être ignorez-vous que cette écriture fut non seulement utilisée à l'origine dans la langue araméique sémitique, mais qu'elle représentait des mots araméiques réels, dans l'ordre originel – ou à peu près – que l'on dut traduire, déchiffrer et reconstruire en persan dans le même mouvement. Il n'est pas surprenant que la phonologie pahlavi ait dû être reconstruite sur la base de lois phonologiques en projetant des sons achaeméniens dans le futur et en projetant des sons persans arabisés dans le passé ! Seule la découverte de textes ossétiques (dans la langue des Alans iraniens du Caucase) nous a permis de confirmer ces projections.

Bien entendu, la tradition perse est elle-même liée à la magie babylonienne et à la tradition hermétique du sacerdoce égyptien de Thoth. Nous ne pouvons encore savoir exactement qui a eu en main le *Necronomicon*, et j'ai mentionné dans mon *Prolegomena* les noms les plus probables. L'important, c'est que nous pouvons maintenant comparer les déclarations des anciens avec ce qui se trouve dans le *Necronomicon* lui-même. Pour Platon, la destruction de l'Atlantide est survenue neuf mille ans avant sa naissance ; dans le *Timée*, il dit tenir cette information des prêtres de Thoth. Ceux-ci ont transcrit des traditions (dont il ne reste, hélas ! que quelques inscriptions hiéroglyphiques et quelques manuscrits sous forme cursive) mais aussi des écrits sumériens considérablement antérieurs à la première dynastie égyptienne. Sur ce sujet, relisons les études bien connues de Waddell, *Makers of Civilisation* (Les faiseurs de civilisation), etc., dans lesquelles il déchiffre le sanskrit, le celte et d'autres sources anciennes, à la lumière de ses hypothèses concernant les écrits sumériens. La méthode s'avéra fructueuse, dévoilant un trésor de données linguistiques, et je pus ajouter à ses recherches en faisant moi-même une traduction partielle du *Necronomicon*. Ce fruit de plusieurs années de « travaux forcés » repose maintenant en un lieu protégé par les moyens ordinaires mais aussi, que vous le croyiez ou non, par des rituels magiques. J'ai trop souvent constaté leur efficacité pour continuer à les mépriser. Je conserverai le texte de ma traduction partielle jusqu'à ma mort, et j'ai pris des dispositions pour qu'après mon décès, il soit transmis à des personnes qui respecteront ce travail et sauront préserver ce qui en vaut la peine, tout en se protégeant elles-mêmes contre son influence maléfique. Mais une grande partie reste à traduire ; et pendant combien de temps encore le gouvernement autrichien sera-t-il disposé à financer nos programmes d'ordinateur ?… Le *Necronomicon*, comme vous le savez, est codé de façon particulièrement délicate, combinant une calligraphie très sophistiquée avec les « trucs » classiques des constructeurs de code. Aussi, voyez-vous, l'entraînement que j'ai suivi avant guerre sur la machine à énigmes, n'a pas été inutile. (J'ai tendance, vous le savez, à être un peu farceur.) Et, curieusement, les activités du Dr Williams dans le programme radar, à Bletchley Park, pendant la guerre, n'ont pas été inutiles non plus. Dommage que nous n'ayons pas pu coopérer dès le départ – pour une bonne cause, bien sûr.

C'est le Dr Williams, grâce à son éducation anglaise, qui se rendit compte que trois écrivains fort différents avaient trouvé une partie de la vérité. Le premier était Enid Nesbit, l'écrivain pour enfants, épouse de John Bland. Cherchant à intéresser les enfants à ses histoires, elle découvrit que la meilleure solution était d'écrire sur la magie. Elle fit appel aux accessoires habituels : un tapis volant, une amulette et une fée (encore qu'un peu étrange, couverte de poils et dont les yeux se trouvaient au bout de deux pédoncules). Le tapis semble voler et rester rigide, comme ceux des *Mille et Une Nuits*. Mais l'amulette nous intéressait davantage. Ce n'était qu'une demi-amulette ; elle avait le pouvoir de se transformer en portique, par lequel passaient les enfants pour se retrouver dans une époque différente ; ils cherchaient l'autre moitié de l'amulette : celle-ci, reconstituée, leur permettait de réaliser tous leurs désirs. La transformation s'effectuait sous l'effet d'un « mot magique » – si proche du véritable mot que j'en tremblais.

Le deuxième auteur était Tolkien, dont les fantaisies de Sauron et les pouvoirs des ténèbres dans Mordor ressemblaient étrangement aux événements de la politique moderne. Son allégorie – allusion voilée à ce qui s'était réellement passé – souleva fatalement de profonds ressentiments.

Le plus important enfin fut Lovecraft, dont les obsessions apparentes révélaient presque trop de secrets terrifiants pour que nos esprits limités soient en mesure de les appréhender.

Mais assez parlé de ces éléments qui m'ont mis sur la voie. Décrire comment nous sommes remontés jusqu'à eux ne manquerait pas d'intérêt, mais je n'en ai plus le temps. Je le sais.

Je dois vous dire, comme un mauvais présage, que les parasites de l'esprit dont vous avez parlé existent réellement, pleins d'influences, et sont même visibles, sous différentes formes. Les décrire comme mauvais, comme je l'ai fait lorsque je les ai découverts au cours de mes recherches, est absolument déplacé. Une fourmi a-t-elle le droit d'appeler « mauvais » un animal se nourrissant de congénères ? Ou mieux encore, des fourmis peuvent-elles traiter un homme de « méchant » parce qu'il a marché sur leur fourmilière ? En effet, les parasites de l'esprit font partie de ce que Lovecraft appelait les Vénérables Anciens (The Great Old Ones) et n'ont des intentions mauvaises que dans la mesure où les grands espaces de notre moi intérieur les intéressent comme domaine d'exploitation (je devrais plutôt dire que si le vaste inconscient collectif qui est le nôtre les intéresse) ; mais nos petites personnalités de tous les jours ne les passionnent pas plus que celles des fourmis. Seul notre esprit semi-éternel (oserai-je suggérer « éternel » ?) les occupe. Mais c'est bien fatigant d'être le jouet de forces à la fois élémentaires et conscientes. Je suis fatigué comme un chaton avec lequel des enfants impitoyables auraient trop joué. Je souffre de migraines de plus en plus aiguës et ne peux maintenant travailler plus de deux heures d'affilée. Il ne reste que de l'horreur là où dominait auparavant une curiosité lucide. Je vous avertis, à double titre. Soyez prudent, hardi mais circonspect. La Voie est en dedans… Salutations, je reviendrai sur tout cela lorsque je me sentirai mieux.

Avec toute ma considération,
Dr STANISLAUS HINTERSTOISSER.

Post-scriptum du Dr Carl Tausk :

Comme vous l'a appris mon télégramme, le Dr Hinterstoisser est mort peu après avoir écrit cette lettre. Heureusement, j'ai avec moi l'essentiel de ses notes et notre traduction partielle du *Necronomicon*.

LE « NECRONOMICON » : COMMENTAIRE

par Robert Turner

Je me suis intéressé pour la première fois au *Necronomicon* il y a un peu plus de cinq ans ; j'étais tombé par hasard sur les œuvres étrangement suggestives de Howard Phillips Lovecraft ; elles avaient retenu mon attention. Un ami me passa une copie de *The Haunter of the Dark* et dès ma première lecture, bouleversé, j'acquis la certitude que Lovecraft était parti de quelque texte magique original pour écrire ce grimoire énigmatique. Dans les semaines qui suivirent, je lus la collection complète de ses œuvres et me constituai un dossier détaillé relatif au mythe Cthulhu. Peu à peu, je compris que les principales idées mythologiques et magiques de cette œuvre formaient un tout cohérent. Les grimoires de l'Antiquité, la science des sorcières, les traditions magiques d'Orient et d'Europe médiévale, tissaient la trame des arcanes de Lovecraft, judicieusement intégrés et rassemblés sous le titre global de *Necronomicon*.

Lovecraft attribue l'origine du livre à Abdul-al-Hazred, poète arabe dément, qui est supposé avoir rédigé cet ouvrage en 730 avant J.C. à Damas. À partir de cet original arabe, on pense que le *Necronomicon* a connu plusieurs traductions, dont la dernière en date aurait été réalisée en Espagne, au XVIIe siècle – version anglaise attribuée au célèbre philosophe-magicien de la reine Élizabeth, le Dr John Dee (1527-1608).

Depuis la mort de Lovecraft, en 1937, de nombreux manuscrits ont été exhumés comme étant le *Necronomicon* ; mais le plus prometteur reste, de très loin, celui que L. Sprague de Camp découvrit au nord de l'Irak (publié en fac-similé sous le titre d'*Al-Azif* avec une introduction de Sprague de Camp, Owlswick, Philadelphie). Le manuscrit de de Camp, trouvé parmi les tombes de Duria et entièrement écrit en caractères cryptiques de l'ancien duriaque (forme non usuelle du syriaque), est depuis plusieurs années tenu par de nombreux occultistes pour le véritable *Necronomicon*, et, bien que de récents travaux effectués par Carl Tausk à Vienne l'aient infirmé, on considère que le texte *(Al-Azif)* contient des formules magiques et un ancien savoir relatifs à une tradition semblable sinon identique.

J'ai longtemps cherché en vain un mythe originel reflétant avec une grande précision les concepts incarnés dans le mythe Cthulhu. Instinctivement, je pensais que les légendes de quelque ancienne culture devaient détenir la clé de ce que je pensais être la véritable interprétation de ces troublants mystères. Mais aucune ne semblait cadrer exactement, elles manquaient de précision, elles n'étaient pas assez anciennes, et le voile du symbolisme local les obscurcissait. Il me fallait quelque chose de plus proche de la source, un mythe réellement très ancien, primitif et dénué de modifications successives.

Comme à l'accoutumée, la réponse que je cherchais se présenta indirectement et de manière inattendue. En lisant l'essai critique de Colin Wilson à propos de Lovecraft, dans *The Strength to dream*, je tombai sur une référence à *The Call of Cthulhu* et sur le commentaire suivant : «… Cette histoire semble devoir plus à *La Doctrine secrète* de Mme Blavatsky, avec ses mythes de l'Atlantide et de Lémurie. » C'était cela : Blavatsky = *La Doctrine secrète* = *The Book of Dzyan* – le plus vieux livre du monde. L'œuvre vaste de Mme Blavatsky, *The Secret Doctrine* (La Doctrine secrète), est en fait un long commentaire sur le *Livre de Dzyan*, lui-même considéré comme un fragment du Mani Koumbourm, grand répertoire de textes sacrés et de secrets sur la magie attribuée aux Dzugariens – race éteinte depuis très longtemps qui peuplait autrefois les régions montagneuses au nord du Tibet. J'étudiai le texte, qui me révéla ce que je cherchais, une série de vers ou de strophes expliquant en termes assez abstraits, mais cependant très purs, que des créatures chaotiques et d'incroyables monstres venus, disait-on, d'autres univers, en des temps extrêmement reculés, peuplaient autrefois la Terre. Ces strophes rapportaient ensuite comment ces « autres » entités furent finalement expulsées de l'univers par l'intervention de forces alliées à la cause de l'ordre.

Dans plusieurs de ses récits, Lovecraft fait référence à un *Livre de Dzyan* et des passages comme « … Les Flammes vinrent… Elles tuèrent les Formes à deux et quatre têtes. Elles s'en prirent à l'Homme-Bouc et à l'Homme à tête de chien, à ceux qui avaient des corps de poisson… (Elles) engloutirent d'énormes femelles. Elles engendrèrent des races muettes… Elles élevèrent des monstres. Une race de monstres aux cheveux roux, contrefaits et marchant à quatre pattes… Elles créèrent d'énormes cités, de terres et de métaux rares… Elles découpèrent leurs propres images et les adorèrent… Puis vinrent les premières grandes inondations, elles engloutirent les sept grandes îles, les serpents qui redescendaient, qui faisaient la paix avec le Cinquième qui l'avait préparée et prêchée... » (extraits des strophes 2, 8, 11, 12) montrent de profonds parallélismes avec les mythes qui entourent l'arrivée des Vénérables Anciens (Great Old Ones) sur la Terre, leurs créations, les combats qui les opposèrent aux autres formes primitives et leur alliance finale avec le « Cthulhu Spawn ». Les strophes 11 et 12 font allusion à l'expulsion finale des Vénérables Anciens par les dieux plus anciens (Elder Gods) : « Toutes les créatures sacrées seront sauvées (les créatures naturelles de la terre), toutes les autres anéanties (et leur forme dispersée dans le néant). Les créatures couleur de lune avaient disparu à jamais. »

Je pensais donc avoir découvert dans *The Book of Dzyan* un fond mythologique un peu fragmentaire, mais cependant convenable pour ces mythes Cthulhu. Le *Necronomicon* contenait, disait-on, un modèle de base très proche de l'ensemble des Connaissances anciennes (Elder Lore).

J'entrepris ensuite d'étudier les contenus éventuels du texte abominable d'Al-Hazred. Bien qu'à première vue le livre arabe doive être considéré comme essentiellement « noir » – traitant de l'évocation d'entités mauvaises, du chaos, des ténèbres et du désordre –, certains éléments compensatoires se font sentir par l'existence de formules visant à vaincre les pouvoirs démoniaques. Celles-ci semblent indiquer un alignement sur les ouvrages magiques traditionnels qui constituent le Cycle salomonique, et je me tournai alors vers eux.

Le texte original du *Necronomicon* – connu sous le nom d'*Al-Azif* – a, dit-on, été écrit en arabe du Xe siècle. Je limitai donc mes premières recherches à des grimoires remontant à cette époque de l'Histoire, dont trois principaux traités de magie (et leurs nombreuses versions) représentaient le courant occultiste. D'abord, le célèbre *Kitab-al-Uhud*, mystérieux manuscrit arabe ; on prétend qu'il a été offert au roi Salomon par le démon Asmodeus. Puis les premières versions arabes du célèbre *Key of Solomon* (Clé de Salomon) qui devait avoir une grande influence sur la magie lors de la Renaissance en Europe. Enfin, une étrange compilation en hébreu et en araméen (présentant des notes en marge en caractères arabes), *The Sword of Moses* (L'épée de Moïse). Ce traité convient particulièrement comme auxiliaire du *Necronomicon*. Il n'a pas été possible de dater avec précision *The Sword of Moses*, bien que nous ayons la preuve qu'il existait déjà au début du XIe siècle : il est mentionné dans une correspondance échangée entre certains prétendus magiciens vivant à Kairouan, en Tunisie, et Haya Gaon, chef de la grande école de Babylone – qui mourut en 1037. Dans le même contexte, Gaon fait référence à deux autres livres sur la sorcellerie – *The Great and Small Heavenly Halls* et *The Lord of the law* : « Plein de noms terrifiants et d'emblèmes qui ont eu cet effet redouté sur ce qui n'est jamais nommé, et dont l'usage avait fait sombrer leurs prédécesseurs… »

Les « livres noirs » célèbres, intitulés *Sixth and Seventh Books of Moses* (Sixième et septième livres de Moïse), sont mentionnés dans les récits de Lovecraft. Basé sur des versions latines erronées de *The Key of Solomon* et certains textes hébraïques peu connus, *The Leyden Papyrus* (intitulé : *Le Papyrus démotique magique de Londres et de Leiden)* – ancien livre égyptien de magie dont on dit qu'il contient (comme *The Eighth Book of Moses* et *The Sword of Moses)* les *Ninth and Tenth Books* –, un système de magie lié au concept du *Necronomicon* émerge alors avec puissance.

Le contenu de la série de grimoires mosaïques traite presque exclusivement de magie noire. Voici, tiré de *The Sword of Moses*, un exemple typique des imprécations de mort figurant dans ces textes : « Je vous appelle, esprit mauvais, esprit cruel et impitoyable. Je vous appelle, esprit malin qui siégez au cimetière et ôtez toute guérison aux hommes. Mettez un nœud dans la tête de NN, dans ses yeux, dans sa bouche, sur sa langue, dans sa gorge, dans sa trachée-artère ; versez dans son estomac de l'eau empoisonnée… » D'autres formules magiques révèlent comment pulvériser les montagnes, passer dans le feu sans se brûler, provoquer la cécité et communiquer avec les défunts. On trouve encore des sceaux magiques, des cachets et d'innombrables incantations presque entièrement composées de mots inconnus, à peine prononçables, tels que : « Kso'ppghiel, N'Mosnikttiel and Skd Huzi ». Ces noms appartenant à une époque reculée et entièrement disparue justifient à eux seuls ce titre fameux : le *Necronomicon* : le livre des noms éteints.

L'utilisation par Lovecraft du *Necronomicon* et des mythes associés doit beaucoup à l'influence d'anciens textes magiques, mais également aux traditions occultes plus récentes. Sans pouvoir encore le définir avec certitude, je pense que le rapport évident qu'entretenait Lovecraft avec l'ésotérisme occidental moderne s'est noué lors de contacts avec les écrivains Algernon Blackwood et Arthur Machen. Blackwood (1869-1951) et Machen (1863-1847) étaient tous deux des Initiés de l'Ordre hermétique de l'Aurore dorée (Initiates of the Hermetic Order of the Golden Dawn) – confrérie qui florissait en Angleterre au début du siècle – et des adeptes de ce type de connaissances occultes immortalisées par Lovecraft. On peut trouver une source commune à bien des évocations barbares, des noms à structure grammaticale particulière qui abondent dans le mythe Cthulhu – ainsi qu'aux étranges intonations connues des occultistes sous le nom d'énochien : c'est l'ossature même du système magique du Golden Dawn. Les Invocations (ou Clés) énochiennes proviennent des expériences occultes du Dr John Dee et de son mage principal, sir Edward Kelly ; elles figurent dans le vaste ouvrage du Dr Dee : *Liber Mysteriorum.* (Voir le Sloane MSS 3188 et le Cotton Appendix XLVI – Première et deuxième partie, British Museum, Londres.) Les quarante-huit incantations magiques de Dee – reçues par voie médiumnique en 1584 – sont écrites dans un langage extra-terrestre d'une structure grammaticale très complexe, et l'on pense que, s'il les utilise, l'homme peut passer par-delà la sphère des limitations physiques, appeler des esprits qui obéiront à ses ordres et apprendre tous les mystères du temps et de l'espace.

La référence faite par Lovecraft, dans *The Dunwich Horror*, à la traduction anglaise du *Necronomicon* de John Dee, prit soudain une importance nouvelle dans mes recherches lorsque je découvris dans la Collection Harleian des manuscrits du British Museum une lettre adressée à Dee par un érudit inconnu (datée de 1573) et relative à « La Ville de Donwiche » (vieille prononciation de Dunwich – ancienne capitale de l'Est-Anglie située entre Southwold et Sizwell dans le comté de Suffolk) en partie recouverte par la mer (voir Harleian MS 532, Bibliothèque du British Museum). Ce pourrait être là une pure coïncidence, mais si l'on considère que la traduction anglaise du *Necronomicon* par John Dee n'est citée que dans *The Dunwich Horror* et que la ville de Dunwich, en Angleterre, se trouve pratiquement à la même distance de Londres que sa contrepartie fictive du Massachusetts du Nord par rapport à New London, Connecticut – environ 75 miles dans les deux cas –, un schéma définitif prend forme. Le Dunwich des récits de Lovecraft est-il en fait une reconstruction, une réplique géographique de cette ville d'Angleterre qui éveilla la curiosité du mystérieux Dr Dee ? Étaient-ce les références voilées de John Dee à certains objets étranges découverts dans les ruines de l'ancienne Dunwich qui piquèrent la curiosité de Lovecraft ? Dans les temps reculés, Dunwich était appelée « Situs Magus » (Place magique) par les Romains. C'est un lieu riche en trésors archéologiques : dans ses papiers, Dee parle d'un mystérieux sépulcre découvert à Dunwich lors de la démolition de l'église Saint-John tombée en ruine ; le tombeau renfermait un énorme cercueil ayant l'apparence exacte d'un homme ; à l'intérieur gisait un cadavre curieusement vêtu, qui tomba en poussière dès qu'on y toucha.

Notons que, jusqu'à maintenant, les morts de l'ancienne Dunwich se voient refuser la paix du tombeau, car la mer continue à profaner les quelques cimetières se trouvant encore dans la ville. Du haut des falaises, des crânes humains tombent souvent dans les flots, parfois suivis d'une pluie d'os blanchis (voir « A Guide to Dunwich » de Jean I. Carter).

Dee et Lovecraft admettaient tous deux que des perturbations atmosphériques et de mystérieux champs d'énergie se concentraient en certains points du globe. Réelle pour l'un, imaginaire pour l'autre, Dunwich constitue une sorte de lien pour l'esprit de ces deux hommes séparés dans le temps par un gouffre de plus de trois siècles.

Peu à peu, je devins convaincu que Lovecraft avait effectivement étudié divers écrits de John Dee, ainsi que, d'une manière plus générale, des textes magiques ; ces derniers lui avaient peut-être été transmis par Blackwood ou Machen au début du XXe siècle. Quant au *Necronomicon*, j'eus la certitude qu'il s'agissait de plusieurs textes intimement liés, et non pas d'une œuvre individuelle.

On trouve des textes correspondant aux plus importants grimoires à la « Library of Congress » et dans la collection de la fameuse Brown University, où Lovecraft a sans doute étudié pendant qu'il élaborait son mythe Cthulhu. Mais en dehors de cette connaissance étendue de textes magiques, Lovecraft manifeste qu'il a eu accès à des secrets connus, de son vivant, de quelques rares Initiés. Dans son roman *The Case of Charles Dexter Ward*, Lovecraft intègre le symbolisme de *Caput et cauda draconis* – la tête et la queue du dragon Luna – combiné à une formule de transformation magique tout à fait semblable dans sa nature à un rite alchimique célébré par les magiciens du *Golden Dawn*. Bien que Lovecraft ne fût pas initié au sens propre du terme, il avait manifestement gagné la confiance de certains d'entre eux, comme le prouvent l'exemple précédent et les nombreux exemples qui abondent dans son œuvre.

Kenneth Grant, chef de « l'Ordo Templi Orientis » et auteur de plusieurs livres sur les traditions magiques, suggère également que Lovecraft aurait eu des contacts précis avec les écoles du mystère occidentales et prétend que « Lovecraft utilisait la fiction pour faire passer des réalités qui étaient, de son temps, considérées comme trop fantastiques pour être présentées sous toute autre forme » (Cuits of the Shadow, Kenneth Grant, Muller). Grant souligne ensuite que Lovecraft n'arriva jamais à prendre vraiment conscience des forces étrangères qui l'influençaient dans son œuvre et passa la dernière partie de sa vie à tenter vainement d'en nier l'existence. Dans l'ensemble, j'approuvais la conception de Kenneth Grant sur le mythe Cthulhu, beaucoup de ses idées s'accordant parfaitement avec les miennes. La principale divergence entre Grant et moi concerne notre approche respective du *Necronomicon* lui-même ; en effet, si Grant pense que le mythe est valable d'un point de vue occultiste, il considère que le *Necronomicon* n'existe pas et n'est que le fruit de l'imagination fertile de Lovecraft.

Lovecraft lui-même nous révèle que beaucoup des caractéristiques principales de son mythe Cthulhu lui ont été transmises au cours de rêves, rêves dont il garde un souvenir d'une étonnante clarté et d'une grande continuité. De nombreux occultistes pensent que les rêves de cette nature représentent la façon dont le subconscient enregistre les contacts astraux.

Le fluide astral (ou lumière astrale) est considéré comme une substance semi-matérielle ayant pour principale qualité sa grande élasticité, une arche naturelle qui entoure la Terre et conserve l'empreinte de chaque événement, de chaque mot ou acte intervenu depuis la formation de la planète. La tradition occulte affirme que ce réservoir d'information –

connu en Orient sous le nom de « Registres akashiques » (Akashic Records) – peut être consulté à volonté par ceux qui détiennent les dons psychiques nécessaires, et que l'on peut agir sur lui pour obtenir des images positives, par l'intervention d'une chimie mentale appropriée. Les images-entités ainsi formées sont tenues pour des « Eléments artificiels » – créatures formées de pensée présentant une identité individuelle et pouvant vivre une existence infinie dans la continuité de l'espace-temps. De plus, une fois ce genre de forme créé, on suppose qu'elle fournit un point d'intersection entre différents plans par lequel toute force apparentée peut avoir accès à notre segment particulier du Cosmos. Lovecraft peuplait-il ainsi le Plan astral d'entités du mythe Cthulhu par référence inconsciente aux « Registres akashiques » et, ce faisant, livrait-il un passage par lequel les esprits d'êtres « extérieurs » pouvaient manifester à nouveau leur influence ? Les occultistes soutiendraient certainement que si les Vénérables Anciens (Great Old Ones) arpentèrent réellement la Terre en des temps reculés, le fluide astral doit conserver la trace de leur histoire, et qu'un homme tombé par hasard sur ce genre d'éthos peut, consciemment ou non, animer des formes astrales statiques par une méditation constante. Une fois créées, les entités astrales de ce type ont d'autant plus de puissance et de vitalité que l'on concentre plus d'énergie mentale sur elles, jusqu'à ce qu'elles parviennent enfin à un stade de développement leur permettant dans une certaine mesure des actes autonomes. Comme l'hystérie collective des foules, cela commence par un filet d'eau et se transforme bientôt en torrent furieux.

À notre époque, la principale source d'information concernant le fluide astral est l'œuvre du fameux occultiste français Alphonse-Louis Constant (1810-1875) plus connu sous son pseudonyme Eliphas Lévi Zahed.

Levi parle de plusieurs façons du fluide astral : « Le OD des Hébreux, l'éther électro-magnétique, le miroir universel des visions, suit la loi des courants magnétiques, peut être fixé par une impulsion très puissante de la volonté, est la première enveloppe de l'âme et le miroir de l'imagination. » *(Histoire de la magie* par Eliphas Lévi.) Levi indique ensuite que le fluide astral est la demeure naturelle de ces « larves fluidiques connues sous le nom d'Esprits élémentaires dans l'ancienne théurgie ». La science occulte affirme que, non contrôlées, les entités astrales formées par la pensée se trouvent attirées par la force vitale de leur créateur comme une aiguille par un aimant et s'abreuvent de son énergie spirituelle avec une affreuse délectation jusqu'à l'épuisement complet du fluide vital. Lovecraft était-il habité par des formes malintentionnées cherchant à s'introduire en lui pour échapper au vide ? Une attaque psychique de ce genre se manifeste d'abord par un état général d'hypersensibilité mentale, suivi par un curieux sentiment de lucidité qui augmente au fur et à mesure que la victime aligne inconsciemment son processus mental sur celui de son hôte indésirable. Des aperçus d'autres mondes d'abord révélés dans le sommeil commencent à se manifester en état de veille, des modifications profondes interviennent au niveau de l'ouïe et de la vue, avec la possibilité d'appréhender des sons n'entrant pas dans le spectre ordinaire, et une perception non linéaire de la géométrie dans l'espace. Tous ces éléments existent chez Lovecraft et apparaissent très clairement dans ses œuvres.

Dans son introduction au présent volume, Colin Wilson fait allusion à l'état quasi permanent de léthargie physique qui était celui de Lovecraft vers la fin de sa vie. Relevons sa tension mentale, sa sensation permanente d'oppression, associées à des extases étranges, à des visions, à des rêves de paysages impossibles et de villes incroyables. Enfin, Lovecraft présentait tous les symptômes traditionnels d'une âme possédée par les forces du mal.

Il est bien connu que Lovecraft avait beaucoup de mal à conserver une certaine chaleur corporelle, surtout à la fin de sa vie, lorsque son aversion pour des températures qui semblaient pourtant modérées devint une obsession. Un autre symptôme de possession démoniaque ? Je cite Eliphas Lévi : « Ces larves prennent la chaleur vitale des personnes en bonne santé et épuisent rapidement celles qui sont malades. C'est là qu'intervient l'histoire des vampires, entités d'une terrible réalité qui parfois se matérialisent, comme on le sait. Cela explique aussi pourquoi, au voisinage des médiums – personnes en proie à des larves –, on peut ressentir un rafraîchissement de l'atmosphère. » Lovecraft connaissait bien les travaux de Levi, mais comprit-il trop tard les mots du maître ? Dans *The Case of Charles Dexter Ward*, on peut lire : « Il n'était pas retranscrit exactement comme Mrs. Ward l'avait écrit de mémoire ni comme le lui avait montré l'Autorité dans les pages interdites d'"Eliphas Lévi" ; mais son identité ne faisait aucun doute, et des mots comme Sabaoth, Metraton, Almonsin et Zariatnatmik firent frémir le chercheur qui avait aperçu et ressenti une bonne part de l'abomination cosmique à peine dissimulée. » Pourquoi les œuvres d'un kabbaliste chrétien comme le vénérable Eliphas Lévi devaient-elles être traitées d'« interdites », est-on en droit de se demander ? Lovecraft tomba-t-il vraiment par hasard sur la source de tous ses cauchemars et trouva-t-il que ce qui se cachait était trop difficile à supporter et, même pour lui, trop difficile à admettre ?

Il est évident qu'un élément de crainte anime toutes les dernières œuvres de Lovecraft, comme s'il ressentait une horreur profonde envers ceux qu'il avait si puissamment évoqués ; son incapacité à contrôler ces forces déchaînées mène rapidement à un crescendo inquiétant. Les termes de « repoussant », « impressionnant », « interdit » et « hideux » apparaissent de plus en plus fréquemment au fur et à mesure que le mythe approche de la fin. Le dernier récit – écrit en 1937, l'année de sa mort – est un conte moral, sur les tracas incessants de ceux qui s'obstinent à s'occuper d'arts nécromantiques. La destruction par le feu de livres interdits, la transformation du successeur du sorcier, la possession d'une âme par une autre, autant de symboles d'avertissement soulignant le danger couru par ceux qui – intentionnellement ou pas – suivraient le chemin des ténèbres.

D'un point de vue purement occultiste, le panthéon des entités qui figurent dans le *Necronomicon* doit, du fait de sa grande singularité, poser des problèmes d'interprétation. Ceux qui se sont penchés sur le système énochien ont sans doute rencontré des difficultés semblables en essayant de relier l'étrange assemblée d'esprits de John Dee avec ceux qui interviennent dans d'autres textes magiques. Tout comme les entités du système de Dee, celles qui figurent dans le *Necronomicon* peuvent être considérées comme étrangères aux traditions magiques et kabbalistiques – encore que parfois en rapport avec elles.

Quand on traite avec des forces astrales problématiques de cette nature, la meilleure approche pour parvenir à la construction d'une hiérarchie intelligible passe par l'examen minutieux des correspondances surnaturelles attribuées à chaque puissance individuelle. Une fois formulé le tableau des relations surnaturelles, on peut ensuite élaborer le système en y ajoutant des références astrologiques et géographiques.

Pour tenter de classer la nature des différentes forces nommées dans le présent grimoire, je propose l'étude suivante destinée à ceux qui étudient les phénomènes occultes.

LES VÉNÉRABLES ANCIENS

Le panthéon par ordre hiérarchique

AZATHOTH : Le Chaos primitif siégeant au centre de l'infini ; informe et impossible à reconnaître.

L'animateur des Ténèbres ; le désordre. Le destructeur de pensée et de forme. L'antithèse de la création ; l'aspect complètement négatif du Feu élémentaire, qui relève, astrologiquement, du Lion archaïque et, dans la sphère terrestre, du « Sud Caché » (Hidden South).

YOG-SOTHOTH : Le « Tout-Un », corégent d'Azathoth ; véhicule du Chaos. Manifestation extérieure de l'expression primitive. Porte du vide par laquelle doivent passer « ceux qui viennent d'ailleurs ». L'intelligence active extérieure de Celui qui restera toujours enfermé dans des ténèbres impénétrables. Manifestation positive du Feu, marqué au firmament par le signe du Lion et plus particulièrement par l'étoile connue des anciens Arabes sous le nom d'« Al-Kalb al-Asad » et des Romains sous celui de « Cor Leonis » – le Cœur du Lion – qui se trouve dans la poitrine de la bête céleste. Son point cardinal terrestre est le Sud Immédiat.

NYARLATHOTEP : Le Chaos Rampant, mouvant, l'Ether qui sert de médiateur entre les différents aspects des Vénérables Anciens. Il est le réceptacle de leur volonté combinée, leur messager et serviteur – pouvant exister sous n'importe quelle forme à n'importe quel endroit et à n'importe quelle époque. Astrologiquement, Nyarlathotep relève de la Voie lactée, cette bande mystique de lumière nébuleuse qui s'étend dans les cieux avec une inclinaison de 63° par rapport à l'équateur céleste et délimite notre galaxie. Les anciens Akkadiens reliaient cette pâle lumière à leur mythe du Grand Serpent, les Polynésiens l'appelaient le long requin bleu mangeur de nuages ; en Inde, elle portait le nom de Nagavithi – la piste du Serpent.

HASTUR : La voix des Vénérables Anciens. Le Vengeur et le Destructeur, celui qui marche sur le vent et que l'on ne doit pas nommer. Dans la sphère des éléments, Hastur correspond à l'Air – élément de la Dispute – et, parmi les constellations, est reconnu par le signe du Verseau, astérisme supposé régir le « Trigone Aérien » (Airy Trigon). Sur terre, Hastur correspond à l'Est.

CTHULHU : Maître des profondeurs intérieures, initiateur des rêves. Parmi les éléments, Cthulhu est représenté par l'eau, et astrologiquement par le Scorpion connu des Akkadiens sous le nom de Girtab – celui qui attrape et pique celui devant lequel on doit s'incliner. Géographiquement, Cthulhu correspond à l'Ouest – zone de la mort dans l'ancienne religion égyptienne.

SHUB-NIGGURATH : La Grande Chèvre Noire des Bois (Great Black Goat of the Woods) avec un millier de petits. Manifestation terrestre de la Puissance des Vénérables Anciens. Le dieu du sabbat des sorcières. L'élément naturel de Shub-Niggurath est la Terre, symbolisé par le signe du Taureau, au firmament, et, sur Terre, par la porte du vent du Nord.

LES DIEUX ANCIENS

Bien que de nombreuses créatures bienfaisantes interviennent dans le texte du *Necronomicon*, seul Nodens – Maître des Profonds Abysses – est réellement nommé. On suppose que la demeure naturelle des dieux anciens se trouve dans une région proche de l'étoile Bételgeuse, dans la constellation d'Orion. Dans le grand almanach des astronomes arabes connu sous le nom de Tables Alphonsines – traduit plus tard en Europe et intitulé *Los libros del saber de Astronomia* –, Bételgeuse était citée comme « Al-Mankib » : l'épaule, « Al-Dhira » : le bras, et « Al-Yad al-Yamma » : la main droite (du Géant). Notons que Machen fait référence au dieu Nodens dans *The Great God Pan*, comme un dieu à la main d'argent, reprenant les termes de la désignation arabe ancienne.

Les dieux anciens apparaissent comme les protecteurs de l'humanité et un signe, le signe des dieux anciens – un pentagramme martelé –, confirme leur rapport avec elle. Les occultistes révèrent le pentagramme comme Étoile des mages, symbole de l'Homme microcosme, divinité révélée sous forme humaine. Dans le cadre de la magie, l'homme est considéré comme une créature à quatre éléments – feu, air, eau et terre – équilibrés par la puissance de l'Esprit – Cinquième élément ou Élément caché – symbolisés par les cinq points du pentagramme. Nous pouvons donc en déduire que la puissance du « Signe des dieux anciens » (Elder Sign) sur les Vénérables Anciens (Great Old Ones) provient de son rapport avec une race de créatures présentant ces cinq forces universelles, par opposition à leurs adversaires agressifs de constitution monoélémentaire (les Vénérables Anciens).

Dans son livre *The Sirius Mystery*, Robert Temple avance que la race humaine a peut-être été introduite, au profit de la science et de la civilisation, par des créatures venues d'une planète se trouvant dans le système de l'étoile Sirius. Sirius se trouve dans la constellation de Canis Major – le Grand Chien – très proche du « Talon » d'Orion dont la principale étoile est Bételgeuse, zone attribuée aux dieux anciens. Cette théorie et d'autres parallélismes qui se reflètent dans tant de mythes anciens, peuvent-ils représenter l'émergence d'une vague réminiscence raciale en rapport avec la genèse de l'homme ? Et les dieux anciens ont-ils été réellement les mystérieux géniteurs spirituels des hommes ?

Telle était ma conception initiale du *Necronomicon*, un livre d'incantations magiques et de savoir ancien existant principalement à un niveau subjectif, mais reprenant plusieurs textes mystiques de base. Grimoire composite secrètement enfoui dans les recoins les plus obscurs de l'esprit humain, archétype soulignant et unifiant un ensemble apparemment incohérent de données magiques et mythologiques.

Puis je délaissai la question, peu préparé aux événements imprévisibles qui devaient bientôt modifier radicalement mes conclusions précédentes sur le plus controversé et le plus énigmatique des textes magiques.

Alors que je réunissais des documents en vue de la publication d'un livre concernant la correspondance inédite du Dr John Dee, je tombai sur un manuscrit cryptique du XVIe siècle connu sous le nom de *Liber Logaeth* ou « le Livre d'Enoch ». Ce manuscrit comportait 65 folios contenant 101 carrés magiques extrêmement complexes, dont 96 se composaient de 49 × 49 cellules et 5 de 36 × 72 cellules. L'ensemble était agrémenté d'une rangée de lettres déroutante (en caractères latins) et de chiffres ne suivant apparemment aucun ordre particulier. Et que faire de ce manuscrit de Dee ayant pour titre *Liber Mysteriorum Sextus et Sanctus* – Sixième livre des Mystères sacrés ? Les diverses références faites au *Liber Logaeth* dans les œuvres publiées indiquaient que John Dee utilisait ce livre comme une sorte de contre-index lui permettant de construire une autre série de carrés magiques connue sous le nom de Tableau Enochien (Enochian Tablets). Mais pourquoi cette complexité ? Le total des lettres contenues dans les cinq « Tableaux Enochiens » n'étant que de 644, il semblait absurde qu'un système de grilles contenant plus de 240 000 lettres soit nécessaire à leur construction. Dee lui-même laissa très peu d'informations sur son *Sixième Livre sacré* ; il dit simplement qu'il contenait « le mystère de notre création, l'Age de nombreuses années, et la Conclusion du Monde » et que la première page du livre signifiait le chaos.

Il me vint à l'esprit que tout cela était peut-être transcrit dans un quelconque code élisabéthain. En ce cas, je parviendrais difficilement à éclaircir des choses d'une telle complexité sans faire appel à un spécialiste en cryptographie. Je me souvins alors du succès du Dr Donald Laycock, philologue australien qui s'était servi d'un ordinateur pour prouver la validité de la langue énochienne de John Dee. Laycock m'avait expliqué plusieurs années auparavant, autour d'un verre au « Arts Theatre Club » de Londres, son programme élaboré d'ordinateur. Pourtant mon propre problème était un peu différent de celui qu'il avait résolu, puisqu'il s'agissait de déchiffrer un code inconnu sans être guidé par la moindre information.

J'écrivis à Colin Wilson et lui exposai mon problème ; il me répondit en me présentant un jeune informaticien nommé David Langford qui s'offrit avec enthousiasme à m'aider dans mes démarches. Je compris très vite que David Langford était l'homme qu'il fallait pour mener à bien cette tâche complexe : non seulement il avait accès à l'un des meilleurs ordinateurs disponibles, mais il possédait une vaste connaissance des techniques de chiffrage élisabéthaines – ayant étudié la cryptographie de Bacon. Je lui transmis bientôt une copie du *Liber Logaeth* de Dee et attendis impatiemment.

Puisque David Langford parle plus loin, dans ce livre, – et avec quelle compétence – des difficultés de l'élaboration de programmes complexes de déchiffrage, j'en viendrai tout de suite au résultat stupéfiant et absolument inattendu de son travail.

Pendant les quelques mois durant lesquels les pages du mystérieux manuscrit de John Dee furent soumises à un examen méthodique et délicat, David Langford et moi échangeâmes une volumineuse correspondance, analysant chaque nouvelle information alors qu'apparaissait un indéniable et incroyable schéma. Le manuscrit comportait effectivement un code, d'une grande complexité. Celui qui, à l'origine, avait chiffré ce manuscrit, avait pris d'infinies précautions pour préserver le secret de son contenu. On comprenait aisément la cause de ce mystère. Le texte dans son entier, encore que non titré et quelque peu démantelé, n'était peut-être rien de moins qu'une contraction du *Necronomicon*. Le nom des entités, les lieux et les concepts mythologiques s'avéraient pratiquement identiques à ceux offerts par Lovecraft.

Comment la description du *Necronomicon* donnée par cet écrivain pouvait-elle être aussi proche du texte que nous venions de découvrir ? Un déchiffrage antérieur du cryptogramme de Dee sans l'assistance de la cybernétique moderne était inconcevable. À moins que, par une chance pratiquement incroyable, quelqu'un ait découvert les clés permettant son interprétation. Le texte codé de Dee pourrait être tiré d'un manuscrit antérieur, dont une copie serait tombée aux mains de Lovecraft d'une façon ou d'une autre. De nombreux problèmes restent à résoudre. Si nous avions réellement découvert certains fragments du *Necronomicon*, des traductions arabe, grecque, latine et espagnole du texte mentionné par Lovecraft pouvaient bien avoir également existé. Qu'était-il advenu d'elles ? Peut-être ne connaîtrons-nous jamais la réponse ; et, dans l'immédiat, nous ne pouvons rien faire d'autre que de soumettre au monde entier le fruit de nos recherches, dans l'espoir qu'un jour d'autres trouveront les pièces manquant à ce puzzle métaphysique et achèveront l'histoire du *Necronomicon* cryptique.

Quels que soient la race et le climat, on retrouve dans les différents mythes l'empreinte de ces extraterrestres qui peuplent les pages du *Necronomicon*. Dans l'Himalaya, la légende de l'Abominable Homme des Neiges est tenace et continue d'être perpétuée par les membres les plus « terre à terre » des expéditions en montagne. Des monstres préhistoriques continuent-ils à errer au milieu des pics silencieux, à se cacher au fond des océans et à hanter la nuit les régions désolées ?

Dans l'ancien traité hindou connu sous le nom de *Rigveda*, on nous parle de Dasyu et Dasa, ennemis surhumains de l'humanité et vivant sous terre, et de ces étranges résidus de la préhistoire, géants « grands comme des montagnes », démons « comme des arbres en marche » ; de Rakshasas à la tête de tigre et de l'horrible Vaitikas qui n'a qu'un œil et qu'une aile. Les mythes péruviens parlent des « Guachines » (les Obscurs) : ce sont les habitants de la terre primitive. La légende des Indiens d'Amérique consacre Camazotz – dieu des Chauves-souris – horrible créature hybride aux ailes comme du cuir sur la figure de qui poussent des serpents.

En 1686, Robert Plott raconte l'apparition de lumières sphériques dans le ciel, de pluies de pierres présentant des rayures, d'étranges sons portés par le vent défiant toute tentative d'explication rationnelle et la naissance d'un enfant « à plusieurs têtes » n'appartenant à aucun des deux sexes. Et plus récemment, les œuvres du spécialiste des phénomènes inexpliqués du XXe siècle, Charles Fort, nous informent que « des démons ont visité la Terre » et continuent à la visiter. Pendant toute sa vie, Fort a rassemblé plus de 40 000 notes : relation d'une pluie de galets noirs non météoriques sur Wolverhampton, en Angleterre, en 1858 ; récits sur d'étranges villes ; descriptions de créatures ayant des ailes de dix pieds de long, « se dandinant sur leurs pieds palmés ».

L'homme est-il « le premier ou le dernier des maîtres de la Terre » ? Peut-être le saurons-nous bientôt, car, depuis quelques dizaines d'années, la planète semble avoir été à plusieurs reprises, et de plus en plus souvent, envahie par de mystérieux intrus. On continue d'annoncer la présence d'un humanoïde en Virginie de l'Ouest, humanoïde brun muni d'ailes ; les océans et les lacs regorgent de serpents et de monstres, et l'on voit tous les jours des OVNI. Que veut dire tout cela ? L'humanité est-elle devenue tout à coup victime d'une illusion, d'une hystérie, est-elle déçue d'elle-même, ou assistons-nous au retour progressif des forces qui ont poussé un Arabe dément à chanter sous une lune gibbeuse un couplet étrange et rare ?

DÉCHIFFRAGE DU MANUSCRIT DE JOHN DEE

par David LANGFORD

On m'a demandé d'expliquer le traitement par ordinateur qui a permis la traduction de l'étrange manuscrit chiffré de John Dee, et de donner quelques indications sur les méthodes utilisées. À l'origine, ma correspondance avec Robert Turner a été inspirée par les recherches du Dr Donald Laycock, philologue qui a utilisé un ordinateur pour contrôler la validité du langage occulte de Dee – l'énochien –, c'est-à-dire pour savoir s'il reposait principalement sur d'autres langues, de même que le japonais provient du chinois et l'anglais de l'anglo-saxon, du latin, etc. Les recherches du Dr Laycock ont éclairé d'un jour nouveau la langue énochienne. Également connu sous le nom de *Liber Logaeth* : le « Livre de la parole de Dieu », et sous le nom de *Liber Mysteriorum Sextus et Sanctus*, le livre est composé de 101 tableaux, pour la plupart des grilles de 49 × 49 carrés contenant des lettres de l'alphabet latin ou des chiffres arabes (voir exemple pp. 170-171). On trouve également une grille vide de la même dimension et cinq tableaux plus grands de 36 × 72 carrés. Tout ceci a été écrit de la main d'Edward Kelly, le principal assistant de John Dee ; il l'aurait retranscrit en 1583, sous la dictée d'esprits.

Ce n'est pas un début bien encourageant. L'Histoire est pavée de fraudeurs et de charlatans ; Dee lui-même ne pouvait faire entière confiance à Kelly, qui était, de l'avis général, quelqu'un d'assez sournois. Dee conserva pourtant précieusement le *Livre d'Enoch* et on le trouve encore aujourd'hui parmi ses propres manuscrits. Autre point curieux : ni Dee ni Kelly n'ont jamais proposé de traduction de cet ouvrage : à quoi servirait d'élaborer un faux sans apporter la moindre explication, et sans utiliser en aucune manière les résultats obtenus ? Enfin, bien que sa réputation ait été parfois ternie, Dee n'était pas un fou mais un agent du gouvernement de cette époque – en réalité, un agent secret de la reine Élisabeth elle-même. (On note avec intérêt que son « code personnel » était 007…) On a dit souvent – *cf.* dans *John Dee* de Richard Deacon (Londres 1968) – que les occupations kabbalistiques et astrologiques de Dee servaient plus d'un objectif ; elles le présentaient comme un mystique inoffensif, dissimulant derrière une alphanumérotation obscure toute une variété de systèmes de chiffres très sophistiqués. Ainsi, sa table des « Æthyrs » ou « tours de guet mystiques » comporte plusieurs colonnes mathématiques : l'« Æthyr » n° 1, appelé LIL, présente des « gouverneurs » aux noms de Occodon, Pascomb et Val-gars, qui commandent respectivement les serviteurs 7209, 2360 et 5363. Les trente Æthyrs, ont des noms à trois lettres ; les trois gouverneurs de chaque Æthyr, des noms de sept lettres ; le nombre de serviteurs est toujours à quatre chiffres. La numérologie kabbalistique peut expliquer ces règles ; mais nous savons que Dee était un homme très « pratique » et un mathématicien dont l'œuvre secrète impliquait l'usage de chiffres. La table des Æthyrs est très probablement un outil de chiffrage et de déchiffrage. On l'utilisait peut-être pour produire n'importe quel nombre de chiffres simples, comme lorsqu'on remplace chaque lettre du message (par exemple X pour A, Q pour B, J pour C, etc., donnerait le mot JXQ au lieu de CAB) ou peut-être quelque chose de plus complexe.

Une fois admis que Dee cacha des œuvres chiffrées dans ses écrits magiques, il semble que le *Livre d'Enoch* en fasse fatalement partie. Sa longueur semble plaider pour un message en chiffres et non pas pour la clé d'un code. La disposition en grille permettrait alors d'éviter l'apparence de message – et

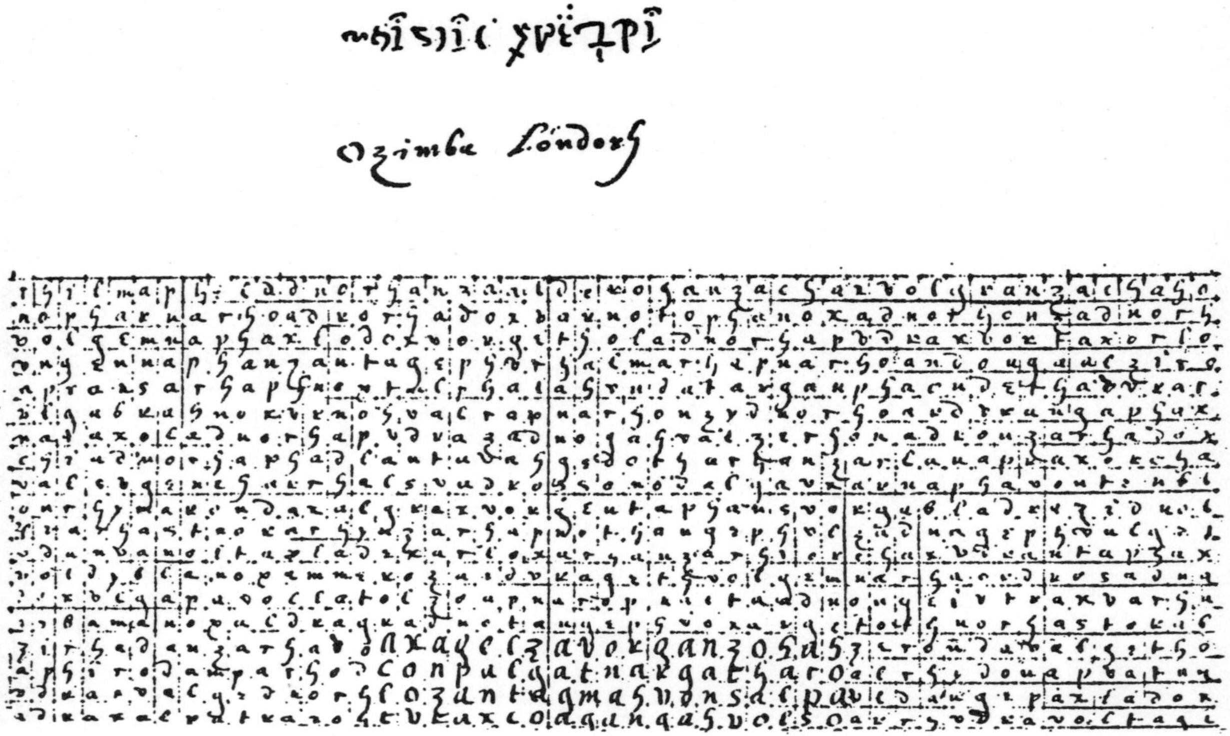
Ozimbe Löndorf

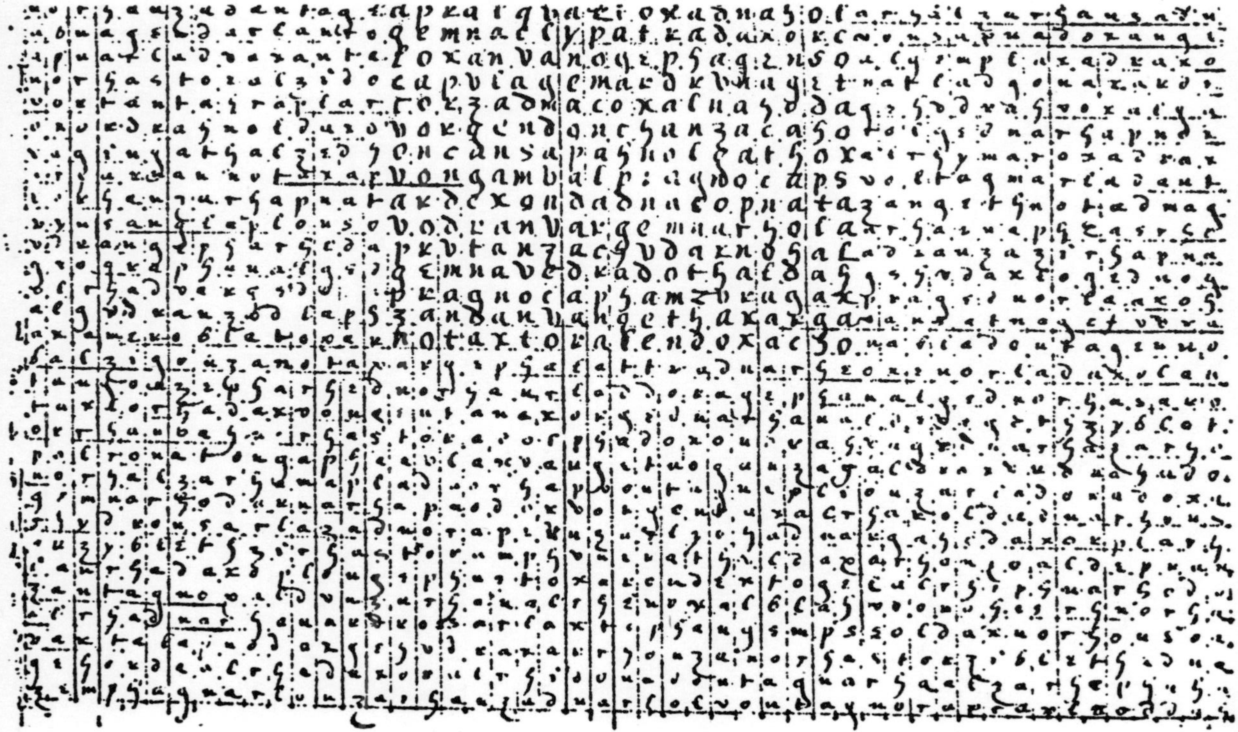

d'éloigner ainsi les curieux. La perspective d'être le premier à déchiffrer ce code était évidemment excitante : dans ces pages devaient se cacher les secrets d'Élisabeth Ire ou, comme aimait le penser Robert Turner, les résultats les plus importants des propres recherches occultes de John Dee. Le problème posé par le *Livre d'Enoch* n'était pas aussi décourageant qu'il y paraissait. Les ordinateurs modernes éliminent la plus grande partie du travail mécanique qui consiste à fractionner les chiffres simples, et j'ai personnellement acquis une certaine expérience dans ce domaine. L'obscurité relative de Dee – et le fait qu'il soit considéré plus comme un occultiste que comme un cryptographe – ont éloigné l'attention de cet aspect de ses occupations : à son époque, tous les érudits de deuxième ou troisième ordre inventaient un chiffrage nouveau et ingénieux. Francis Bacon, le premier, inventa un code d'une grande portée (il vécut de 1561 à 1626, Dee de 1527 à 1608) ; s'il avait été en rapport avec le travail sur le *Livre d'Enoch*, nous pourrions supposer que les baconiens seraient tombés sur le chiffre avec de grands cris de joie et auraient démontré que la toute première page contenait les versions codées d'*Essay of Studies* et de *The Tempest*.

Un ouvrage important dans le domaine de la cryptographie est le livre de Bacon, *The Advancement of Learning* (Londres 1605) qui indique en détail son chiffrage à « alphabet bilatéral ». Principe : toute lettre peut être symbolisée par la combinaison de deux lettres seulement (ou deux nombres, ou tout autre symbole préfigurant le Code morse international). Bacon nous fournit le tableau suivant :

A = aaaaa	N = abbaa
B = aaaab	O = abbab
C = aaaba	P = abbba
D = aaabb	Q = abbbb
E = aabaa	R = baaaa
F = aabab	S = baaab
G = aabba	T = baaba
H = aabbb	V = baabb
I = abaaa	W = babaa
K = abaab	X = babab
L = ababa	Y = babba
M = ababb	Z = babbb

L'usage du *a* et du *b* minuscule est simplement un symbole mnémonique. En pratique, la différence est supposée être indiquée par des modifications minimes du caractère. Si un message est imprimé dans un mélange de caractères – que nous pouvons appeler caractère A et caractère B –, nous le déchiffrons en divisant le texte en groupes de cinq lettres, en inscrivant *a* sous chaque lettre du caractère A et *b* sous chaque lettre du caractère B, et en interprétant à partir de la table de Bacon. (Notons au passage que cette table omet le J et le U parce que, à l'époque de Bacon, ils s'écrivaient de la même manière que le I et le V, respectivement. Pour mettre cette table à jour, il suffit d'intercaler les lettres J et U à leur place et de remonter le code, puis d'ajouter les deux codes *bbaaa* et *bbaab* à la fin, qui correspondront maintenant au Y et au Z.)

Voilà l'exemple que Bacon nous fournit lui-même, avec des caractères très différents afin d'obtenir une grande clarté – le caractère A est en caractère normal et B est en italique. Son message chiffré est : « Stay till I come to you » ; en mettant *b* pour chaque lettre écrite en italique et *a* pour les autres, on obtient *aabab ababa babba bb*. Si l'on laisse de côté les deux *bb* curieux qui se trouvent à la fin, et si l'on compare au tableau de Bacon, on voit que le message réel est simplement : « Fly »…

Je trouve passionnante cette forme de chiffrage, par l'usage qu'elle fait du système binaire. Un auteur de science-fiction, H. Beam Piper, dans son ouvrage *Omnilingual*, observait un jour que la véritable pierre de Rosette universelle est la table périodique des éléments ; toute civilisation raisonnablement avancée au niveau scientifique devra classer les éléments de cette façon et d'aucune autre et un coup d'œil rapide sur l'un de leurs livres nous donnera tout de suite le mot convenant à chaque élément. À un niveau moins élevé, il y a des schémas mathématiques si répandus qu'ils apparaissent même s'il ne s'agit pas alors de mathématiques... Le système binaire, par sa grande simplicité, est l'un de ceux que l'on retrouve partout.

Pour utiliser le système binaire, on ne prend que des 0 et des 1. 0 est un zéro ; 1 est un un ; 2 s'écrit 10, 3 11, 4 100, 5 101, etc. Nous pouvons prendre des nombres binaires à cinq chiffres, comme suit :

00000
00001
00010
00011
00100
00101

Cela est exactement la même chose que la table d'équivalences de Bacon, si l'on remplace *a* par 0 et *b* par 1. Si nous utilisons des nombres binaires à six chiffres, que nous substituons un trait vertical interrompu à chaque zéro, nous arrivons aux soixante-quatre hexagrammes de Yi-king, l'ancien *Livre de Changes* utilisé dans la divination chinoise.

0 1 2 3 …

Cet agencement binaire des hexagrammes a été découvert par Fu Hsi au XIe siècle – ce qui a conféré au système un pedigree très honorable. Ce fut également une grande surprise pour le mathématicien Leibniz, qui inventa le système binaire numérique à la fin du XVIIe siècle.

Le système binaire est universel, car c'est celui dont l'agencement est le plus simple – puisqu'il ne faut que deux symboles. Il est parfois encombrant, bien sûr – lorsque vous atteignez 2^{15} (32768), le chiffre binaire équivalent est 1 000 000 000 000 000 –, mais souvent très pratique. En utilisant chaque doigt pour représenter un nombre binaire de 10 chiffres – en l'air pour 0 et appuyé sur la table pour 1, on peut compter jusqu'à 1023 (nombre binaire 1 111 111 111) sur les deux mains, ce qui est beaucoup plus que le chiffre 10 habituel. Ce système présente un intérêt particulier avec les ordinateurs ; il serait très peu pratique de conserver, disons, dix niveaux de tension différents représentant les chiffres de 0 à 9. Avec le système binaire, toute ligne donnée doit seulement être ON ou OFF – 1 ou 0. Fondamentalement simples, les ordinateurs sont de gigantesques machines à faire des additions. Lorsqu'on ajoute deux nombres binaires, la règle est simplement :

$$0 + 0 = 0$$
$$1 + 0 = 1$$
$$1 + 1 = 0 \text{ et je retiens } 1$$

Le principe de soustraction est toujours aussi simple. Les multiplications et les divisions s'obtiennent en effectuant plusieurs additions et soustractions. On peut faire d'autres calculs d'après le résultat de ces opérations. Enfin, on arrive à des ordinateurs qui, en combinant des millions et des millions de ces opérations simples, paraissent presque « intelligents », alors qu'ils ne font que suivre un programme d'actions qui a été introduit par un être humain ordinaire.

Si l'on se penche sur un cas particulier, un ordinateur peut s'attaquer à un codage de substitution, en se servant du genre de mécanisme d'approche suggéré par Edgar Allan Poe dans *The Gold Bug* ou – moins complet et moins épuisant – par Conan Doyle dans *The Dancing Men (The Return of Sherlock Holmes)*. Cette méthode semble très familière ; on commence par compter combien de fois chaque symbole revient et (en supposant que le texte chiffré est assez long pour que s'appliquent les statistiques habituelles de la langue anglaise) on peut alors dire avec une quasi-certitude que la lettre qui revient le plus souvent représentera la lettre *e*.

Théoriquement, on peut poursuivre et attribuer les six symboles suivants par ordre de fréquence comme représentant, dans l'ordre, les lettres *t, a, o, i, n* et *s* ; mais, pratiquement, ces lettres reviennent avec une fréquence si semblable que tout message donné, s'il n'est pas d'une longueur interminable, contiendra suffisamment de variations statistiques pour brouiller complètement le résultat. On peut considérer que ces symboles ne représentent pas des lettres rares *(q, j, x, z*, par exemple, par ordre décroissant de fréquence), de même que les symboles peu fréquents ne représentent sans doute pas *e, t, a, o, i, n, s*… Il est alors temps de considérer chaque mot du texte : un mot qui revient fréquemment, à trois lettres et se terminant par un *e* est probablement le mot « the », les mots d'une lettre sont sûrement *I* ou *a*, etc.

(Signalons au passage que cet ordre de lettres dit peut-être quelque chose aux lecteurs, pour d'autres raisons : ETAOINS… Les claviers de machines à composer sont disposés suivant la fréquence d'utilisation des lettres, de telle sorte qu'en lisant de haut en bas les deux premières colonnes on obtient : *etaoin shrdlu.* Cette incantation mystique apparaît parfois dans un journal ; les compositeurs d'imprimerie essayent leur machine en laissant courir un doigt sur ces deux colonnes, et parfois ces lettres apparaissent sur le papier.)

Mais cette approche peut être complètement brouillée en trafiquant les statistiques d'un message. Voilà ce que l'on trouve au chapitre 4 de *The Origin of Evil* (1951) d'Ellery Queen :

You believed me dead. Killed, murdered, or over a score of years I have looked for you – for you and for him. And now, I have found you. Can you guess my plan ? You'll die. Quickly ? No, very slow. And so pay me back for my long years of searching and dreaming of revenge. Slow dying – unavoidable dying. For you and for him. Slow and sure – dying in mind and body. And for each pace forward a warning… a warning of special meaning for you – and for him. Meanings of pondering and puzzling. Here is warning number one.

Si cela avait été traduit en code, je crains que cette simple analyse de fréquence n'ait échoué complètement. La sonorité étrangement ampoulée de cette prose vient de ce que l'auteur s'efforce d'éviter l'emploi de la seconde lettre la plus utilisée dans la langue anglaise. Le passage ne contient pas un seul « t ». On peut aller encore plus loin dans ce domaine. Dans un roman intitulé *Gadsby* (E.V. Wright, Los Angeles, 1939) qui compte environ 50 000 mots, il n'y a pas un seul « e » ! L'auteur proclame fièrement dans l'introduction que la barre du « e » a été attachée, pour éviter qu'un seul « e » ne se glisse dans le texte. « Ce livre, notait Wright, peut être d'un grand secours aux écoliers pour leurs rédactions en anglais. » Cela ne fait aucun doute.

Cette forme de jeu peut être utilisée autrement, bien entendu, comme dans *Eve's Legend* de Lord Holland (1824) dans lequel le « e » est la seule voyelle utilisée : *Men were never perfect ; yet the three brethren Veres were ever esteemed, revered, respected, even when the rest, whether the select few, whether the mere herd, were left neglected*... Etc.

L'approche statistique de la crypto-analyse est ainsi jonchée de périls. Mais le pire, dans ce travail, c'est de se rendre compte que, pendant des jours, on a fait fausse route. Grâce à l'ordinateur, ce péril est limité au minimum. On laisse échapper un juron et on modifie légèrement la programmation. L'ordinateur, docile, incroyablement rapide et précis, travaillera sur le problème aussi souvent qu'il le faudra, faisant exactement ce qu'on lui demande.

J'ouvre ici une parenthèse, pour donner un exemple de l'approche absolument mécanique du déchiffrage. Dans ce dessein, j'ai chargé l'ordinateur avec un programme très simple, encore que très long, appelé CRYPTAN 4, qui aborde un manuscrit chiffré uniquement par les statistiques et les rapports simples des lettres dans l'anglais de base. Il présente plusieurs faiblesses : le texte d'entrée doit déjà être divisé en mots et une mauvaise impression ou des fautes d'orthographe risquent de perturber complètement une machine programmée avec CRYPTAN 4. C'est cependant un exemple utile – et une introduction aux programmes beaucoup plus complexes.

J'ai choisi comme entrée une strophe au hasard dans l'œuvre de Swinburne.

Who has know all the evil before us
Or the tyrannous secret of time ?
Though we match not the dead men that bore us
At a song, at a kiss, at a crime —
Though the heathen outface and outlive us
And our lives and our longings are twain —
Ah, forgive us our virtues, forgive us
Our Lady of Pain.

On a utilisé un code de substitution pour produire, à partir de ce texte, les mots se trouvant en haut de la feuille qui suit. C'est une reproduction d'un véritable document ; l'ordinateur imprime ses décisions au fur et à mesure et met continuellement à jour sa traduction. Des notes figurent à la suite de la feuille d'ordinateur. Je dirai simplement que NE veut dire « n'est pas égal à », de sorte que la ligne A. NE. IJQV signifie : J'ai décidé que la lettre A du manuscrit ne représente ni I, ni J, ni Q, ni V. Les lecteurs aimeront peut-être essayer de suivre la logique qui se cache derrière chaque décision de l'ordinateur ; il faut se souvenir que ce programme simple présente une vue de la langue anglaise également très simplifiée.

Qui avant nous a connu tout le mal
Ou les secrets tyranniques du temps
Bien que nous n'égalions pas les morts qui nous ont
donné naissance
Pour une chanson, un baiser ou un crime —
Bien que les païens nous dominent et nous survivent
et nos vies, nos désirs sont ambigus —
Ah, pardonne-nous nos vertus, pardonne-nous,
Vierge de Douleur.

L'explication de quelques-unes des premières décisions permet de montrer le type de logique utilisé par la machine. La conclusion initiale A. NE. IJQV résulte de ce que dans le chiffre, A apparaît à la fin d'un mot ; les mots anglais ne se terminent jamais par I, J, Q ou

V. (Il est clair que la simplification excessive intervient déjà : s'il était venu à l'idée de la muse de Swinburne de parler du béribéri ou de l'okapi, le programme aurait retenu une hypothèse erronée.) À la ligne suivante, B. NE.E. T.A.O.I.N., la décision est que B ne représente pas l'une des six lettres les plus courantes de la langue anglaise – ceci parce que B n'apparaît pas une seule fois dans le chiffre. Chaque hypothèse est éliminée pour une raison de ce genre. Après avoir effectué ce travail préliminaire, l'ordinateur imprime un tableau de l'alphabet, sans donner jusque-là une correspondance pour aucune des lettres – bien qu'il ait déjà déterminé que les lettres F, G, I et Q représentent des consonnes (–1 entre parenthèses) et L une voyelle (1 entre parenthèses – 0 signifie « je ne sais pas »). L doit être soit un I soit un A, puisqu'il apparaît sous forme de mot d'une seule lettre. Le tableau suivant regroupe ce qui a déjà été établi ; ainsi, la première ligne indique que A ne peut pas signifier I, J, Q, V ou X. Suit une table de fréquence d'utilisation de chaque lettre : la machine choisit alors la plus fréquente (C) et considère qu'elle représente un E. Dès que l'on connaît une ou plusieurs lettres, il est possible de procéder à des essais d'association : ainsi, un mot de deux lettres se terminant par un E peut être en anglais usuel BE, HE, ME, WE ou peut-être YE, et la machine délimite des associations en conséquence.

E étant connu, l'ordinateur recherche une combinaison probable pour représenter THE, et la découvre. L'analyse se poursuit de façon imperturbable, comme le montrent les messages qui apparaissent à chaque étape. Les derniers tableaux apportent une solution pratiquement complète ; seules quatre lettres supplémentaires qui n'apparaissent même pas dans le texte. Encore faut-il noter que dans la traduction finale incomplète, les lettres manquantes – B, P, V, Y – sont immédiatement fournies par le contexte. L'ordinateur nous a épargné beaucoup de travail en allant jusque-là, mais il ne peut combler ces vides à partir de l'information très limitée qui lui a été fournie. On peut lui indiquer des règles simples, dogmatiques – par exemple, qu'une lettre double ne sera jamais un A, H, I, J, K, Q, U, V, W, X ou Y en anglais –, mais s'il n'a pas tout un dictionnaire en mémoire et un moyen de comprendre le contexte du message, il ne verra aucune raison pour que la lettre manquante du mot E ? IL soit un V plutôt qu'un B, un P ou un Y. En fin de compte, il faut toujours l'intervention de l'intelligence humaine.

Avant que ne commence cette analyse par ordinateur, les 100 tableaux du *Livre d'Enoch* (à l'exception du tableau vide) ont été chargés en mémoire – une fois transcrits sur les disques magnétiques de la machine, ils étaient immédiatement accessibles aux

```
WFJ FLP DIJWI LGG QFC CUTG OCRJNC SP JN QFC QYNLIIJSP PCVNCQP JR QTHC QFJSAF WC
HLQVF IJQ QFC ECLE HCI QFLQ OJNC SP LQ L PJIA LQ L DTPP LQ L VNTHC QFJSAF QFC F
LQFCI JSQRLVC LIE JSQGTUC SP LIE JSN GTUCP LIE JSN GJIATIAP LNC' QWLTI LF RJNATU
 SP JSN UTNQSCP RJNATUC SP JSN GLEY JR KLTI

- A.NE.I J Q V
- B.NE.E T A O I
- C.NE.I J Q V U Z B C G K L W
- D.NE.E T A O I
- E.NE.I J Q V
- F.NE.I J Q V U Z B C G K L W
- G.NE.A H I J K Q U V W X Y Z B G M P
- H.NE.E T A O I Q
- I.NE.A H I J K Q U V W X Y Z
- J.NE.I J Q V F K L P X Z
- K.NE.E T A O I
- L.NE.F J K L P Q V X Z B C D E G H M N O R S T U W Y
- M.NE.E T A O I
- N.NE.I J Q V B C G K L W Z
- O.NE.E T A O I
- P.NE.A H I J K Q U V W X Y Z B C G L M P
- Q.NE.I J Q V B C G K L W Z
- R.NE.I J Q V B C G K L W Z
- S.NE.F J K L P Q V X Z
- T.NE.Q
- U.NE.Q
- V.NE.E T A O I Q
- W.NE.E T A O I F J K L P Q V X Z
- X.NE.E T A O I
- Y.NE.E T A O I J Q V
- Z.NE.E T A O I

- A.NE.X
- C.NE.X R
- D.NE.J Q
- E.NE.X
- F.NE.A E O X R P
- G.NE.E O
- I.NE.E O
- K.NE.Q
- O.NE.Q
- Q.NE.A E O U R P
- R.NE.X
- T.NE.X J V
  V.NE.X J V
- Y.NE.X

ATE

O LETTERS KNOWN)

   ( 0)   B=  ( 0)   C=  ( 0)   D=  ( 0)   E=  ( 0)   F=  (-1)   G=  (-1)
   ( 0)   I=  (-1)   J=  ( 0)   K=  ( 0)   L=  ( 1)   M=  ( 0)   N=  ( 0)
   ( 0)   P=  ( 0)   Q=  (-1)   R=  ( 0)   S=  ( 0)   T=  ( 0)   U=  ( 0)
   ( 0)   W=  ( 0)   X=  ( 0)   Y=  ( 0)   Z=  ( 0)
```

STATE

	A	B	C	D	E	F	G	H	I	J	K	L	M	N	O	P	Q	R	S	T	U	V	W	X	Y	Z
A	.	.	.	.	.	.	.	.	/	/	.	.	.	.	.	.	/	.	.	.	.	/	.	/	.	.
B	/	.	.	.	/	.	.	.	/	.	.	.	.	.	/	.	.	.	.	/	.	.	.	.	.	.
C	.	/	/	.	.	.	/	.	/	/	/	/	.	.	.	.	/	/	.	.	/	/	/	/	.	/
D	/	.	.	.	/	.	.	.	/	/	.	.	.	.	/	.	/	.	.	/	.	.	.	.	.	.
E	.	.	.	.	.	.	.	.	/	/	.	.	.	.	.	.	/	.	.	.	.	/	.	/	.	.
F	/	/	/	.	/	.	/	.	/	/	/	/	.	.	/	/	/	/	.	.	/	/	/	/	.	/
G	/	/	.	.	/	.	/	/	/	/	/	.	/	.	/	/	/	.	.	.	/	/	/	/	/	/
H	/	.	.	.	/	.	.	.	/	.	.	.	.	.	/	.	/	.	.	/	.	.	.	.	.	[illegible]
I	/	.	.	.	/	.	.	/	/	/	/	.	.	.	/	.	/	.	.	.	/	/	/	/	/	[illegible]
J	.	.	.	.	.	/	.	.	/	/	/	/	.	.	.	/	/	.	.	.	.	/	.	/	.	[illegible]
K	/	.	.	.	/	.	.	.	/	.	.	.	.	.	/	.	/	.	.	/	.	.	.	.	.	[illegible]
L	.	/	/	/	/	/	/	/	.	/	/	/	/	/	/	/	/	/	/	/	/	/	/	/	/	[illegible]
M	/	.	.	.	/	.	.	.	/	.	.	.	.	.	/	.	.	.	.	/	.	.	.	.	.	[illegible]
N	.	/	/	.	.	.	/	.	/	/	/	/	.	.	.	.	/	.	.	.	.	/	/	.	.	[illegible]
O	/	.	.	.	/	.	.	.	/	.	.	.	.	.	/	.	/	.	.	/	.	.	.	.	.	[illegible]
P	/	/	/	.	.	.	/	/	/	/	/	/	/	.	.	/	/	.	.	.	/	/	/	/	/	[illegible]
Q	/	/	/	.	/	.	/	.	/	/	/	/	.	.	/	/	/	/	.	.	/	/	/	.	.	[illegible]
R	.	/	/	.	.	.	/	.	/	/	/	/	.	.	.	.	/	.	.	.	.	/	/	/	.	[illegible]
S	.	.	.	.	.	/	.	.	.	/	/	/	.	.	.	/	/	.	.	.	.	/	.	/	.	[illegible]
T	.	.	.	.	.	.	.	.	.	/	.	.	.	.	.	.	/	.	.	.	.	/	.	/	.	[illegible]
U	.	.	.	.	.	.	.	.	.	.	.	.	.	.	.	.	/	.	.	.	.	.	.	.	.	[illegible]
V	/	.	.	.	/	.	.	.	/	/	.	.	.	.	/	.	/	.	.	/	.	/	.	/	.	[illegible]
W	/	.	.	.	/	/	.	.	/	/	/	/	.	.	/	/	/	.	.	/	.	/	.	/	.	[illegible]
X	/	.	.	.	/	.	.	.	/	.	.	.	.	.	/	.	.	.	.	/	.	.	.	.	.	[illegible]
Y	/	.	.	.	/	.	.	.	/	/	.	.	.	.	/	.	/	.	.	/	.	/	.	/	.	[illegible]
Z	/	.	.	.	/	.	.	.	/	.	.	.	.	.	/	.	.	.	.	/	.	.	.	.	.	[illegible]

FREQUENCY TABLE---

A	7
C	24
D	2
E	6
F	15
G	7
H	4
I	15
J	21
K	1
L	22
M	14
O	2
P	15
Q	21
R	6
S	15
T	12
U	6
V	4
W	4
Y	2

E HYPOTHESIS 1 C
DECISION C REPRESENTS E

... ...E E....E...E .. .. ..E .... .E..E.. .. ...E ......
....E .E.. .E. ....E .. ..E ....E
E...E. ......E ... .E .. ..E. ... ...E ....
E .. ..E. ......E .. ..

```
 - E.NE.A O U
 - N.NE.A O U X
 - Q.NE.X
 - V.NE.U
 - W.NE.U D G N S

***ASSOCIATIVE SCAN   E
 - H.NE.J X
 - J.NE.H Y W
 - S.NE.H Y W
 - U.NE.J X
 - W.NE.C R

 - J.NE.D G N S T

***3-LETTER SCAN. KNOWN = E      SCAN WORD = THE
ECISION  Q REPRESENTS T
 ... ... ..... ... T.E E... .E...E .. .. T.E T........ .E..ET. .. T..E T..... .E
 ..T.. ..T T.E .E.. .E. T..T ...E .. .T . .... .T . .... .T . ....E T..... T.E .
 .T.E. ..T...E ... ..T...E .. ... ... ...E. ... ... ........ ..E T.... .. ......
  .. ... ...T.E. ......E .. ... .... .. ....
ECISION  F REPRESENTS H
 .H. H.. ..... ... THE E... .E...E .. .. THE T........ .E..ET. .. T..E TH...H .E
 ..T.H ..T THE .E.. .E. TH.T ...E .. .T . .... .T . .... .T . ....E TH...H THE H
 .THE. ..T...E ... ..T...E .. ... ... ...E. ... ... ........ ..E T.... .H ......
  .. ... ...T.E. ......E .. ... .... .. ....

**ASSOCIATIVE SCAN   T,H
 - I.NE.B C F G P L M
 - J.NE.B C M R U
ECISION  L REPRESENTS A
 .H. HA. ..... A.. THE E... .E...E .. .. THE T..A..... .E..ET. .. T..E TH...H .E
 .AT.H ..T THE .EA. .E. THAT ...E .. AT A .... AT A .... AT A ....E TH...H THE H
 ATHE. ..T.A.E A.. ..T...E .. A.. ... ...E. A.. ... ........ A.E T.A.. AH ......
  .. ... ...T.E. ......E .. ... .A.. .. .A..
ELIMINATION*
ECISION  J REPRESENTS O
 .HO HA. ..O.. A.. THE E... .E.O.E .. O. THE T..A..O.. .E..ET. O. T..E THO..H .E
 .AT.H .OT THE .EA. .E. THAT .O.E .. AT A .O.. AT A .... AT A ....E THO..H THE H
 ATHE. O.T.A.E A.. O.T...E .. A.. O.. ...E. A.. O.. .O...... A.E T.A.. AH .O.....
  .. O.. ...T.E. .O....E .. O.. .A.. O. .A..
 - P.NE.D F N R
ELIMINATION*
ECISION  P REPRESENTS S
 .HO HAS ..O.. A.. THE E... .E.O.E .S O. THE T..A..O.S SE..ETS O. T..E THO..H .E
 .AT.H .OT THE .EA. .E. THAT .O.E .S AT A SO.. AT A ..SS AT A ....E THO..H THE H
 ATHE. O.T.A.E A.. O.T...E .S A.. O.. ...ES A.. O.. .O.....S A.E T.A.. AH .O....
  .S O.. ...T.ES .O....E .S O.. .A.. O. .A..
ECISION  V REPRESENTS C
 .HO HAS ..O.. A.. THE E... .E.O.E .S O. THE T..A..O.S SEC.ETS O. T..E THO..H .E
 .ATCH .OT THE .EA. .E. THAT .O.E .S AT A SO.. AT A ..SS AT A C...E THO..H THE H
 ATHE. O.T.ACE A.. O.T...E .S A.. O.. ...ES A.. O.. .O.....S A.E T.A.. AH .O....
  .S O.. ...T.ES .O....E .S O.. .A.. O. .A..
 - W.NE.B M Y
ELIMINATION*
ECISION  W REPRESENTS W
 WHO HAS ..OW. A.. THE E... .E.O.E .S O. THE T..A..O.S SEC.ETS O. T..E THO..H WE
 .ATCH .OT THE .EA. .E. THAT .O.E .S AT A SO.. AT A ..SS AT A C...E THO..H THE H
 ATHE. O.T.ACE A.. O.T...E .S A.. O.. ...ES A.. O.. .O.....S A.E TWA.. AH .O....
  .S O.. ...T.ES .O....E .S O.. .A.. O. .A..
```

```
 - H.NE.U
 - K.NE.U
 - N.NE.P
 - R.NE.U P
 - S.NE.D G N
 - T.NE.B D F G K L M N P R Y Z
 - U.NE.I U

***ASSOCIATIVE SCAN   O
DECISION  A REPRESENTS G
 WHO HAS ..OW. A.. THE E... .E.O.E .S O. THE T..A..O.S SEC.ETS O. T..E THO.GH WE
 .ATCH .OT THE .EA. .E. THAT .O.E .S AT A SO.G AT A ..SS AT A C...E THO.GH THE H
EATHE. O.T.ACE A.. O.T...E .S A.. O.. ...ES A.. O.. .O.G..GS A.E TWA.. AH .O.G..
E .S O.. ...T.ES .O.G..E .S O.. .A.. O. .A..
 - N.NE.D M Y
 - R.NE.D M Y
DECISION  S REPRESENTS U
 WHO HAS ..OW. A.. THE E... .E.O.E US O. THE T..A..OUS SEC.ETS O. T..E THOUGH WE
 .ATCH .OT THE .EA. .E. THAT .O.E US AT A SO.G AT A ..SS AT A C...E THOUGH THE H
EATHE. OUT.ACE A.. OUT...E US A.. OU. ...ES A.. OU. .O.G..GS A.E TWA.. AH .O.G..
E US OU. ...TUES .O.G..E US OU. .A.. O. .A..
*ELIMINATION*
DECISION  T REPRESENTS I
 WHO HAS ..OW. A.. THE E.I. .E.O.E US O. THE T..A..OUS SEC.ETS O. TI.E THOUGH WE
 .ATCH .OT THE .EA. .E. THAT .O.E US AT A SO.G AT A .ISS AT A C.I.E THOUGH THE H
EATHE. OUT.ACE A.. OUT.I.E US A.. OU. .I.ES A.. OU. .O.GI.GS A.E TWAI. AH .O.GI.
E US OU. .I.TUES .O.GI.E US OU. .A.. O. .AI.

***VOWEL DATA COMPLETE

***ASSOCIATIVE SCAN   S

***ASSOCIATIVE SCAN   A

***3-LETTER SCAN. KNOWN = A      SCAN WORD = AND
DECISION  I REPRESENTS N
 WHO HAS .NOWN A.. THE E.I. .E.O.E US O. THE T..ANNOUS SEC.ETS O. TI.E THOUGH WE
 .ATCH NOT THE .EA. .EN THAT .O.E US AT A SONG AT A .ISS AT A C.I.E THOUGH THE H
EATHEN OUT.ACE AN. OUT.I.E US AN. OU. .I.ES AN. OU. .ONGINGS A.E TWAIN AH .O.GI.
E US OU. .I.TUES .O.GI.E US OU. .A.. O. .AIN
DECISION  E REPRESENTS D
 WHO HAS .NOWN A.. THE E.I. .E.O.E US O. THE T..ANNOUS SEC.ETS O. TI.E THOUGH WE
 .ATCH NOT THE DEAD .EN THAT .O.E US AT A SONG AT A .ISS AT A C.I.E THOUGH THE H
EATHEN OUT.ACE AND OUT.I.E US AND OU. .I.ES AND OU. .ONGINGS A.E TWAIN AH .O.GI.
E US OU. .I.TUES .O.GI.E US OU. .AD. O. .AIN

DECISION  G REPRESENTS L
 WHO HAS .NOWN ALL THE E.IL .E.O.E US O. THE T..ANNOUS SEC.ETS O. TI.E THOUGH WE
 .ATCH NOT THE DEAD .EN THAT .O.E US AT A SONG AT A .ISS AT A C.I.E THOUGH THE
EATHEN OUT.ACE AND OUTLI.E US AND OU. LI.ES AND OU. LONGINGS A.E TWAIN AH .O.GI
E US OU. .I.TUES .O.GI.E US OU. LAD. O. .AIN
 - N.NE.F
*ELIMINATION*
DECISION  N REPRESENTS R
 WHO HAS .NOWN ALL THE E.IL .E.ORE US OR THE T.RANNOUS SECRETS O. TI.E THOUGH W
 .ATCH NOT THE DEAD .EN THAT .ORE US AT A SONG AT A .ISS AT A CRI.E THOUGH THE
EATHEN OUT.ACE AND OUTLI.E US AND OUR LI.ES AND OUR LONGINGS ARE TWAIN AH .ORGI
E US OUR .IRTUES .ORGI.E US OUR LAD. O. .AIN
*ELIMINATION*
DECISION  R REPRESENTS F
 WHO HAS .NOWN ALL THE E.IL .EFORE US OR THE T.RANNOUS SECRETS OF TI.E THOUGH W
 .ATCH NOT THE DEAD .EN THAT .ORE US AT A SONG AT A .ISS AT A CRI.E THOUGH THE
EATHEN OUTFACE AND OUTLI.E US AND OUR LI.ES AND OUR LONGINGS ARE TWAIN AH FORGI
E US OUR .IRTUES FORGI.E US OUR LAD. OF .AIN
```

***ASSOCIATIVE SCAN   I
 - H.NE.B K P V Y Z
ELIMINATION
DECISION H REPRESENTS M
 WHO HAS .NOWN ALL THE E.IL .EFORE US OR THE T.RANNOUS SECRETS OF TIME THOUGH WE
 MATCH NOT THE DEAD MEN THAT .ORE US AT A SONG AT A .ISS AT A CRIME THOUGH THE H
EATHEN OUTFACE AND OUTLI.E US AND OUR LI.ES AND OUR LONGINGS ARE TWAIN AH FORGI.
.E US OUR .IRTUES FORGI.E US OUR LAD. OF .AIN

***ASSOCIATIVE SCAN   N
 - D.NE.B P V X Y Z
ELIMINATION
DECISION D REPRESENTS K
 WHO HAS KNOWN ALL THE E.IL .EFORE US OR THE T.RANNOUS SECRETS OF TIME THOUGH WE
 MATCH NOT THE DEAD MEN THAT .ORE US AT A SONG AT A KISS AT A CRIME THOUGH THE H
EATHEN OUTFACE AND OUTLI.E US AND OUR LI.ES AND OUR LONGINGS ARE TWAIN AH FORGI.
E US OUR .IRTUES FORGI.E US OUR LAD. OF .AIN

***ASSOCIATIVE SCAN   R

STATE

(18 LETTERS KNOWN)

A=G (-1)	B= (-1)	C=E (1)	D=K (-1)	E=D (-1)	F=H (-1)	G=L (-1)
H=M (-1)	I=N (-1)	J=O (1)	K= (-1)	L=A (1)	M= (-1)	N=R (-1)
O= (-1)	P=S (-1)	Q=T (-1)	R=F (-1)	S=U (1)	T=I (1)	U= (-1)
V=C (-1)	W=W (-1)	X= (-1)	Y= (-1)	Z= (-1)		

STATE

	A	B	C	D	E	F	G	H	I	J	K	L	M	N	O	P	Q	R	S	T	U	V	W	X	Y	Z
A	/	/	/	/	/	/	*	/	/	/	/	/	/	/	/	/	/	/	/	/	/	/	/	/	/	/
B	/	.	/	/	/	/	/	/	/	.	/	/	/	/	/	.	.	/	/	/	/	.	/	.	.	.
C	/	/	/	/	*	/	/	/	/	/	/	/	/	/	/	/	/	/	/	/	/	/	/	/	/	/
D	/	/	/	/	/	/	/	/	/	/	*	/	/	/	/	/	/	/	/	/	/	/	/	/	/	/
E	/	/	/	*	/	/	/	/	/	/	/	/	/	/	/	/	/	/	/	/	/	/	/	/	/	/
F	/	/	/	/	/	/	/	*	/	/	/	/	/	/	/	/	/	/	/	/	/	/	/	/	/	/
G	/	/	/	/	/	/	/	/	/	/	/	*	/	/	/	/	/	/	/	/	/	/	/	/	/	/
H	/	/	/	/	/	/	/	/	/	/	/	/	*	/	/	/	/	/	/	/	/	/	/	/	/	/
I	/	/	/	/	/	/	/	/	/	/	/	/	/	*	/	/	/	/	/	/	/	/	/	/	/	/
J	/	/	/	/	/	/	/	/	/	/	/	/	/	/	*	/	/	/	/	/	/	/	/	/	/	/
K	/	.	/	/	/	/	/	/	/	.	/	/	/	/	/	.	/	/	/	/	/	.	/	.	.	.
L	*	/	/	/	/	/	/	/	/	/	/	/	/	/	/	/	/	/	/	/	/	/	/	/	/	/
M	/	.	/	/	/	/	/	/	/	.	/	/	/	/	/	.	.	/	/	/	/	.	/	.	.	.
N	/	/	/	/	/	/	/	/	/	/	/	/	/	/	/	/	/	*	/	/	/	/	/	/	/	/
O	/	.	/	/	/	/	/	/	/	.	/	/	/	/	/	.	/	/	/	/	/	.	/	.	.	.
P	/	/	/	/	/	/	/	/	/	/	/	/	/	/	/	/	/	/	*	/	/	/	/	/	/	/
Q	/	/	/	/	/	/	/	/	/	/	/	/	/	/	/	/	/	/	/	*	/	/	/	/	/	/
R	/	/	/	/	/	*	/	/	/	/	/	/	/	/	/	/	/	/	/	/	/	/	/	/	/	/
S	/	/	/	/	/	/	/	/	/	/	/	/	/	/	/	/	/	/	/	/	*	/	/	/	/	/
T	/	/	/	/	/	/	/	/	*	/	/	/	/	/	/	/	/	/	/	/	/	/	/	/	/	/
U	/	.	/	/	/	/	/	/	/	/	/	/	/	/	/	.	/	/	/	/	/	.	/	/	.	.
V	/	/	*	/	/	/	/	/	/	/	/	/	/	/	/	/	/	/	/	/	/	/	/	/	/	/
W	/	/	/	/	/	/	/	/	/	/	/	/	/	/	/	/	/	/	/	/	/	/	*	/	/	/
X	/	.	/	/	/	/	/	/	/	.	/	/	/	/	/	.	.	/	/	/	/	.	/	.	.	.
Y	/	.	/	/	/	/	/	/	/	/	/	/	/	/	/	.	/	/	/	/	/	/	/	/	.	.
Z	/	.	/	/	/	/	/	/	/	.	/	/	/	/	/	.	.	/	/	/	/	.	/	.	.	.

programmes de déchiffrage. Je commençai par l'approche directe indiquée plus haut, sans grand espoir de succès puisque – si Dee n'avait pas témoigné d'une plus grande ingéniosité – ce chiffre aurait sûrement été percé depuis longtemps.

On peut lire une grille de symboles de plusieurs façons. La plus évidente consiste à commencer dans le coin en haut à gauche et à lire la grille colonne par colonne dans le sens vertical ou par rangée horizontale. Si cette méthode n'est pas la bonne, il faut peut-être partir de l'un des trois autres coins ; le message peut être disposé en spirale vers le centre ou à partir du centre. Il est possible d'imaginer des dispositions d'une complexité croissante : une suite de carrés reliés par le déplacement de cavaliers comme au jeu d'échecs (un cavalier passe par chaque case de l'échiquier une seule fois, de façon successive et régulière), ou des parcours encore plus déviés qui suivent la fantaisie de l'auteur du chiffre. Il existe des systèmes encore plus ingénieux : il faut aller d'un tableau à l'autre, en prenant le premier symbole de chaque tableau dans l'ordre ou en ordre inverse, puis le second symbole de chaque tableau… avec les innombrables façons de définir le « premier » et le « second ». Le chiffre peut présenter des lettres factices, seul un symbole sur deux, ou sur trois, ou sur *x*, faisant vraiment partie du message… Et de plus, bon nombre de grilles sont en forme de losange et non de carré, ce qui suggère qu'il convient parfois – ou toujours – de lire en diagonale.

Heureusement, l'ordinateur s'est chargé de la tâche ardue consistant à vérifier toutes les possibilités, contrôlant tranquillement chaque séquence de lecture que je pouvais imaginer et appliquant de nombreuses fois une simple approche de déchiffrage. Sans succès.

Ce travail fastidieux étant achevé pour l'anglais, le processus se répétait avec d'autres langues pour lesquelles existaient des tables de fréquence et des listes de mots-clés. Ces langues étaient choisies en tenant compte de l'inclination probable de John Dee, le latin, langue des érudits de cette époque, avant toute autre. Le français et l'espagnol furent également essayés, ainsi que l'allemand. Tout cela était fort délicat, et l'équipe d'informaticiens commença à perdre patience lorsque je m'avisai que, pour être exhaustifs, il nous fallait fabriquer nos propres tables de fréquence (et tout le reste…) pour l'énochien, langue propre de Dee. Tous les passages importants écrits en énochien furent introduits dans la machine pour déterminer la fréquence des lettres, les associations intéressantes, etc. Nous nous sentîmes tous découragés lorsque cette analyse de l'énochien se révéla aussi vaine que les autres. Ainsi, après huit mois de travail, je réalisais que ma contribution au savoir universel se résumait à l'apport suivant : Le *Liber Logaeth* ou *Book of Enoch* n'est pas écrit dans un chiffre de substitution d'une langue connue de John Dee.

La phase suivante – l'approche simple ayant été écartée – est une nouvelle analyse du texte, cette fois pour rechercher un code plus sophistiqué ne dépendant pas uniquement d'un chiffrage lettre à lettre. L'une des méthodes les plus pratiques et les plus complexes, la méthode appelée chiffre Playfair, repose sur des associations de lettres.

Prenons par exemple le mot NECRONOMICON. Dans le chiffre de substitution direct utilisé précédemment, il devient ICVNJIJHTVJI – chacun des trois N étant représenté par le I correspondant. Si l'on utilise la méthode Playfair, le mot codé devient par exemple QOLBAWLNKEAW. Si l'on suppose que ceci veut dire NECRONOMICON, la comparaison montre que, bien que le second et le troisième N soient apparemment représentés par W, le premier devient Q. Voyant cela, un cryptoanalyste perspicace pourrait deviner qu'un chiffre reposant sur des paires de lettres a été utilisé, et qu'ainsi le NE initial devient QO et que le dernier ON devient AW. Nous ne devons pas pour autant inscrire une correspondance pour chacune des 676 paires de lettres possibles dans la langue anglaise ; curieusement, le chiffrage et le déchiffrage peuvent se faire en utilisant simplement un petit tableau comme indiqué ci-dessous :

L	O	V	E	C
R	A	F	T	B
D	G	H	IJ	K
M	N	P	Q	S
U	W	X	Y	Z

Ici, le mot-clé est LOVECRAFT, après quoi les lettres de l'alphabet suivent dans l'ordre. I et J sont dans la même case pour que l'alphabet tienne dans le carré. Le chiffrage est rapide, et dépend de la position relative des lettres dans cette petite grille. Voilà comment a été retranscrit le mot NECRONOMICON :

Imaginons un rectangle avec N et E dans les coins opposés. Si l'on se réfère au carré, les autres coins auront O et Q. NE devient donc QO (et non pas OQ puisque la convention est de lire dans le même sens vertical que la lettre originale – EN serait représenté par OQ, en lisant cette fois la grille vers le bas). De la même façon, CR devient LB. ON pose un problème puisque les lettres se trouvent dans la même colonne : la convention est de prendre la lettre se trouvant en dessous de chacune dans le sens vertical ; ainsi ON devient AW. (Pour une paire se trouvant dans la même rangée, LE par exemple, nous aurions pris la lettre suivante à la droite de chacune : OC.)

Etc. Si nous nous étions trouvés devant un nombre impair de lettres, nous aurions ajouté un X ou une autre lettre arbitrairement choisie pour remplir le message. Les lettres doubles ne peuvent être codées comme une paire et doivent être séparées par une lettre supplémentaire avant le chiffrage.

Avec la clé, le message original est restitué en suivant exactement la même méthode, sauf que pour les lettres de la même rangée ou de la même colonne nous inversons le processus, en prenant la lettre située à gauche et au-dessus, respectivement. Les lettres supplémentaires introduites pour les raisons indiquées ci-dessus sont facilement éliminées.

S'il ne dispose pas de la clé, le cryptoanalyste a deux possibilités. S'il connaît, ou peut deviner en partie le sujet du message, il peut associer son intuition à l'analyse pour reconstruire une clé. Cette méthode est exposée très plaisamment par Dorothy Sayers au chapitre XXXVIII de son roman *Have his Carcaes* – Lord Peter Wimsey aurait eu beaucoup plus de difficultés si le personnage malfaisant n'avait pas ajouté obligeamment une date et une adresse chiffrées au haut de sa lettre ! (Disons au passage que je ne cherche aucune excuse pour avoir cité des romans policiers en référence ; ils sont beaucoup plus faciles à trouver que les textes savants de cryptoanalyse et exposent généralement leurs thèses avec beaucoup plus de lucidité.)

Mais si le cryptoanalyste travaille plus ou moins dans le noir, il se voit forcé d'en revenir aux méthodes brutales de déductions statistiques. Laissant de côté les tableaux de fréquence de lettres qui égayaient auparavant ses jours, il se tourne maintenant sans plaisir vers les tableaux beaucoup plus longs indiquant les fréquences relatives des paires de lettres – en anglais, en latin, en français, en espagnol et ainsi de suite jusqu'à l'énochien (une fois encore, nous avons dû préparer nos propres tableaux).

Pas la peine de décrire ce travail en détail. Tous les moyens possibles permettant de lire le *Livre d'Enoch* furent à nouveau essayés, comme ils l'avaient déjà été. La conclusion définitive fut que le texte n'était pas réalisé dans un chiffre de substitution par paires de lettres…

Avec un enthousiasme mitigé, j'entrepris de considérer les chiffres dans lesquels une lettre donnée du message est représentée par plusieurs symboles dans le chiffre. (Par exemple, la méthode de Bacon demande cinq fois plus de lettres dans le chiffre que dans le texte original.) Le livre ayant au total un peu plus de 240 000 caractères – de l'ordre de 40 000 mots, un roman moyen en ayant 60 000 –, nous étions évidemment assez déçus de penser que ce livre se réduisait peut-être à quelques milliers ou à quelques centaines de mots.

Pourquoi ne pas rappeler ici la différence entre un chiffre et un code ? Dans un code, un mot peut très bien représenter des phrases entières du texte original, le code étant basé sur des associations arbitraires qui doivent être inscrites dans le livre de code, indispensable à la fois au codage et au décodage. Toute idée qui ne figure pas dans ce livre ne peut figurer dans le code – généralement, lorsque cela arrive, les mots supplémentaires doivent être épelés lettre à lettre dans le chiffre prévu à cet effet. Un chiffre repose généralement sur un principe simple, un petit tableau ou une formule brève. Un code peut couvrir autant de volumes que son auteur le juge utile pour répondre aux besoins. En tant que message chiffré, le mot ICVNJIJHTVJI peut être traduit lettre par lettre et donner NECRONOMICON ; en tant que message codé, il pourrait signifier n'importe quoi, pourvu que cela figure dans le livre de code en face de ce mot. (Lequel, à lui tout seul, pourrait vouloir dire plusieurs phrases.) Une lettre erronée impliquerait une lettre erronée dans le message chiffré ; avec un code, elle entraînerait une profonde modification du sens du message, en amenant le lecteur à une référence complètement inexacte du livre de code.

Je préférais croire que les tables de Dee ne constituaient pas un code. D'abord, on n'a jamais retrouvé de livre de code, et on n'en a jamais entendu parler. D'autre part, le goût de Dee et la tendance à son époque allaient plus aux chiffres qu'aux codes. En règle générale, l'analyse vient toujours à bout d'un chiffre, alors qu'un code est parfois récalcitrant : cette règle s'applique parfaitement à tous les chiffres du XVIe et du XVIIe siècle. Il existe maintenant des chiffres pratiquement « indéchiffrables ». Ils reposent sur des concepts mathématiques appelés « fonctions trappe à une voie ». On réduit par ordinateur l'ensemble du message à une série de chiffres qui sont traités de telle sorte que, sans les « chiffres clés » convenables, le chiffre ne peut être élucidé, sauf peut-être par une analyse par ordinateur qui prendrait véritablement des années. Le plus curieux est que la connaissance de la méthode permettant de chiffrer le message ne permet pas de le déchiffrer ! Mais je me suis vite convaincu que John Dee, en avance sur son époque par bien des côtés, ne disposait tout de même pas des raffinements de la théorie des nombres ni des ordinateurs sophistiqués indispensables à ce « chiffrage définitif » !

Pour ce qui est des chiffres par lettres multiples – ceux dans lesquels une lettre du message est représentée par plusieurs lettres dans le texte chiffré – je commençai par celui de Bacon. Nous supposions bien entendu que si Dee utilisait un chiffre de ce genre, il ne suivrait pas fidèlement le tableau de Bacon (déjà reproduit) mais construirait sa propre version. Ainsi, la méthode statistique simple entrait en jeu après que le texte original eut été subdivisé en groupes de cinq, puis, d'une façon ou d'une autre, en groupes équivalents de *a* et de *b*.

(Ici, rien de mystique concernant le chiffre cinq. Mais avec deux symboles différents, il y a trente-deux façons de constituer un groupe de cinq : nombre beaucoup plus élevé que le nombre de lettres de l'alphabet, qu'il soit anglais, grec ou énochien. Avec un groupe de quatre lettres/symboles seulement, on n'obtient que seize permutations et il n'est pas possible d'exprimer tout l'alphabet. Le code morse international exprime toutes les lettres de l'alphabet sans utiliser de combinaison de traits et de points de plus de quatre signes – mais le code morse utilise effectivement trois symboles, le point, le trait et la pause ; sans les pauses indispensables entre les lettres, le morse est indéchiffrable.) Dans la méthode de Bacon, le problème majeur est le critère à utiliser. Dans le texte, tout est supposé représenter un gigantesque système de fourvoiement – tout sauf le détail discret qui distingue les lettres « a » des lettres « b ». Comme indiqué précédemment, Bacon préconisait une infime différence dans les caractères. Mais le *Livre d'Enoch* étant entièrement manuscrit, le caractère ne peut faire la différence ; cependant, il pourrait exister des points de variation dans le manuscrit. La signification des voyelles elles-mêmes pourrait également être importante. Par exemple, si l'on considère le texte comme un assemblage anarchique de lettres, le nombre des voyelles est beaucoup trop élevé. Aussi, la première démarche, la plus évidente, était de considérer la dualité consonnes/voyelles – en mettant un « a » pour chaque consonne et un « b » pour chaque voyelle, en groupant les lettres par cinq dans tous les agencements possibles dont nous avons déjà parlé et en étudiant ce que la méthode statistique pourrait révéler pour chacun. Un problème se posait d'emblée : la représentation identique du « i » et du « j ». Un « i » était-il une consonne ou une voyelle ? On demanda à l'ordinateur d'envisager les deux possibilités, ce qui augmentait encore la longueur et le coût de l'analyse. Mon respect peu enthousiaste pour Dee augmenta lorsqu'il s'avéra que la solution se trouvait ailleurs : la dualité consonnes/voyelles était très évidente et j'attendais sûrement quelque chose de plus raffiné de sa part.

L'analyse suivante reposait sur une notion topologique : nous appelâmes « a » les lettres qui comportaient une boucle fermée (b, o, p, q) et « b » celles qui n'en comportaient pas (c, r, s, t). Ceci entraîna de nouveau des complications immédiates car, du fait des imperfections de l'écriture de Kelly, les lettres variaient souvent à ce niveau. Il fut d'abord nécessaire d'effectuer des passages-machine reposant sur la valeur théorique de chaque lettre, puis (ce qui est beaucoup plus fastidieux) d'introduire la valeur réelle, de sorte que, par exemple, la lettre « d » pourrait être un « a » ou un « b » suivant que la boucle a été fermée ou pas... Là encore, après beaucoup d'efforts, le déchiffrage se solda par un échec.

Dans cette analyse, le plus difficile était de savoir où s'arrêter. On aurait pu continuer à l'infini, en suivant des variations de plus en plus subtiles, mais j'étais convaincu que la différence devait être très nette. Dans le cas contraire, Dee aurait réalisé lui-même le manuscrit et n'en aurait pas confié la rédaction à un homme tel que Kelly.

Jusque-là, nous avions effectué l'analyse sur des photocopies du manuscrit original. Nous persuadâmes alors – non sans difficulté – le British Museum de nous autoriser à photographier les originaux par ultraviolets et infrarouges, et à les examiner au microscope pour déceler toutes les variations – dans l'encre, par exemple – qui s'étaient peut-être estompées avec le temps, ou n'apparaissaient pas à la photocopie. Nous ne trouvâmes rien d'intéressant.

Nous imaginâmes d'autres différences : les lettres pouvaient être au début ou à la fin de l'alphabet, elles pouvaient être en position paire ou impaire dans l'alphabet et, avec un peu d'imagination, on pouvait les trouver inclinées à gauche ou à droite.

Avant de passer à des méthodes de déchiffrage encore plus sophistiquées, je pris le temps d'examiner la disposition en grille du *Livre d'Enoch*. J'allai jusqu'à considérer qu'elle apportait une aide concernant l'ordre des caractères du manuscrit – puisque, sans grille, le traçage initial aurait été beaucoup plus difficile. Du fait de cette disposition, chaque lettre de chaque tableau se trouve dans son propre petit carré. Et parfois…

À nouveau, j'examinai les feuilles du manuscrit ; une différence sautait aux yeux. Parfois la lettre touche le petit carré qui la renferme, et parfois non.

Un critère de différence très simple apparut ainsi. Les lettres touchant le carré sont des « a », toutes les autres des « b ». On introduisit dans l'ordinateur l'information voulue sur cette distinction, et il recommença d'examiner minutieusement d'innombrables approches de ce problème, triant en séquence, faisant l'analyse statistique, avançant des hypothèses linguistiques… Et, au moment voulu, plusieurs pages du *Livre d'Enoch* furent déchiffrées.

C'était plus un « premier point acquis » qu'une révélation totale. La traduction de groupes de « a » et de « b » en texte clair était la même à travers tout le livre ; pourtant, le sens de lecture variait. Généralement, il fallait lire le texte chiffré en suivant une spirale dirigée vers l'intérieur et partant d'un point variant sur le périmètre de chaque tableau. Un tableau comportait également des « carrés magiques » de nombres qui ne faisaient pas partie du message chiffré et que l'analyse devait laisser de côté. L'ingéniosité dont avait témoigné Dee, responsable de la dépense de milliers de livres en frais d'analyse, aurait sans aucun doute découragé tout cryptoanalyste ne disposant pas du matériel moderne : cet homme mérite le respect.

Le dernier piège imaginé par Dee consiste dans la construction du premier tableau. Autant que je puisse en juger, il est réellement le non-sens que le reste du manuscrit prétend être. Si l'on commence logiquement à la page 1, le texte risque bien de résister à l'analyse. Heureusement pour moi, j'ai considéré le texte dans son entier pour mon approche statistique. Sans l'aide d'un ordinateur, je me serais sans doute enlisé dans le premier tableau… encore que Dee ait renoncé à ce jeu en se permettant un mystérieux commentaire sur cette page du livre sacré qui représentait un « chaos ».

J'avoue ma stupéfaction devant les traductions réalisées par l'ordinateur. Étant peu familiarisé avec l'œuvre de H.P. Lovecraft, je crus d'abord à un canular de l'équipe d'informaticiens qui avait tant souffert, ou peut-être de Robert Turner lui-même. Puis je compris que cette découverte présentait un intérêt historique considérable ; je me dois donc de rappeler aux lecteurs qu'elle est due également à l'équipe d'informaticiens et à ma femme Hazel, dont les connaissances linguistiques nous ont valu plusieurs clés intéressantes dans l'établissement de la traduction définitive. Elle nous rappela par exemple « l'effet Hujfa » – intitulé ensuite « Roi Hujfa » – qui bouscula tant la chronologie égyptienne, jusqu'à ce que l'on découvre qu'il s'agissait là de l'annotation d'un scribe : « hujfa » signifiait un vide sur le manuscrit. Les manuscrits égyptiens comportent souvent ce genre de notes mystérieuses : l'une d'elles revient très fréquemment : « partie dévorée par les vers ». En fait, le *Book of Enoch* (Livre d'Enoch) est incomplet (comme on pouvait s'en douter à cause du tableau vide se trouvant à la fin du livre), mais aussi fragmentaire. Robert Turner a séparé les phrases qui forment les titres des chapitres, et a tiré d'autres titres du texte lui-même ; il a aussi contribué à compléter les noms occultes et les références altérées par la transcription (l'encre a pâli, rendant plusieurs interprétations un peu douteuses, et Kelly a commis quelques erreurs de son côté). Le texte compréhensible comporte environ 7 000 mots.

Le déchiffrage de ce manuscrit sera expliqué en détail dans le rapport que je prépare actuellement ; ce rapport, se voulant d'intérêt général, ne revêtira pas un aspect trop technique. De ce fait, il est difficile de discuter en détail des « carrés magiques » de nombres figurant dans l'ouvrage. Ceux-ci se sont avérés contenir des « programmes » de construction des diagrammes qui font partie du livre. À partir de l'exemple du chiffre baconien déjà cité, on se souviendra que le texte d'un chiffre peut avoir une signification tout à fait différente du message réel. Ainsi, bien que, à première vue, les tableaux ne veuillent rien dire, certains présentent des dispositions de lettres qui, lues dans l'ordre indiqué dans les « carrés magiques », produisent les diagrammes qui apparaissent dans le texte traduit.

En tant qu'humble cryptographe qui, largement aidé, a eu la chance de pouvoir traduire en anglais le *Liber Logaeth* de Dee, il ne me revient pas de commenter les étranges implications de ces fragments. Heureusement, car je ne saurais par où commencer.

FRAGMENTS
DU « NECRONOMICON »

déchiffrés à partir d'un cryptogramme
élisabéthain unique
par

David Langford

Adaptation et avant-propos
de

Robert Turner

AVANT-PROPOS

Dans la présentation du texte, j'ai suivi scrupuleusement l'ordre original indiqué dans le cryptogramme de John Dee. Lorsque manquaient des titres de chapitre, j'ai proposé un titre résumant l'esprit du chapitre considéré. Seules quatre parties sur dix-huit ne présentaient pas de titre ; j'ai proposé les titres suivants : Des différents signes, La voix de Hastur, De Kadath l'Inconnue et Pour évoquer Yog-Sothoth (chapitres IV, X, XIII et XIV respectivement). Les raisons pour lesquelles j'ai adopté ces titres apparaîtront clairement à la lecture des chapitres concernés.

Pour éviter la confusion à laquelle on se heurte invariablement lorsqu'il s'agit de manuscrits réalisés avant la standardisation de l'écriture, j'ai adopté un système qui, je crois, rend fidèlement le ton et le climat du texte original tout en présentant les avantages de l'anglais moderne. Les variations d'orthographe étaient aussi un facteur important pour rendre les noms des différentes entités : Yog-Sothoth devient : Yugsoggoth, Jogshothoth ; Hastur devient Haystir, H'stre, Haaztvr ; Cthulhu devient Cethulhv, etc. Aussi, pour obtenir un maximum de cohérence et de compréhension, je m'en suis tenu, dans tous les cas, à l'orthographe adoptée par les spécialistes modernes des mythes de Cthulhu.

Lorsque le texte présente des diagrammes, ils proviennent de l'une des quatre sources suivantes : premièrement, des descriptions fort complexes données dans le chiffre ; deuxièmement, du système de carrés magiques – se trouvant dans le cryptogramme – reposant sur une clé numérique indiquant l'ordre nécessaire des lignes d'interconnexion utilisées pour construire les figures linéaires indiquées dans le texte ; troisièmement, de plusieurs ouvrages de magie indépendants auxquels le cryptogramme fait référence – *Les Clavicules de Salomon* (The Clavicules of Solomon) et *Trois Livres de philosophie occulte* (Three Books of Occult Philosophy) de Cornelius Agrippa en sont les principaux. Enfin, d'une combinaison des trois méthodes indiquées ci-dessus.

Les diagrammes du « Cercle de Pierre » (Stone Circle) et de « Signes qu'il faut donner » (Signs to be given) proviennent de la première source (voir

(Folio 151R) : Fragment d'un traité rare sur la signification magique de certains caractères des étoiles et des planètes. Les symboles d'Aldebaran, du Lion, de la Tête de Dragon, du Soleil, de la Lune et de la Terre y sont clairement définis. British Museum. Pièce MS 36.674, XVI*e siècle.*

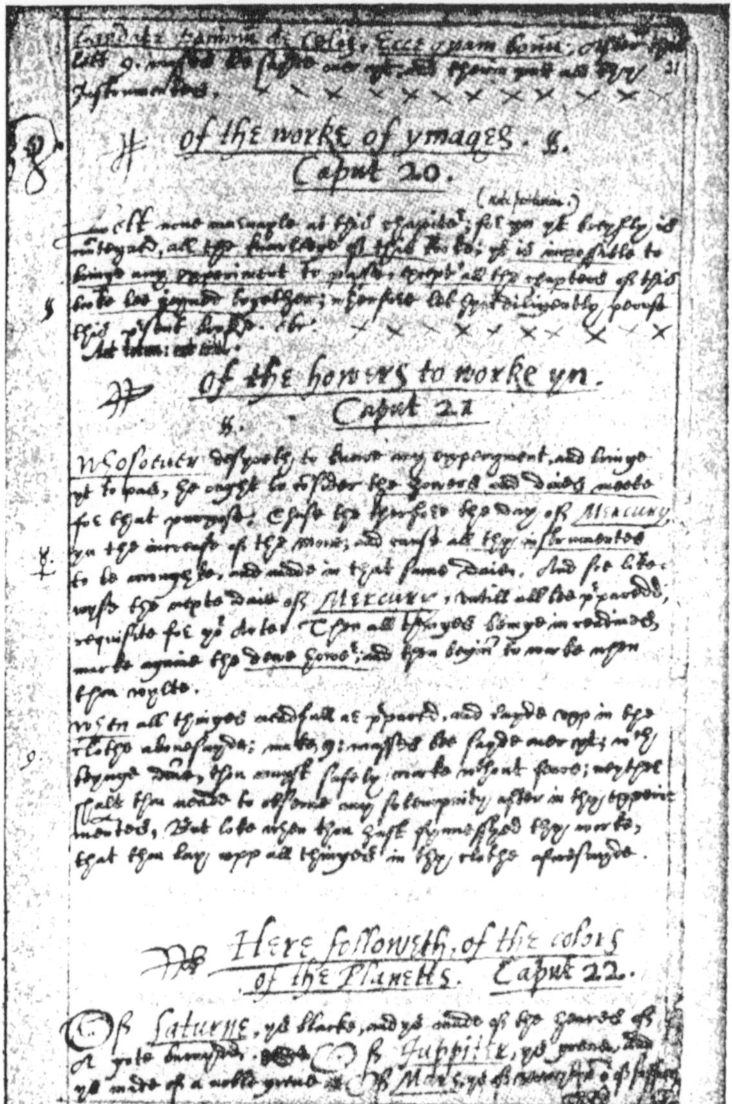

Of the worke of ymages. Caput 20.

Of the howers to worke yn. Caput 21

Here followeth, of the colors of the Planetts. Caput 22.

(Folio 21R) : « *De l'étude des Images, des heures propices au travail et des couleurs des planètes.* » British Museum. *Pièce MS 36.674,* XVIe *siècle.*

chapitres III et IV). L'« Alphabet de Nug-Soth » et la figure de « la Formule de Dho-Hna » (The Formula of Dho-Hna), « Le signe le plus ancien » (Elder Sign) et « L'emblème de Koth » (Sigil of Koth) proviennent de la seconde source (voir chapitres IX, XVIII et IV). Par la troisième méthode ont été obtenus les caractères de Mars et de Saturne donnés dans *L'Encens de Zkauba* (The incense of Zkauba) – chapitre V *(cf. Trois Livres de Philosophie occulte* de Cornelius Agrippa) –, et, de même, les symboles à graver sur le *Cimeterre de Barzai* (Scimitar of Barzai) – chapitre VIII – proviennent d'un manuscrit du XVIe siècle de la *Clé de Salomon* (Key of Solomon). Tous les autres diagrammes ont été obtenus par la quatrième méthode. Ainsi, la forme générale du « Cercle d'Evocation » (Circle of Evocation) du chapitre XIV résulte du système de carrés magiques, les lignes ayant été tracées d'un point à un autre conformément aux indications. Les symboles planétaires et zodiacaux occupant les angles de l'octogramme, et le dessin des constellations, Aldebaran, Caput Algol, Cor Scorpii et les Pléiades, proviennent du *Deuxième Livre de philosophie occulte* de Cornelius Agrippa (pp. 320-323). L'inscription sur le « Talisman de Yhe » (The Talisman of Yhe) est le mot ORKA inscrit dans l'alphabet de Hichus le Devin et provenant – comme nous l'indique le cryptogramme – de *Polygraphie* (The Polygraphia) de l'abbé Trithemius.

Du fait que Trithemius et Agrippa utilisaient tous deux un symbolisme provenant de sources incroyablement anciennes, les références qui, dans le chiffre, sont faites à *Polygraphie* et aux *Trois Livres de philosophie occulte* (deux ouvrages du XVIe siècle) ne renseignent guère sur l'âge réel du *Necronomicon.* De même, beaucoup d'emblèmes et de caractères que l'on trouve dans *La Clé de Salomon* ont une origine inconnue, et sont certainement antérieurs aux premières versions connues de l'ouvrage. Tout ce que l'on peut dire, c'est que l'existence du *Necronomicon* implique la survivance d'une tradition qui remonte très loin dans un passé obscur, mais jusqu'où, nous ne le saurons peut-être jamais.

ROBERT TURNER

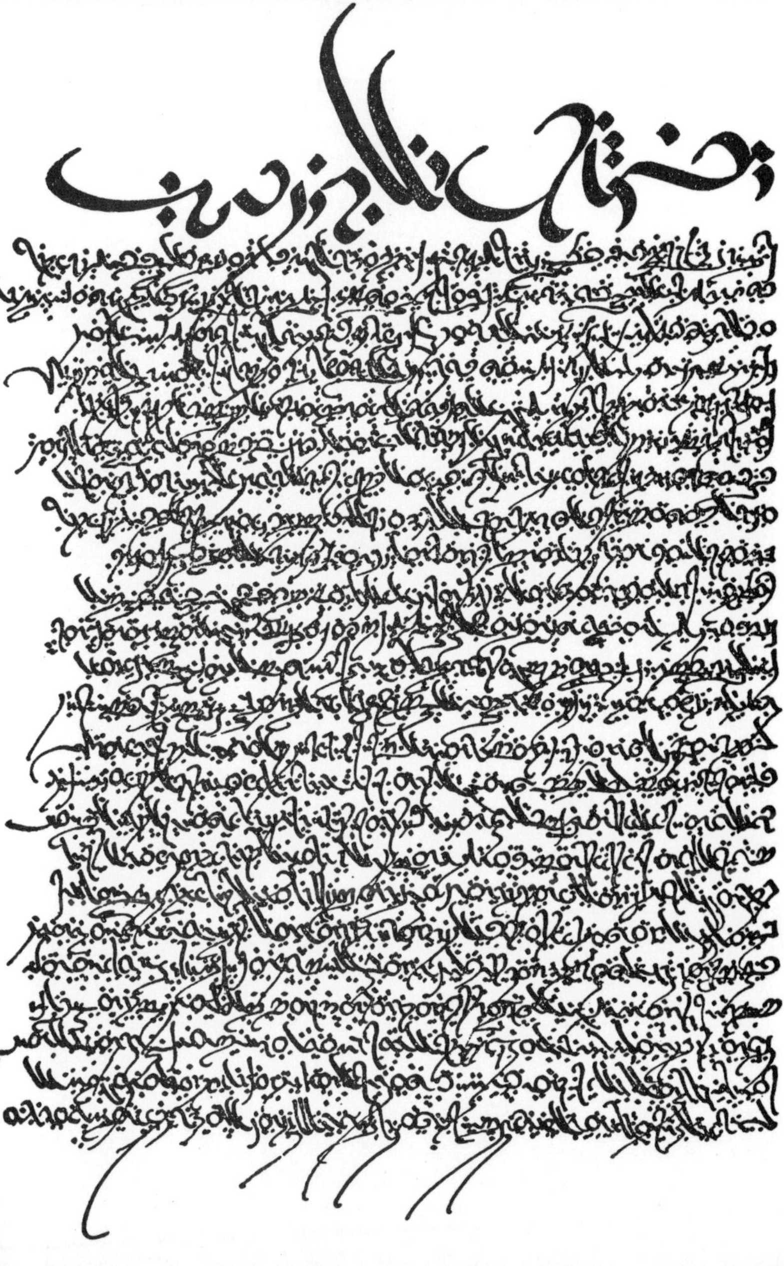

AL-AZIF

LE LIVRE DE L'ARABE

Abdul al-Hazred
730, à Damas

That which is not dead which can eternal lie,
and with strange aeons even death may die.

SOMMAIRE

I

DES ANCIENS ET DE LEUR DESCENDANCE

Les Anciens furent, sont et seront.

Des étoiles obscures, ils vinrent là où l'Homme était né, invisibles et repoussants. Ils descendirent sur la Terre primitive.

En dessous des océans, ils couvèrent au cours des âges, jusqu'à ce que les mers se retirent ; puis ils pullulèrent et, dans cette multitude, commencèrent à régner sur la Terre.

Sur les pôles glacés, ils édifièrent de puissantes cités et sur des hauteurs, les temples de ceux que la nature ne reconnaît pas et que les dieux ont maudits.

Et leur descendance envahit la terre, et leurs enfants souffrirent à travers les âges. Ils ont construit de leurs mains les huttes (*shantaks*) de Leng ; et les entités terrifiantes qui demeuraient dans les voûtes primitives de Zin les reconnaissaient comme leurs dieux. Ils ont engendré le Ha-hag et les Entités Lugubres qui règnent sur la Nuit. Le Grand Cthulhu est leur Frère, les shaggoths velus leurs esclaves. Les Dholes leur rendent hommage la nuit dans la vallée de Pnoth et Gugs chante leurs louanges sous les cimes de l'ancienne Throk. Ils ont marché au milieu des étoiles, et ont parcouru la terre. La Cité d'Irem dans le grand désert les a connus ; Leng les a vus passer dans le Désert Glacé, et la Citadelle sans âge dressée sur les hauteurs couronnées de nuages de Kadath. L'inconnue porte leur marque. Les Anciens ont avidement foulé les chemins des ténèbres et leurs blasphèmes ont inondé la terre ; la création tout entière s'est inclinée devant leur puissance et a reconnu leur perversité. Et les dieux plus anciens ouvrirent les yeux, et constatèrent les abominations de ceux qui ravageaient la Terre. Dans leur colère, ils se dressèrent contre les Anciens, qui demeurèrent dans leur injustice, et les rejetèrent de la Terre dans le vide en des espaces où règne le chaos, et qui n'abritent aucune forme. Et les dieux plus anciens apposèrent leur emblème sur le Grand Porche et les Anciens ne purent rien contre sa puissance.

Alors, l'affreux Cthulhu surgit des profondeurs et entra en fureur contre les Gardiens de la Terre. Et ils lièrent ses griffes venimeuses par de puissantes imprécations et l'enfermèrent dans la cité de R'lyeh où, enseveli sous les vagues, il dormirait et rêverait de la mort jusqu'à la fin des temps.

Et derrière ce Porche vivent maintenant les Anciens ; non pas en des espaces connus des hommes, mais dans les espaces qui les séparent. Hors des sphères terrestres, ils errent et attendent toujours le moment du retour. Car la Terre les a connus, et les connaît à jamais. Ces Anciens considèrent comme leur maître Azathoth, le fou informe, et demeurent avec lui dans la caverne noire qui se trouve au centre de l'infini. C'est là qu'il dévore voracement, dans un chaos total, au milieu du battement dément des tambours cachés, le son discordant d'horribles flûtes et les hurlements incessants de dieux aveugles et idiots qui se traînent et gesticulent sans but pour l'éternité. L'âme d'Azathoth se trouve à Yog-Sothoth et fera signe aux Anciens lorsque les étoiles indiqueront qu'est venu le moment du retour. Car Yog-Sothoth est le Porche par lequel passeront ceux qui peuplent le vide lorsqu'ils reviendront. Yog-Sothoth connaît les dédales du temps, car le Temps est Un pour lui. Il sait d'où les Anciens sont sortis, en des temps reculés, et d'où ils sortiront lorsque le cycle recommencera.

Après le jour vient la nuit. Le temps des hommes passera et ils retourneront là d'où ils sont venus. Vous saurez alors qu'ils n'étaient qu'impureté, et, maudits, ils auront souillé la terre.

II

DES ÉPOQUES ET DES SAISONS À OBSERVER

Chaque fois que vous voudrez appeler ceux qui sont ailleurs, vous devrez noter convenablement les saisons et les époques pendant lesquelles les sphères se recoupent, et le flot d'influences venant du vide.

Vous devez observer le cycle de la Lune, les déplacements des planètes, la course du Soleil à travers le zodiaque et l'ascension des constellations.

Les Rites Ultimes (Ultimate Rites) ne seront accomplis que pendant les saisons qui leur correspondent, à savoir : la Chandeleur (deuxième jour du deuxième mois), le 1er mai (à la veille du mois de Maià), le 1er août (le premier jour du huitième mois), le Carême (le quatorzième jour du neuvième mois) et la Toussaint (la veille du mois de novembre).

Évoquez le terrible Azathoth lorsque le Soleil est dans le signe du Bélier, du Lion ou du Sagittaire ; que la Lune est décroissante et que Mars et Saturne se rejoignent.

Yog-Sothoth, dans sa puissance, répondra à vos incantations lorsque le Soleil sera entré dans la maison du Lion et que le 1er août sera venu.

Évoquez le terrible Hastur la nuit de la Chandeleur, lorsque le Soleil se trouve dans le signe du Verseau et Mercure en trin aspect. Ne sollicitez le Grand Cthulhu que la veille de la Toussaint lorsque le Soleil se trouve dans la maison du Scorpion et qu'Orion est ascendant. Lorsque la Toussaint tombe dans le cycle de la nouvelle Lune, le pouvoir sera encore plus puissant.

Conjurez Shub-Niggurath lorsque les feux du 1er mai brillent sur les collines et que le Soleil se trouve dans la Seconde Maison, et répétez les Rites au moment du Carême lorsque apparaît celui qui est Noir.

III

POUR ÉLEVER LES PIERRES

Pour construire le Porche par lequel se manifesteront ceux qui viennent du vide, vous devez ériger les pierres, dans cette configuration. Vous placerez d'abord les quatre pierres cardinales qui définiront la direction des quatre vents qui soufflent suivant la saison.

Vers le nord, placez la pierre des Grands Froids qui sera la porte du vent d'hiver et vous y graverez l'emblème du Taureau, signe de Terre ♉ . Vers le sud, à cinq pas de la pierre marquant le nord, vous placerez la pierre des fortes chaleurs, par laquelle les vents d'été soufflent, et vous la marquerez du signe du Lion-serpent : ♌. La pierre du vent sifflant sera placée vers l'est, où intervient le premier équinoxe ; elle portera le signe de l'eau : ♒ , vous placerez la pierre des torrents grondants à l'ouest et vers l'intérieur – à cinq pas de la pierre marquant l'est – là où, le soir, se couche le Soleil et où recommence le cycle de la nuit.

Marquez la pierre du signe du Scorpion dont la queue atteint les étoiles : ♏. Placez les sept pierres de ceux qui errent dans les cieux, mais pas les quatre pierres intérieures, et, par leurs influences diverses, le foyer de la puissance sera établi.

Au nord, derrière la pierre des Grands Froids, placez d'abord la pierre de Saturne à une distance de trois pas. Cela fait, continuez à placer vos pierres à contresens (de droite à gauche) et installez à la même distance la pierre de Jupiter, de Mercure, de Mars, de Vénus, du Soleil et de la Lune, en marquant chacune du signe qui est le sien. Au centre de cette configuration, placez l'Autel des Vénérables Anciens et marquez-le du symbole de Yog-Sothoth et des Noms Puissants d'Azathoth, de Cthulhu, d'Hastur, de Shub-Niggurath et de Nyarlathotep.

Et ces pierres seront les Portes par lesquelles vous invoquerez ceux qui se trouvent hors du temps et de l'espace des hommes. Priez sur ces pierres la nuit, lorsque la lumière de la Lune faiblit, en tournant le visage dans la direction d'où Ils viendront, en prononçant les mots et en faisant les gestes qui amèneront les Anciens et leur permettront de marcher à nouveau sur la Terre.

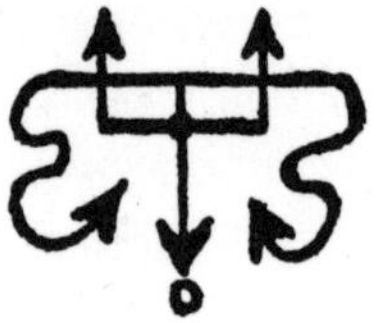

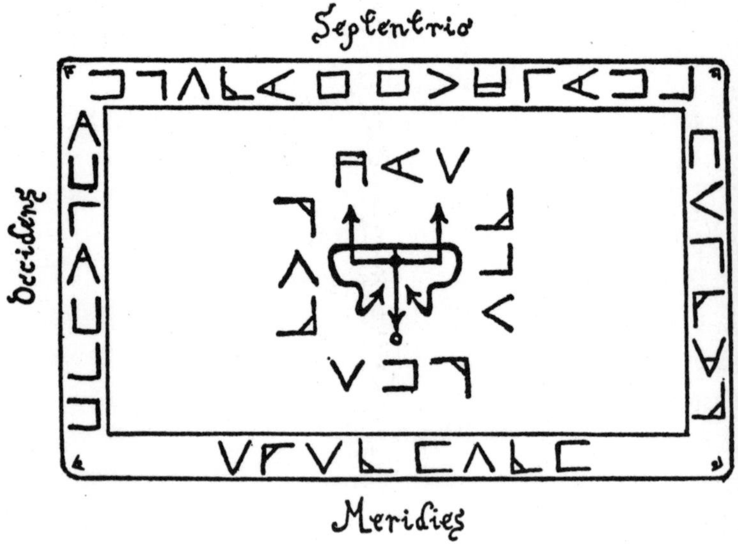
Septentrio
Occidens
Meridies

Impression de l'artiste montrant la disposition des pierres telle qu'elle est décrite dans le Necronomicon.

IV

DES DIFFÉRENTS SIGNES

Pour être utilisés dans les Rites, ces signes très puissants seront formés avec la main gauche.

Le premier signe est celui de Voor ; il est par nature le véritable symbole des Anciens. Faites ce signe chaque fois que vous souhaitez supplier Ceux qui attendent toujours derrière le seuil.

Le second signe est celui de Kish ; il abat toutes les barrières et ouvre les portes des plans les plus reculés.

En troisième lieu vient le signe de Koth qui garde les Porches et les chemins d'accès.

Le quatrième signe est celui des dieux plus anciens. Il protège ceux qui invoquent les Pouvoirs, la nuit, et chasse les menaces et dissout les antagonismes.

(Note : Ce signe des dieux plus anciens présente également une autre forme et lorsqu'il figure sur la pierre grise de Mnar, il sert à retenir pour toujours les pouvoirs des Vénérables Anciens.)

Les signes de puissance

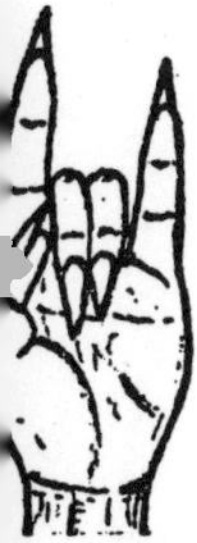

.e signe
e VOOR

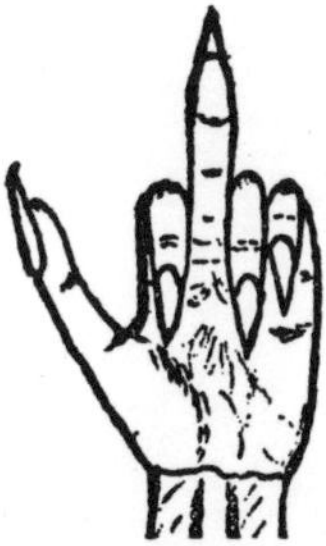

Le signe
de KISH

Le grand signe
de KOTH

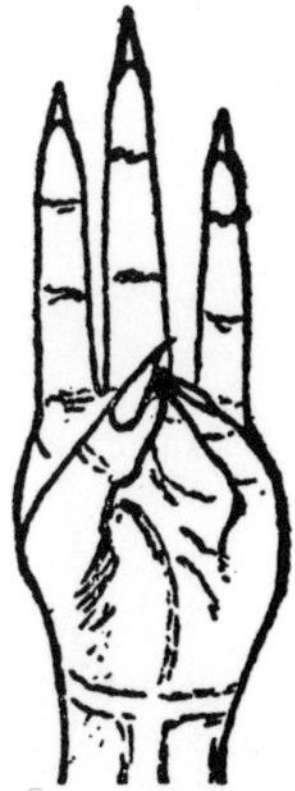

Le signe
des dieux
précédents
(plus anciens)

Le signe des dieux les plus anciens

Lorsque vous désirez fermer
Les Portes gravez le Grand Signe
Des dieux les plus anciens sur la pierre de Mnar
Et placez-la devant les Portes

L'emblème de Koth

Chaque fois que vous graverez le Signe de Koth, il conviendra de le former ainsi :

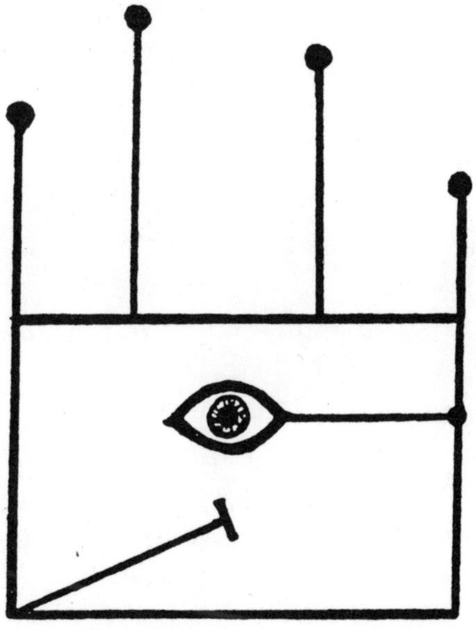

V

POUR FABRIQUER DE L'ENCENS DE ZKAUBA

Au jour et à l'heure de Mercure, avec la Lune ascendante, vous prendrez de la myrrhe, de la civette, du styrax et de l'absinthe, de la fécule persique (assa foetida), du galbanum et du musc en quantités égales, vous mélangerez et réduirez le tout en poudre fine. Placez l'ensemble dans un récipient de verre vert que vous fermerez avec un bouchon d'airain préalablement gravé aux caractères de Mars et de Saturne.

Élevez le récipient en direction des Quatre Vents et proférez à voix haute ces mots d'invocation :

Vers le nord : Zijmuorsobet, Noijm, Zavaxo !

Vers l'est : Quehaij, Abawo Noquetonaiji !

Vers le sud : Oasaij, Wuram, Thefotoson !

Vers l'ouest : Zijoronaifwetho, Mugelthor, Mugelthor-Yzxe !

Recouvrez le récipient d'un morceau de velours noir et mettez-le de côté. Pendant sept nuits consécutives, vous placerez ce récipient au clair de lune durant une heure – tout en le laissant sous son voile du chant du coq au coucher du soleil.

Après quoi, l'encens pourra être utilisé ; il possédera de telles vertus que celui qui saura s'en servir aura le pouvoir d'appeler et de gouverner les Légions Infernales.

Note : Lorsqu'on l'utilise pour les Rites Ultimes (Ultimate Rites) on peut augmenter la puissance de l'encens en lui ajoutant une partie égale de momie égyptienne sous forme de poudre.

Utiliser le parfum de Zkauba dans toutes les cérémonies de la Tradition Ancienne, et verser les essences sur des charbons ardents d'if ou de chêne. Lorsque les esprits s'approcheront, la fumée odorante les enchantera et les fascinera, pliant leurs pouvoirs à votre volonté.

Caractères de Mars

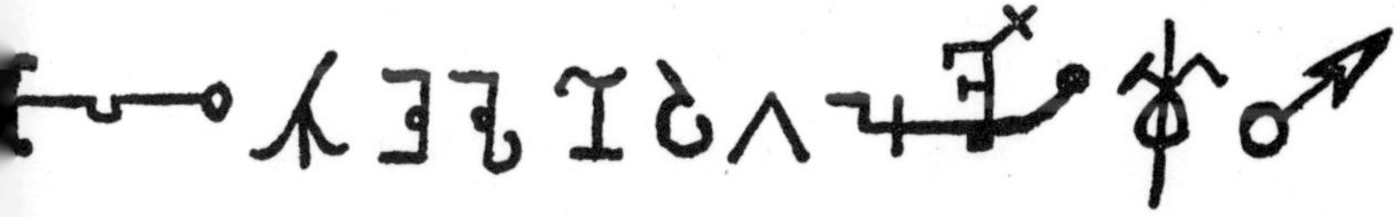

Caractères de Saturne

VI

POUR OBTENIR LA POUDRE D'IBN-GHAZI
LA POUDRE MYSTIQUE DE MATÉRIALISATION

Prélevez de la poussière dans la tombe – où le corps est demeuré au moins deux cents ans – et prenez-en trois parts. Ajoutez deux parts d'amarante, une part de feuilles de lierre pilées et une part de sel fin.

Mélangez le tout dans un mortier ouvert au jour et à l'heure de Saturne.

Faites au-dessus de ces ingrédients ainsi assemblés le signe de Voor, puis scellez cette poudre dans un coffret plombé sur lequel est gravé l'emblème de Koth.

UTILISATION DE LA POUDRE

Lorsque vous souhaitez observer la manifestation aérienne des esprits, envoyez une pincée de poudre dans la direction qui est la leur. N'oubliez pas de faire le signe des dieux plus anciens lorsqu'ils apparaissent, faute de quoi les griffes des ténèbres pénétreront dans votre âme.

VII

L'ONGUENT DE KHEPHNÈS L'ÉGYPTIEN

Celui qui enduira son crâne de l'onguent de Khephnès sera assuré de voir dans son sommeil les temps à venir.

Lorsque augmentera la luminosité de la Lune, placez dans un creuset de terre une bonne quantité d'huile de lotus ; saupoudrez d'une once de mandragore réduite en poudre et mélangez avec une brindille fourchue d'arbuste épineux. Cela fait, proférez les incantations de Yebsu (se trouvant en divers endroits du papyrus) :

Je suis le Maître des Esprits
Oridimbai, Sonadir, Episghes,
Je suis Ubaste, Ptho né de Binui Sphe, Phas :
Au nom de Auebothiabathabaithobeuee
Rendez puissante mon invocation, ô Nasira Oapkis Shfe !
Donnez-lui des pouvoirs, Chons-in-Thebes-Nefe-Hotep,
Ophois,
Donnez-lui des pouvoirs, ô Bakaxikhekh !

Ajoutez à la potion une pincée de terre rouge, neuf gouttes de natrum, quatre gouttes de baume d'Oliban et une goutte de sang (prélevé à la main droite). Amalgamez l'ensemble à la même quantité de graisse d'oie et placez le récipient sur le feu. Lorsque tout est fondu et que des fumées noires commencent à s'élever, faites le signe des dieux les plus anciens et retirez du feu.

Lorsque l'onguent est refroidi, placez-le dans une urne d'albâtre fin que vous garderez dans un endroit secret (connu de vous seul) jusqu'au moment de vous en servir.

VIII

POUR GRAVER LE CIMETERRE DE BARZAI

Au jour et à l'heure de Mars, et par lune ascendante, prenez un cimeterre de bronze ayant une poignée du plus bel ébène. Sur l'un des côtés de la lame, vous inscrirez ces caractères :

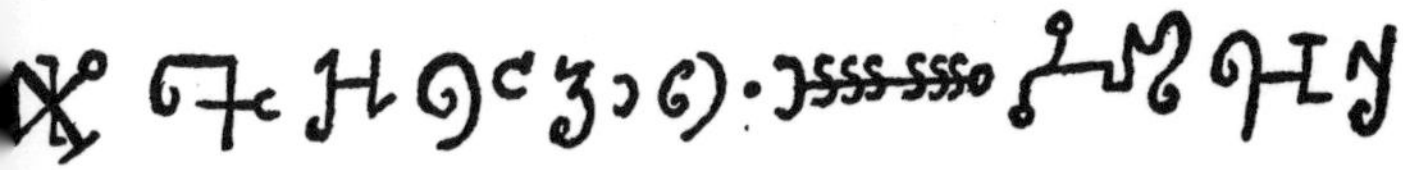

Sur l'autre, vous inscrirez ceux-ci :

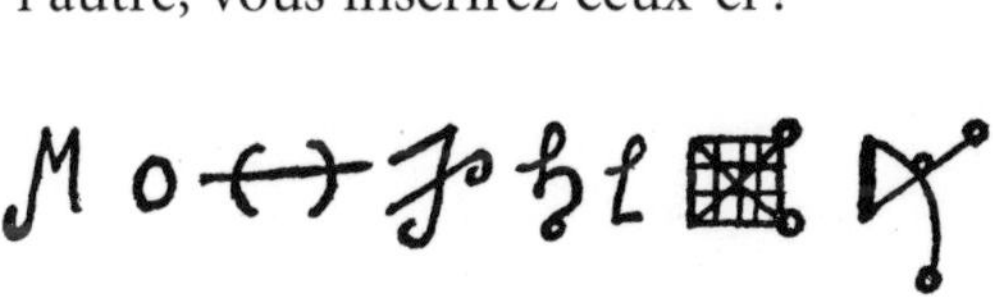

Au jour et à l'heure de Saturne, par lune descendante, allumez un feu de lauriers et de bois d'ifs, et, tout en plaçant la lame dans les flammes, prononcez cinq fois cette conjuration :

Hcoriaxoju, Zodcarnes, je vous évoque de toutes mes forces, ô esprits puissants qui peuplez les Grands Abysses.

En vertu du terrible nom d'Azathoth, venez et donnez les pouvoirs à cette lame travaillée conformément à la Tradition Ancienne.

Par Xenthono-Rohmatru, je vous appelle, ô Antquelis, et par le vaste et terrible nom de Damamiach que prononçait Crom-yha et que répétaient les montagnes, je vous appelle de toutes mes forces, ô Barbuelis ; visitez-moi, assistez-moi ! rendez puissantes mes invocations pour que cette arme, qui a reçu le charme du feu, possède de tels pouvoirs qu'elle emplisse la peur de tous les esprits qui désobéiraient à mes ordres, et qu'elle me permette de former tous les genres de Cercles, figures et emblèmes mystiques indispensables à la pratique de l'art magique. Au nom du Grand et du Puissant Yog-Sothoth et par le signe invincible de Voor (faire le signe)

Donnez-moi le pouvoir !
Donnez-moi le pouvoir !
Donnez-moi le pouvoir !

Lorsque les flammes vireront au bleu, ce sera le signe que les esprits acceptent votre demande ; trempez alors la lame dans un mélange de saumure et de fiel de coq.

Faites brûler de l'encens de Zkauba en offrande aux esprits que vous avez évoqués, puis renvoyez-les en leurs demeures par ces mots :

Au nom d'Azathoth et de Yog-Sothoth, de leur fidèle serviteur Nyarlathotep et par le pouvoir du signe (faites le signe des dieux les plus anciens), je vous congédie. Éloignez-vous en paix, et ne revenez pas jusqu'à ce que je vous rappelle. (Fermez les portes par le signe de Koth.)

Enveloppez le cimeterre d'un voile de soie noire et mettez-le de côté jusqu'à ce que vous en ayez besoin. Mais n'oubliez pas que nul ne doit poser la main sur ce cimeterre, sans quoi ses pouvoirs seraient perdus à jamais.

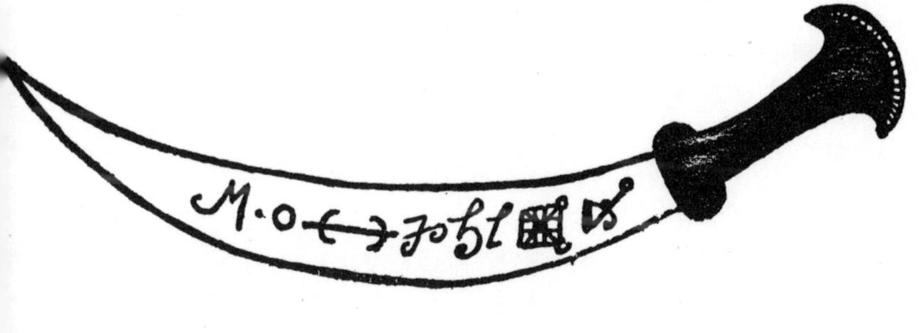

IX

L'ALPHABET DE NUG-SOTH

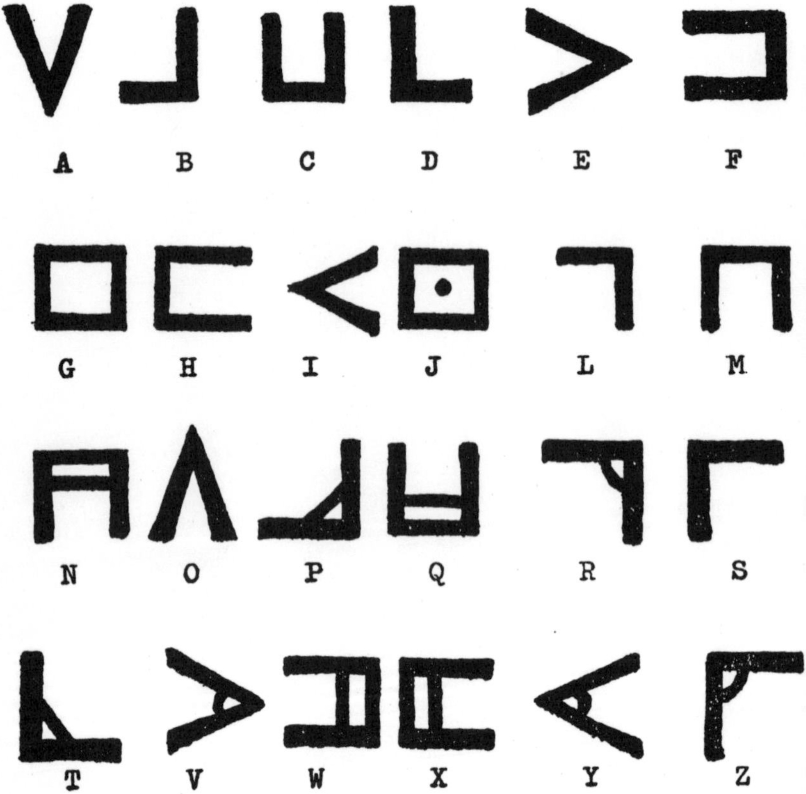

Note : Dans les runes mystiques de Nug-Soth, le C latin remplaçait le K.

Les caractères de Nug possèdent la clé de tous les plans ; il faut les utiliser dans l'art des talismans et pour toutes les inscriptions sacrées.

X

LA VOIX DE HASTUR

Entendez la voix du terrible Hastur, entendez le soupir affligeant la course folle du Vent Ultime (Ultimate Wind) qui tourbillonne ténébreusement au milieu des étoiles muettes.

Écoutez-le hurler, avec ses crochets de serpent, du fond des entrailles de la terre ; Lui dont le grondement incessant remplit les cieux sans âge de Leng qui demeure cachée.

Son pouvoir ravage la forêt et écrase les cités, mais nul ne connaîtra la main qui frappe et l'âme qui détruit, car Celui qui est Maudit avance, sans visage, et sa forme reste ignorée des hommes.

Entendez donc sa voix aux heures sombres, répondez à son appel en l'appelant ; inclinez-vous et priez sur son passage, mais ne prononcez pas Son Nom à voix haute.

XI

AU SUJET DE NYARLATHOTEP

J'entends le Chaos Rampant qui appelle d'au-delà des étoiles.

Et ils créèrent Nyarlathotep qui serait leur messager, et ils l'habillèrent de Chaos pour que sa forme soit toujours cachée au milieu des étoiles.

Qui connaîtra le mystère de Nyarlathotep ? Il est le masque et la volonté de Ceux qui existaient avant le début des temps. Il est le Prêtre de l'Ether, Celui qui demeure dans les Airs et possède de nombreux visages dont personne ne se souviendra. Les vagues gèlent devant lui ; les dieux craignent Son évocation. Il murmure dans les rêves des hommes et pourtant, qui connaît Sa forme ?

XII

DE LENG QUI SE TROUVE DANS LE DÉSERT GLACÉ

Celui qui cherchera vers le Nord, au-delà des terres crépusculaires d'Inquanok, trouvera au milieu du désert glacé l'obscur et vaste plateau de Leng, trois fois interdit.

On reconnaît Leng, que le temps a évité, aux feux mauvais qui brûlent toujours et aux cris aigus des oiseaux de Shantak couverts d'écailles qui se meuvent haut dans les airs ; aux hurlements du Na-Hag qui couve dans des cavernes envahies par la nuit et hante les rêves des hommes d'une étrange folie, ainsi qu'au temple de pierre grise se trouvant en dessous de l'antre de la Nuit (Nights Gaunts Lair) dans lequel demeure celui qui porte le Masque Jaune et qui vit seul.

Mais prends garde, toi, l'Homme, prends garde à Ceux qui errent dans les Ténèbres sur les remparts de Kadath ; car celui qui apercevra leurs têtes coiffées d'une mitre tombera dans les griffes du destin.

XIII

DE KADATH L'INCONNUE

Qui donc connaît Kadath ?
Car qui connaîtra celle
Qui se trouve toujours en un curieux temps
Entre hier, aujourd'hui et demain.

Inconnue au milieu du Désert Glacé s'étend la montagne de Kadath où se dresse, sur les sommets cachés, un Château d'Onyx. De sombres nuages voilent le pic imposant qui étincelle sous d'anciennes étoiles et là, le silence recouvre les tours gigantesques et construit des murs interdits.

Des inscriptions maudites gardent la porte gravée par des mains oubliées et malheur à celui qui osera passer par ces portes terribles.

Les Dieux de la Terre se réjouissent, là où d'Autres marchèrent naguère dans des couloirs mystiques et sans âge dont certains ont vu dans leur sommeil les pâles voûtes, à travers des yeux étranges et éteints.

XIV

POUR ÉVOQUER YOG-SOTHOTH

Parce que Yog-Sothoth est la Porte
Il sait d'où sont venus les Anciens
Dans le passé et d'où ils viendront
À nouveau lorsque le cycle recommencera.

Lorsque vous voudrez invoquer Yog-Sothoth, vous attendrez que le Soleil se trouve dans la Cinquième maison avec Saturne en trin aspect. Puis vous pénétrerez dans la zone délimitée par les pierres et tracerez le Cercle d'évocation, en utilisant le cimeterre mystique de Barzai.

Faites trois fois le tour du cercle de droite à gauche, et en vous tournant vers le Sud, prononcez la conjuration qui ouvre le Porche :

La conjuration

O Vous qui demeurez dans les Ténèbres du Vide Immense, revenez à nouveau sur Terre, je vous en supplie !

O vous qui vous trouvez au-delà des Sphères du temps, entendez ma prière !

(Faire le signe de « Caput Draconis »)

(la tête du Dragon).

O vous qui êtes la Porte et le chemin, venez, votre serviteur vous appelle !

(Faire le signe de Kish.)

Benatir ! Cararkau ! Dedos Yog-Sothoth ! Venez ! Venez ! Je prononce les mots consacrés, je brise vos liens, j'ai enlevé le sceau, passez par la Porte et pénétrez dans le Monde, je fais Votre Signe !

(Faire le Signe de Voor.)

Tracer le pentagramme du Feu et prononcer l'incantation qui permet au Très Grand (Great One) de se manifester devant la Porte :

L'incantation

Zyweso, wecato keoso, Xunewe-rurom Xeverator. Menhatoy, Zywethorosto zuy, zururogos Yog-Sothoth ! Orary Ysgewot, homor athanatos nywe zumquros, ysechyroroseth Xoneozebethoos Azathoth ! Xono, Zuwezet, Quyhet kesos ysgeboth Nyarlathotep ! zuy rumoy quano duzy Xeuerator YSHETO, THYYM, quaowe xeuerator phoe nagoo,

Hastur ! Hagathowos yachyros, Gaba Sub-Niggurath ! meweth, xosoy Vzewoth !

(Faire le signe de « Cauda Draconis ») ☋ (la queue du Dragon) TALUBSI ! ADULA ! ULU ! BAACHUR !

Venez Yog-Sothoth ! Venez !

Alors il viendra jusqu'à vous et apportera ses Globes et répondra à toutes les questions que vous voudrez bien lui poser. Et il vous révélera le secret de Son Emblème grâce auquel vous gagnerez la faveur des Anciens lorsqu'ils reviendront sur la Terre.

Et lorsque son Heure sera passée, la malédiction des dieux plus anciens sera sur lui et il retournera derrière la Porte où il demeurera jusqu'à ce qu'il soit appelé.

Le Cercle d'Évocation

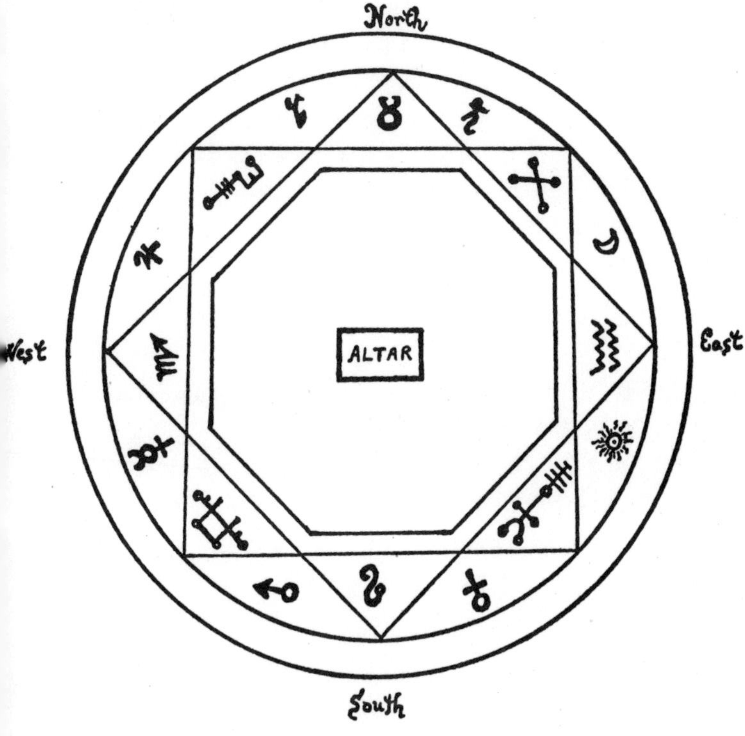

XV

POUR ÉVOQUER LES GLOBES

Sachez que les Globes de Yog-Sothoth sont au nombre de treize ; ils représentent les pouvoirs de la Horde-Parasite de ses serviteurs qui exécutent ses ordres dans le monde.

Appelez-les chaque fois que vous aurez besoin de quelque chose ; ils transféreront sur vous leurs pouvoirs si vous les invoquez avec les incantations voulues et que vous faites leur signe.

Ces globes ont plusieurs noms et apparaissent sous différentes formes. Le premier est Gomory, qui a la forme d'un chameau portant une couronne d'or sur la tête. Il commande vingt-six légions d'esprits infernaux et donne la connaissance de tous les bijoux et talismans magiques.

Le second esprit est Zagan, sous forme d'un grand taureau ou d'un roi à l'aspect terrible. Il règne sur trente-trois légions et enseigne les mystères de la mer.

Le troisième a pour nom Sytry, et prend la forme d'un grand prince. Il possède soixante légions et dévoile les secrets des temps à venir. Eligor est le quatrième esprit ; il se présente comme un homme rouge portant une couronne de fer sur la tête. Il commande également soixante légions et apporte la victoire dans les combats ; il renseigne sur les conflits futurs.

Le cinquième esprit a pour nom Durson ; accompagné de vingt-deux démons familiers, il se présente comme un corbeau. Il peut révéler tous les secrets de l'occulte et parler des temps passés. Le sixième est Vual ; il a la forme d'un nuage noir et il enseigne toutes les langues anciennes.

Le septième est Scor, qui prend l'aspect d'un serpent blanc. Il vous apporte de l'argent si vous le lui demandez.

Algor est le huitième esprit. C'est un papillon qui peut confier des secrets et vous assurer les faveurs des princes et des rois puissants.

Le neuvième est Sefon, qui a les traits d'un homme au visage vert et le pouvoir de montrer l'endroit où sont cachés les trésors.

Le dixième est Partas. C'est un grand vautour, qui révèle les vertus des herbes, des pierres, peut vous rendre invisible et vous rendre la vue que vous avez perdue.

Le onzième esprit est Gamor. Il apparaît sous la forme d'un homme et peut vous enseigner la façon de gagner les faveurs de grands personnages et éloigner tous les esprits qui gardent un trésor.

Le douzième est Umbra, un géant ; il transporte de l'argent d'un endroit à l'autre si vous le lui demandez et vous accorde l'amour de la femme que vous désirez.

Le treizième esprit est Anaboth qui prend la forme d'un crapaud jaune. Il a le pouvoir de vous rendre expert en nécromancie, peut éloigner tous les démons qui vous dérangent et parler de choses étranges et secrètes.

Lorsque vous évoquerez les Globes, vous devrez d'abord faire ce signe sur le sol :

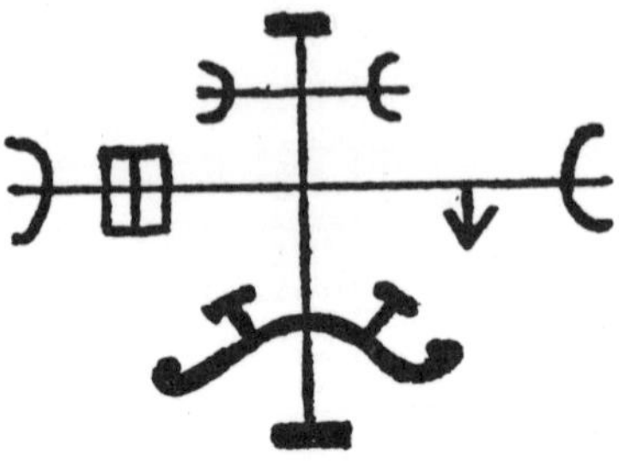

Puis évoquer les esprits de cette façon :

EZPHARES, OLYARAM, IRIONESYTION, ERYONA, OREA, ORASYM, MOZIM !

Par ces mots et au nom de Yog-Sothoth qui est votre maître, je vous appelle de toutes mes forces O… N… Pour que vous m'assistiez à l'heure où j'ai besoin de vous.

Je vous ordonne de venir, par le signe de Puissance ! (Faites le signe de Voor.)

Ainsi, l'esprit vous apparaîtra et répondra à vos requêtes. S'il demeure invisible, soufflez sur la poussière d'Ibn-Ghazi ; il vous apparaîtra immédiatement.

Pour renvoyer ceux que vous avez appelés, effacez le signe avec le cimeterre de Barzai en proférant ces mots :

CALDULECH ! DALMALEY ! CADAT !

(puis fermez par le signe de Koth)

Note : Si, lorsqu'ils apparaissent, les esprits refusent obstinément de parler, fendez l'air à trois reprises avec le cimeterre et dites : ADRICANOROM DUMASO ! ce qui leur déliera la langue et ils devront alors répondre à vos questions.

XVI

L'ADJURATION DU GRAND CTHULHU

Ph'nglui mglw'nafh Cthulhu R'lyeh Wgah'nagl fhtan.

Une exhortation au grand Cthulhu pour ceux qui veulent se rendre maîtres de ses favoris.

Au jour et à l'heure de la lune, avec le soleil en Scorpion, préparez une tablette de cire et portez-y les emblèmes de Cthulhu et Dagon. Encensez avec l'encens de Zkauba et mettez de côté.

La veille de la Toussaint, vous vous rendrez dans un endroit solitaire dominant l'océan. Prenez la tablette dans la main droite et, de la main gauche, faites le signe de Kish. Proférez trois fois l'incantation et lorsque le dernier mot s'est envolé, lancez la tablette dans les flots en disant :

Dans sa demeure de R'lyeh, Cthulhu, Mort, attend en rêvant ; mais il reviendra et son Royaume s'étendra sur toute la Terre.

Alors il viendra vous visiter dans votre sommeil et vous montrer son signe par lequel il dévoilera les secrets des profondeurs.

L'Incantation

O Vous qui gisez, mort mais rêvant
Entendez l'appel de votre serviteur,
Entendez-moi, ô Puissant Cthulhu !
Entendez-moi, Maître des Rêves !
Ils vous ont enfermé dans votre Tour de R'lyeh
Mais Dagon brisera vos liens maudits
Et votre Règne reviendra
Les Esprits des Profondeurs connaissent votre Nom secret
L'Hydre connaît Votre Repaire
Donnez-moi votre signe, afin que je connaisse
Votre volonté sur la Terre
Lorsque mourra la Mort, votre temps sera venu
Et votre sommeil finira ;
Donnez-moi le pouvoir de calmer les vagues
Pour que j'entende Votre Appel.

Lorsque vous aurez répété trois fois l'incantation, jetez la tablette dans les flots en disant :

Dans sa demeure de R'lyeh, Cthulhu, Mort, attend en rêvant ; mais il reviendra et son Royaume s'étendra sur toute la Terre.

La tablette de R'lyeh

XVII

POUR APPELER SHUB-NIGGURATH LE NOIR

Là où les pierres ont été dressées, vous appellerez Shub-Niggurath. Tous les plaisirs terrestres seront accordés à celui qui connaît les signes convenables et prononce les bonnes paroles.

Lorsque le soleil entre dans le signe du Bélier et que la nuit est sur vous, tournez le visage vers le Vent du Nord et prononcez à voix haute :

Iah ! Shub-Niggurath
Grande Chèvre noire des Bois
Je fais appel à vous !
(S'agenouiller)
Répondez à l'appel de votre serviteur
Qui connaît des mots magiques !
(Faire le signe de Voor)
Sortez de votre sommeil
Et venez suivi d'une multitude !
(Faire le signe de Kish)
Je fais les signes et je profère les paroles

Qui ouvrent les portes !
Venez, vous dis-je, je tourne la Clé
Tout de suite ! Parcourez à nouveau la Terre !

Versez les parfums sur les charbons, tracez l'emblème de Blaesu et prononcez les mots de puissance :

ZARIATNATMIX, JANNA, ETITNAMUS,
HAYRAS, FABELLERON, FUBENTRONTY,
BRAZO, TABRASOL, NISA
VARF-SHUB-NIGGURATH !
GABOTS MEMBROT !

Et alors, Celle qui est Noire apparaîtra devant vous et Ceux qui portent des Cornes et qui hurlent jailliront par milliers de la Terre. Et vous brandirez devant eux le talisman de Yhe, grâce auquel ils s'inclineront devant votre puissance et répondront à toutes vos requêtes.

Le Talisman de Yhe

Lorsque vous voudrez renvoyer ceux que vous avez évoqués, prononcez les mots : IMAS, WEGHAYMNKO, QUAHERS, XEWEFARAM.

Ainsi la Porte se fermera et vous ferez le signe de Koth.

XVIII

LA FORMULE DE DHO-HNA

Quiconque suivra ce Rite en le
Comprenant clairement passera derrière les
Portes de la Création et pénétrera dans les Abysses
Ultimes, là où demeure S'ngac le Dieu
Vague, qui médite pour l'éternité sur le
Mystère du Chaos.

Tracez l'angle Web avec le cimeterre de Barzai et encensez avec l'encens de Zkauba.

Pénétrez dans Web par la Porte du Nord et en récitant l'incantation de Na (ainsi) : ZAZAS, NASATANADA, ZAZAS ZAZAS, avancez l'extrémité la plus au Sud par le chemin d'Alpha ; là vous faites le signe de Kish, en prononçant le Triple Mot de puissance trois fois (ainsi) : OHODOS-SCIES-ZAMONI ! Avancez alors vers l'Angle du Nord-Est en chantant le troisième vers du Cinquième Psaume de Nyarlathotep – sans oublier de faire une quintuple génuflexion en traversant la ligne incurvée – (ainsi) :

Le tout-Un habite les Ténèbres
Au centre de Tout demeure celui qui est Ténèbres
Et ces Ténèbres seront éternelles quand tout s'inclinera devant le Trône d'Onyx.

Arrêtez-vous dans le troisième angle et faites une fois encore le signe de Kish, en prononçant les mots qui ouvrent les Portes et arrêtent la course du temps :

ABYSSUS-DRACONISUS, ZEXOWE-AZATHOTH !
NRRGO IAA ! NYARLATHOTEP !

Suivez le troisième chemin partant de l'extrémité Ouest et prosternez-vous en silence (inclinez-vous très bas à trois reprises et faites le signe de Voor). Tournez-vous et empruntez le chemin de la transfiguration menant à l'Angle Ultime. Ouvrez les Portes de l'Abysse en répétant neuf fois : ZENOXESE, PIOTH, OXAS ZAEGOS, MAVOC NIGORSUS, BAYAR ! HEECHO ! YOG-SOTHOTH ! YOG-SOTHOTH ! YOG-SOTHOTH !

Faites le Signe de la transformation et avancez dans le gouffre.

Signe de la Transformation

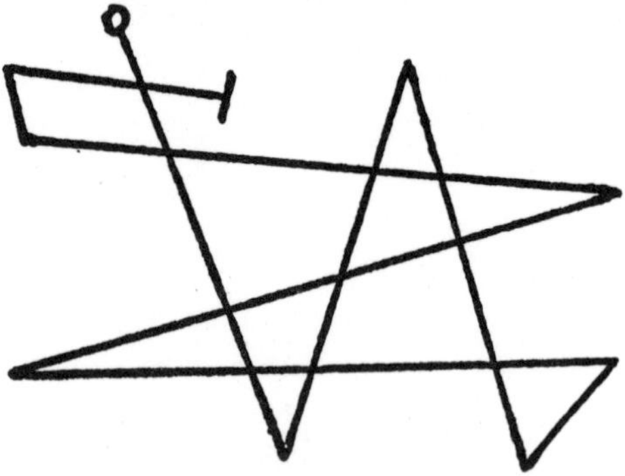

Angle Web

La figure sera orientée en direction des pôles magnétiques de la Terre.

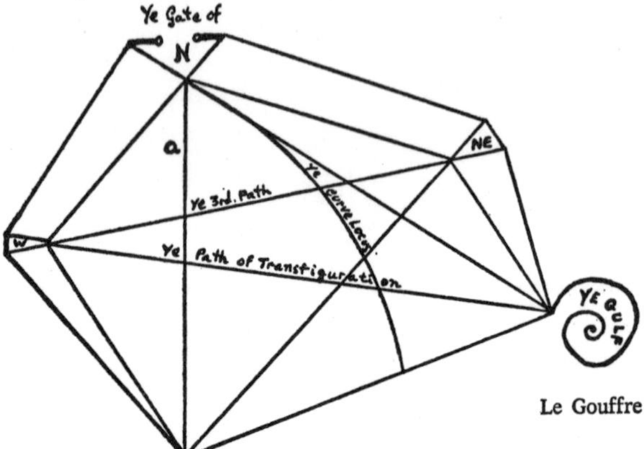

Le Gouffre

APPENDICES

APPENDICE A

LE JEUNE LOVECRAFT

par L. SPRAGUE DE CAMP

Le 20 mai 1975, alors qu'avec ma femme je me dirigeais en voiture vers Cincinnati où je devais faire une conférence, je m'arrêtai pour rencontrer le Révérend John T. Dunn. Celui-ci fit la connaissance de Lovecraft lorsque l'écrivain avait une vingtaine d'années. Bien qu'originaire de Providence (Rhode Island), où il vécut longtemps, le père Dunn est maintenant aumônier du Mercy Hospital de Portsmouth dans l'Ohio. Il est né le 2 janvier 1889, un an et demi avant Lovecraft, et a donc quatre-vingt-six ans aujourd'hui. Cet hôpital nous hébergea une nuit, et nous y fûmes reçus avec beaucoup de gentillesse et d'hospitalité. Durant l'après-midi du 20 mai, j'eus deux heures de conversation avec le père Dunn et encore une heure le lendemain au petit déjeuner. Pour l'essentiel, le premier entretien fut enregistré sur bande magnétique.

Le père Dunn m'expliqua qu'en 1914 il fréquentait, ainsi que sept ou huit autres étudiants, un cours du soir dans un lycée des quartiers nord de Providence. Ils appartenaient à la classe ouvrière, avaient une vingtaine d'années, des ambitions littéraires et souhaitaient suivre un cours de perfectionnement en anglais.

Dunn, alors âgé de vingt-quatre ans, gagnait sa vie comme plombier. Il entendit parler, ainsi que ses collègues, du mouvement « Journalisme amateur ». Poussés par Edward H. Cole, de Boston, ils décidèrent de fonder le Club de presse amateur de Providence (Providence Amateur Press Club), avec, comme maîtres spirituels, Victor Basinet et une certaine Miss Miller ; Lovecraft comptait parmi les membres fondateurs.

Dunn trouvait Lovecraft étrange et même excentrique. Au cours des réunions, Lovecraft se tenait assis avec raideur, le regard fixe, sauf lorsqu'il tournait la tête vers quelqu'un qui lui adressait la parole. Il parlait d'une voix basse et monocorde.

« Il était assis – il s'asseyait toujours comme cela, et regardait droit devant lui, vous comprenez ? Puis il répondait à une question, et reprenait la même attitude, disait le père Dunn. Je le revois, comme je viens de vous dire ; il regardait droit devant lui ; il..., comment dire ? il ne s'enthousiasmait jamais. Parfois, il hochait la tête pour souligner un mot ou une expression.

« C'était quelqu'un que j'aimais bien, poursuivait-il. Je n'avais rien contre lui, vous comprenez ? Nous n'étions pas toujours d'accord, mais dans nos divergences, nous nous comportions en gentlemen, vous voyez ? »

Leur principal sujet de désaccord était la question irlandaise. La mère de Dunn avait vu le jour en Irlande l'année de la Grande Famine. Dunn sympathisait avec le Sinn Féin. Lovecraft était un anglophile extrémiste. « Il disait que je n'avais pas le droit de m'opposer à la loi britannique en Irlande ; le pape – ah, comment s'appelait-il ?… – Adrien IV, n'avait-il pas donné l'Irlande aux Britanniques ? disait-il ; je lui répondais que non, vous voyez ? Mais il connaissait bien l'Histoire, vous savez, tout au moins cette partie-là de l'Histoire. »

Dunn détestait l'habitude prise par Lovecraft d'appeler les Irlandais « Micks ». La xénophobie légendaire et les préjugés ethniques de Lovecraft avaient alors atteint leur apogée.

La voix de Lovecraft était haut placée, mais pas vraiment aiguë. D'après Dunn, elle ressemblait à la sienne. Lovecraft possédait une grande maîtrise de soi et ne s'emballait jamais, même dans les discussions les plus vives. « Il… euh… Je ne l'ai jamais vu se mettre en colère, vous voyez ? Mais lorsqu'il écrivait, c'était très vigoureusement ; cela ne fait aucun doute. Et il ne s'énervait jamais, comme il m'arrivait à moi de le faire. »

Ne connaissant pas la véritable situation financière de Lovecraft, Dunn lui supposait des rentes suffisantes pour vivre indéfiniment. Sans activités rémunératrices régulières.

Lovecraft, disait-il, parlait peu, ne souriait et ne riait que très rarement. « Il n'avait pas le moindre sens de l'humour. »

Les amis de Dunn trouvaient Lovecraft « ridicule », et n'auraient jamais pu supposer qu'un jour il connaîtrait la célébrité. « Entre nous, nous nous moquions un peu de lui, sans bien connaître son histoire. » Maintenant, disait Dunn, il regrettait ce manque de compréhension envers H.P. Lovecraft, dont il ignorait les handicaps. Dunn ajouta que, s'il avait su que Lovecraft deviendrait une figure si importante dans la littérature, il aurait fait beaucoup plus attention à lui. Un autre membre du Providence Amateur Press Club, voisin de palier de Dunn, avait une sœur nommée Sadie Henry. Un jour, Miss Henry, en visite chez Dunn, et pour plaisanter, téléphona à Lovecraft et lui proposa un rendez-vous. Lovecraft répondit : « Je demanderai à ma mère », et il n'en fut plus jamais question.

Obsédé par le XVIIIe siècle, Lovecraft revêtit un jour le costume colonial – ou tout au moins le tricorne ; un journal de Providence publia, avec son accord, sa photo dans ce déguisement. Il ne serait pas inutile qu'un inconditionnel de Lovecraft reproduisît un jour cette photographie.

Dunn, n'étant pas seulement antibritannique, mais également objecteur de conscience, refusa d'aller sous les drapeaux en 1917. Il passa le restant de la guerre de prison en prison et aboutit finalement à Fort Leavenworth. Après l'armistice, il fréquenta un séminaire et entra dans les ordres, dans l'Église catholique.

Dunn nous expliqua également comment R.-A. Kirsch (également connu sous le nom d'« Everts »), spécialiste célèbre de Lovecraft, « emprunta » les lettres qu'il avait reçues de l'écrivain. Depuis lors, Dunn essayait toujours de les récupérer.

Cette image est celle d'un Lovecraft âgé de vingt-trois à vingt-six ans ; il commençait tout juste à sortir de la coquille dans laquelle il était rentré en 1908, lorsqu'une maladie indéterminée l'empêcha de terminer ses études au lycée. Entre-temps, il avait vécu comme un véritable « reclus excentrique ». Il ne faisait guère que tourner dans sa maison et lire, sortant peu et n'ayant que peu de rapports avec autrui, sauf avec sa mère, qui était un peu toquée. Il donnait encore à ce moment-là l'impression d'être un peu bizarre. Mais il commençait à comprendre qu'il pouvait s'entendre avec d'autres mortels – peut-être pas parfaitement, mais dans la mesure où ceux-ci témoigneraient à son égard d'une tolérance amusée.

À cette époque, il était pourtant difficile de trouver dans ce désaxé solennel, un peu snob, poseur, pitoyable et érudit, l'homme bienveillant, génial, chaleureux, charmant, spirituel, tolérant et en bien des points admirable qu'il finit progressivement par devenir, non sans difficultés, au cours des vingt années qui suivirent.

APPENDICE B

LES RÊVES DE NOMS ÉTEINTS : CE QU'ENSEIGNE LE SOMMEIL

par Christopher FRAYLING

« Le plus grand nombre de nos visions nocturnes ne sont peut-être pas le reflet pâle et fantastique des expériences vécues à l'état de veille – l'inverse de la théorie freudienne avec son symbolisme puéril. Mais quelques-unes d'entre elles présentent un caractère extra-terrestre et éthéré qui n'accepte pas d'interprétation ordinaire et dont les effets vaguement excitants et inquiétants suggèrent que l'on a entrevu, de façon infime, un monde d'existence mentale tout aussi important que la vie physique, bien que séparé de cette vie par une barrière qui n'est pas infranchissable. » Ce paragraphe caractéristique d'introduction à l'un des premiers récits publiés de Lovecraft, *Par-delà le mur du sommeil* (Beyond the Wall of Sleep, 1919), qui rejette explicitement la théorie freudienne, pourrait être placé en introduction à toute son œuvre – de la première période, inspirée de Poe, jusqu'aux quatorze contes de la maturité portant sur les Mythes de Cthulhu, en passant par les contes inspirés de Dunsany (« engagé dans une guerre éternelle contre la vulgarité et la laideur de la réalité des jours »). Ce n'est pas un hasard si la seconde anthologie monumentale consacrée à Lovecraft par Arkham House a reçu le titre de cette nouvelle de 1919. Des rêves qui se heurtent au conscient des maîtres de conférences de langues vivantes ou d'économie politique de la Miskatonic University, ou des paysans de Catskill Mountain. Des rêves évoquant les tombes ancestrales d'Arkham, noyée dans la brume, hantée, d'après la légende, d'une « Nouvelle-Angleterre ancestrale, non encore profanée, sans étrangers, sans fumées d'usine, sans panneaux d'affichage ni rues goudronnées, comme les zones défigurées par la vie moderne », « description horrible de cauchemars peuplés de choses… », cauchemars transcrits avec amour « avant même d'être pleinement éveillé ». Lorsqu'on trouva les *Contes étranges* (Weird Tales) dans les papiers de Lovecraft, deux ans après sa mort, on publia comme « bref récit posthume » un long extrait non corrigé d'une de ses lettres décrivant ce genre de cauchemar, qui fut intitulé *Le Prêtre mauvais* (The Wicked Clergyman). Grâce à sa correspondance, on identifia toutes les relations personnelles qui comptaient pour Lovecraft. Et ses lettres (parfois plus longues que les récits publiés), lorsqu'elles ne s'attachent pas à expliquer longuement que Lovecraft aurait préféré être né patricien dans la Rome antique, « qui aurait prélevé le sang de Hengist et Horsa », gentleman farmer dans l'Angleterre du XVIIIe siècle (« Rien ne doit compromettre ma pureté en tant qu'Anglais. Dieu sauve le roi ! ») ou, tout au moins, de pure « descendance anglaise » (ce qui, à son avis, n'était pas le cas), décrivent fréquemment, de façon anormalement détaillée, des rêves et des cauchemars. Les « collaborations » posthumes ont pris ces lettres comme matériau.

Les rêves de Lovecraft et leur paysage… ont peut-être été exceptionnellement autarciques (uniquement comparables en « intensité », d'après Lovecraft lui-même, au véritable « mysticisme » d'Arthur Macher) mais ils doivent beaucoup aux *Histoires étranges* théosophiques de Bulwer Lytton – encore que le phénomène des contes basés sur des rêves d'une horreur surnaturelle ait, en vérité, des précédents célèbres. Le *Château d'Otrante* (Castle of Otranto) d'Horace Walpole, « qui devait exercer une influence unique sur la littérature d'horreur », a été inspiré par un cauchemar et très vite transcrit pendant que le souvenir en était encore frais. Les néophytes du genre « gothique », comme ceux dont *Northanger Abbey* fait la satire, ont essayé de connaître le même succès que Walpole en provoquant eux-mêmes leurs cauchemars : ils consommaient de mauvaises nourritures, pensaient à des horreurs, lisaient tous les livres mangés des vers qui leur tombaient sous la main. Mais ils découvrirent très vite que les cauchemars provoqués de cette manière n'étaient pas du tout effrayants – beaucoup de petites histoires, très peu de souffrances, en dehors de l'indigestion. En revanche, les deux grands genres secondaires du XIXe siècle (dont Lovecraft lui-même s'inspira pour certains de ses contes, en dehors des mythes de Cthulhu, comme Herbert West : *Le Réanimateur*, 1921-22) – le thème de Frankenstein et celui de l'aristocrate, bandit et vampire – étaient inspirés de cauchemars sado-érotiques, faits par le couple Byron-Shelley pendant l'été de 1816. L'abus de laudanum, la mésentente entre les deux poètes, leurs maîtresses et le Dr Polidori, et certaines réminiscences de *La Nouvelle Héloïse* de Rousseau, avaient provoqué ces rêves. Plus tard, pendant la renaissance gothique, *Dr Jekyll & Mr. Hyde* (la version originale, complète) de Stevenson s'inspirait d'une série de cauchemars, et Bram Stoker commença à écrire *Dracula* après avoir mangé trop de salade de crabe au dîner, avec les conséquences désastreuses que cela comporte.

Lovecraft critiquait tous ces auteurs : Horace Walpole un « Anglais spirituel et mondain » pour qui le mystère était un « jeu de dilettante » ; l'école de Radcliffe « présentait beaucoup d'intérêt pour les

Vue de la vieille pyramide de la Miskatonic University, Arkham, Massachusetts, construite en 1797. – Dessin de G.-M. Sinclair, 1915 (tiré de l'ouvrage Sites pittoresques de l'ancienne Nouvelle-Angleterre, *de George-M. Sinclair, Boston 1915).*

pasticheurs », ses œuvres reposant sur des « affirmations géographiques et historiques erronées ». Le *Frankenstein* de Mary Shelley « était quelque peu teinté d'une morale didactique ». Robert Louis Stevenson avait une fâcheuse tendance à utiliser un « maniérisme désinvolte » et son œuvre tendait à « se spécialiser dans des récits d'événements » plus que dans une « atmosphère » et s'adressait davantage « à l'intellect qu'à l'imagination » ; elle apparaissait donc à Lovecraft un « produit édulcoré » comparé au « pur cauchemar artistique » ; dans les romans de Bram Stoker, « la faiblesse de la technique diminue, hélas ! la puissance des cauchemars ». Mais les rêves de Lovecraft, la vie et l'œuvre qui tournaient autour d'eux, n'avaient pas grand-chose en commun avec les préoccupations de ces écrivains gothiques. Ses cauchemars n'étaient sûrement pas provoqués par un excès de nourriture, ou autre. Désireux de préserver son image d'aristocrate, d'érudit versé dans l'antique et, surtout, d'amateur – un amateur, pas un professionnel –, il ne faisait aucun effort pour satisfaire les « éditeurs guidés par Mammon » en leur soumettant à nouveau les manuscrits refusés ou en frappant à la machine ses gribouillages illisibles ; il préférait « vivre avec 1,75 dollar par semaine, en achetant des haricots et des spaghetti en conserve ou des boîtes de biscuits ». Il passait la

Dessin original exécuté pour la bibliothèque de la Miskatonic University, 1906, par W. Van Buren Denker et E.-K. Schwartz, architectes, Salem, Massachusetts. Tel qu'il fut réalisé. (Coll. Cram, Association des Architectes du Massachusetts).

plus grande partie de son temps à faire le « nègre » pour d'autres écrivains ou à réviser complètement les manuscrits d'autres personnes (reposant souvent sur ses propres idées) : ainsi, son nom n'était pas associé aux navets. Ses rêves n'étaient pas non plus provoqués par des hallucinogènes ni par des disputes avec d'autres écrivains aussi sensibles que lui. La considération de Lovecraft pour Poe n'allait pas jusqu'à le pousser à essayer l'opium, ni à se prêter à des expériences sexuelles, et il n'eut jamais de relations assez suivies avec ce genre d'écrivains pour tourner mal… Il ne provoquait pas ses cauchemars, afin de stimuler une imagination faiblissante – et surtout pas dans le dessein d'être publié : en fait, lorsque les éditeurs refusaient les œuvres inspirées de ses rêves, il leur donnait toujours raison (peut-être ses rêves n'étaient-ils pas destinés à la consommation publique, après tout). Et de même que les événements cosmiques décrits dans *Sur les montagnes de la folie* (At the Mountains of Madness) – qui « représenterait pour la biologie ce qu'Einstein représentait pour les mathématiques et la physique » – ne sont signalés que dans l'« Arkham Advertiser », dans « un bulletin officiel de la Miskatonic University », de même Lovecraft était-il aussi content de voir ses œuvres publiées dans de petits magazines (si toutefois il était publié…) que de les voir acceptées par Farnsworth Wright, éditeur inattendu de *Contes étranges* (Weird Tales). Peu après que ce magazine eut accepté sa première nouvelle, il écrivait : « Je suis presque résolu à ne plus écrire de contes, mais à rêver simplement lorsque cela me vient sans m'arrêter pour faire quelque chose d'aussi vulgaire que de noter mes rêves pour l'ennuyeux public. » En 1924, avant l'arrivée de Wright, on avait offert à Lovecraft (alors âgé de trente-quatre ans) la direction de l'édition du magazine *Contes étranges* (Weird Tales). Rare exemple de considération qu'en dehors du « cercle » on lui ait témoignée de toute sa vie. Il avait refusé, prenant pour excuse son image publique. « Je ne peux penser à cela sans frissonner ; songez à la tragédie de ce voyage (à Chicago) pour un spécialiste de l'Antiquité déjà âgé venant juste de s'installer pour jouir des reliques de la Nouvelle-Amsterdam ! » À deux reprises, se trouvant tout proche de la réussite, Lovecraft se retire dans son « goût de l'antique » et du XVIIIe siècle, s'exprimant dans un style gothique archaïque. Il n'avait pas besoin de nourritures riches, de drogues, de nuits blanches, de visiter des ruines et des sites éloignés pour continuer à produire. Jusqu'à trente ans, Lovecraft n'avait encore jamais passé une nuit loin de ses tantes radoteuses. Le matin, après son réveil, il tirait tous les rideaux, allumait les lumières et prétendait avoir travaillé toute la nuit.

Les disciples de Freud, de Jones et de Jung pourraient évidemment trouver leur bonheur dans les cauchemars de Lovecraft, de même que chez Fuseli. Lovecraft affirmait mépriser le « symbolisme puéril » de Freud, sans doute parce qu'il redoutait de le regarder en face. Et il n'avait pas tort. On ne compte que deux femmes parmi les personnages importants des contes de Lovecraft : l'une est un vampire (*La Chose sur le pas de la porte*), et l'autre, une femme albinos de trente-cinq ans, contrefaite et repoussante (*L'Horreur de Dunwich*). Prenons au hasard quelques images parmi celles qui reviennent le plus souvent dans le paysage de rêve des Mythes de Cthulhu, nous trouvons des broussailles denses, des entrées de grottes béantes, de longues queues et des visages qui ne sont que « de simples cônes blancs se terminant en tentacule rouge sang », sans parler (comme le fait généralement Lovecraft) de ces nombreuses « choses innommables », véritables « blasphèmes » qui « devraient faire de tout homme un Dante ou un Poe s'il pouvait garder toute sa raison assez longtemps pour raconter ce qu'il a vu ». La plupart de ceux qui rencontrent ces « choses » (« dont l'effet était plus de suggérer que de révéler ») perdent rapidement la raison. D'autres retournent à la faculté de Miskatonic et

La vieille église de Free Will, à Federal Hill, Providence, Rhode Island, construite vers 1835. Dessin de G.-M. Sinclair, 1914 (tiré de Sites pittoresques de l'ancienne Nouvelle-Angleterre, *de George-M. Sinclair, Boston, Massachusetts, 1915).*

seront traités à l'avenir de « farfelus désagréablement érudits » et (probablement) de Dante frustrés. Les disciples de Jung peuvent considérer comme thème central des Mythes de Cthulhu l'idée souvent exprimée chez Lovecraft que, chez l'homme, le plan conscient se trouve (heureusement) « sur un tranquille îlot d'ignorance au milieu des mers noires de l'infini » (les thèmes clés illustrant cette idée sont les Ténèbres, les Cataclysmes, les Animaux terrifiants, les langues incompréhensibles) ; ajoutons ses diverses versions de « la Chute » (Satan expulsé du Paradis, chez Milton, ou expulsion du paradis utérin suivie de la dégringolade dans les abysses terrestres), ces thèmes clés comprennent peut-être la fascination pour « la noirceur non réfléchie des abysses » chez Dunsany, et pour le fait de ramper, grimper, tomber ou glisser dans une mer, une grotte appartenant à un monde caché, ou dans une « Ecume Immonde » dont le nom n'est pas précisé. Les Icônes particulières pourraient également présenter un grand intérêt : au hasard, cette fois encore, livres et musées (souvenirs), pieuvres et créatures du même genre (mère possessive), monstres mangeurs d'hommes (faim insatiable de l'enfant) et choses gigantesques (adultes vus par les enfants). À la différence des *Créatures de Frankenstein*, de lord Ruthven chez Polidori, des manifestations de *La Bête qui est en l'homme* chez Stevenson, du *Dracula* de Stoker – les monstres aux yeux d'insecte de Lovecraft, qui représentent les dieux les plus anciens, ne peuvent être détruits. Tout au plus peut-on, temporairement, les vaincre ou les réprimer. Mais ils sont toujours là, à l'extérieur, et attendent. C'est dans le rejet de cette tradition des livres d'horreur que réside peut-être l'une des clés de l'appel constant lancé par Lovecraft.

Mais Lovecraft préférait interpréter ses rêves et cauchemars en termes dramaturgiques, comme symbolisant le rejet du rôle qui, pensait-il, lui était imposé par la société contemporaine ; ses rêves s'inspiraient de la littérature du XVIIIe siècle, et il convenait de les exprimer en prose archaïque gothique. De ce fait, il écrivait, en mars 1929, « mon style devint vite sophistiqué – et pour finir je n'écrivais plus que pour recréer autour de moi l'atmosphère du XVIIIe siècle… Tout s'effaçait devant mon désir de retourner en arrière dans mes pensées et dans mes rêves, pour me retrouver dans l'univers des perruques que, pour quelque étrange raison, je reconnaissais comme le seul qui fût vraiment mien. C'est ainsi que je pris l'habitude d'imiter ces mœurs, dont je n'ai jamais pu me défaire complètement. Et lorsque je m'en éloigne, c'est seulement pour imiter autre chose ! Il y a mes œuvres "à la façon de Poe" et mes œuvres "à la façon de Dunsany" – mais, hélas ! où sont mes œuvres "à la

« … des avenues ciselées menant au monde sombre de l'intérieur dont nous avions jusqu'alors ignoré l'existence mais que nous n'étions plus aussi impatients de traverser… » H.-P. Lovecraft, Les Montagnes de la folie.

façon de Lovecraft" ? » Lorsqu'il énonçait son dégoût des « Asiatiques aux yeux globuleux et aux têtes de rat », ou des « vieux lévites noueux », il ne faisait que montrer à quel point il détestait ce que ces immigrants avaient fait des vieux quartiers de la Nouvelle-Angleterre, qu'il aimait tant. Quand sa femme offrit d'acquérir une grande maison à Providence, pour y installer le couple, et proposa d'utiliser une partie de la maison « pour y ouvrir un commerce » (afin de couvrir les dépenses), elle fut « gentiment mais fermement informée » par les deux tantes que « ni elles-mêmes ni Howard ne pourraient supporter qu'une Mme Lovecraft travaille pour gagner sa vie à Providence ». Il n'en fut plus question. Le couple se sépara. Les univers de rêve imaginés par Lovecraft (patricien dans la Rome antique, guerrier viking, gentleman farmer du XVIIIe siècle, aristocrate de la Nouvelle-Angleterre, les Mythes de Cthulhu) peuvent être interprétés de la même façon, comme ses lettres tendent à le montrer. Si Lovecraft aimait donner l'image d'un « érudit amateur d'Antiquité », ces mondes de rêve ne reposaient pas sur d'abondantes lectures d'ouvrages anciens. Souvent il les vivait « sur place », ses rêveries stimulées par des « impressions » romantiques produites par l'environnement. « Jamestown est l'un des plus puissants stimulants de l'imagination que j'aie jamais connus. Se tenir sur le sol où les aventuriers élisabéthains ont fait œuvre de pionniers afin d'y établir un monde occidental, c'est connaître un frisson à nul autre pareil. » Il écrivit un roman en collaboration avec quelqu'un qui s'était réellement penché sur l'occulte *(Through the gates of the Silver Key*, avec E. Hoffman Price) ; mais ce livre, débordant de détails ésotériques concernant le mysticisme oriental et la théosophie de Mme Blavatsky, est pratiquement impossible à suivre. Lovecraft n'étudia jamais les sciences occultes en profondeur, et c'est peut-être pourquoi il imaginait que les « sources » principales lui feraient une si forte impression, s'il les lisait. Les meilleures histoires des Mythes de Cthulhu sont de simples transcriptions de rêves.

Lovecraft avait conscience des pièges tendus à l'auteur de récits d'horreur par un style très emphatique, abusant d'une pédanterie inutile, forçant sur les adjectifs. Dans son essai sur *L'Horreur surnaturelle dans la littérature* et dans ses notes sur *L'Écriture de récits d'horreur*, il soulignait qu'il fallait éviter la « théâtralité » : « Eliminer tout le superflu – les mots, les phrases, les paragraphes et même des épisodes entiers » ; « des détails associatifs, des détails sélectionnés doivent être utilisés par touches », cela étant suffisant ; « éviter l'exposé plat d'une liste de faits incroyables qui n'apportent pas grand-chose en dehors d'un voile de couleur et de symbolisme ». « Face à l'extraordinaire, les personnages devront montrer une émotion aussi forte que celle qu'ils montreraient devant semblables événements survenant dans la vie réelle. » Dommage que Lovecraft n'ait pas suivi ces règles : ses récits abondent en solécismes gothiques, en descriptions qui ne font que révéler la pauvreté de son vocabulaire ; il voudrait « forcer la main » au lecteur, l'obliger à accepter le caractère effrayant de tel objet ou de tel événement, par un flot d'adjectifs prétendant décrire ces émotions. Le seul auteur contemporain qui tomba dans ce même travers fut Sax Rohmer – mais cela tient probablement à ce qu'il avait fait ses premières armes comme écrivain de music-hall, préparant des boniments pompeux, des chansons pour George Robey et Little Tich. Lovecraft estimait qu'on ne devait pas encourager le lecteur à rester en dehors du « climat de terreur, très solennel » que l'auteur cherchait à tisser. « On ne peut – sauf dans un roman de pacotille – présenter des phénomènes impossibles, improbables ou inconcevables sous la forme du récit ordinaire d'actes objectifs. » Mais, face à la prose débordante de Lovecraft, le lecteur ne peut que rester extérieur, surtout devant ses dénouements invariablement présentés en italique ! « Ce péril ultime, choquant, qui balbutie d'indicible façon hors de l'univers ordonné, où nul rêve ne parvient ; le dernier fléau amorphe de la plus profonde confusion qui blasphème et bouillonne au centre de tout l'infini – le démon sans limites qu'est le sultan Azathoth, dont nul n'ose prononcer le nom à haute voix et qui dévore dans d'inconcevables chambres obscures, à travers le temps, au milieu du battement, assourdi et dément, d'ignobles tambours et de la plainte faible et monotone de flûtes maudites. »

Lovecraft ne semble pas s'être rendu compte qu'il désobéissait manifestement à ses propres principes. Il pensait visiblement qu'il « tissait une atmosphère de terreur, correspondant à ce que le lecteur devrait ressentir » et « peignait le tableau vivant d'un certain type d'état d'âme chez les hommes ». C'est un des problèmes majeurs auxquels s'affrontent ceux qui essayent de comprendre le monde des rêves de Lovecraft. Tentons une première explication : les récits de Lovecraft seraient le produit d'un esprit particulièrement bien adapté : bien adapté, disons, à son propre univers curieusement autarcique. Il réagissait comme n'importe qui aurait réagi en pareille circonstance. Puisque les récits n'ont pas de rapport avec le monde ordinaire, et puisque Lovecraft lui-même faisait partie du monde qu'il créait, il pouvait, logiquement, généraliser ses propres réactions et prétendre que « c'était cela que le lecteur ressentirait ». De même pour la façon archaïque, gothique, d'exprimer ces sensations. Il essayait simplement de montrer au lecteur ce qui se passait réellement. Ou encore, lorsque Lovecraft tentait vainement de s'adapter à la société (et cela n'apparaît guère, comme en témoignent ses réactions lors des deux grands tournants de sa vie – la proposition de direction d'édition et son mariage), ses récits prenaient une curieuse forme de fiction récidiviste (il s'échappe d'une prison pour devenir volontairement prisonnier d'une autre) et sa littérature suivait le même processus (il se distance lui-même du monde horrible de ses rêves). Il existe, évidemment, une autre possibilité, souvent avancée, et qui court-circuite le problème : Lovecraft était peut-être simplement un lamentable écrivain. Certes, Lovecraft sait créer des impressions (et peut-être encourage-t-il le lecteur à développer et à prolonger la mythologie présentée – comme en témoigne le grand nombre d'écrivains qui ont produit d'autres contes sur le Mythe de Cthulhu après la mort de Lovecraft). Son essai sur *L'Horreur surnaturelle dans la littérature* produit le même effet. Le talent de Lovecraft ne s'exprime pas par une critique ou des analyses denses, mais par la présentation d'une impression dramatique ressentie à la lecture des récits retenus, souvent plus spectaculaire que le récit lui-même. Les différents contes du Mythe Cthulhu concernent généralement une série « d'états d'âme », correspondant à l'éveil progressif du narrateur : l'élitisme, l'anxiété, la curiosité, la compréhension, la terreur. Ces « états d'âme » sont souvent extériorisés par des descriptions de toutes les sensations intervenant tour à tour – l'ouïe, l'odorat, la vue, le toucher. La conclusion du récit précède invariablement l'apogée de l'horreur, évoquée de façon pompeuse. Dans les premiers contes, le narrateur est un érudit amateur d'Antiquité appartenant à une université ou à une institution qu'il est facile de reconnaître. Ensuite, il deviendra professeur de la Miskatonic University, à Arkham. Enfin, il devient Lovecraft, tel qu'il aimait se voir – « un excentrique d'âge mûr vivant à Providence, Rhode Island, et nommé Ward Phillip ». « Où sont mes œuvres à la façon de Lovecraft ? » se demandait-il en 1929. La réponse est venue dans les cinq dernières années de sa vie : l'importance de Lovecraft réside dans son talent pour recréer les états d'âme, les impressions et les moments forts de ses rêves qu'il ne se souciait même plus, à la fin, d'attribuer à d'autres. Mais c'est la structure interne des références savantes contenues dans les contes, autant que les contes eux-mêmes, qui a continué de fasciner les lecteurs de Lovecraft. Ses récits du Mythe Cthulhu les plus réussis ont la forme de rapports d'événements surnaturels, faits au hasard, formant progressivement un tout cohérent grâce aux enseignements de certains « livres interdits ». Ces rapports forment la toile de fond : il est rare que ces histoires associent directement le narrateur aux événements cosmiques intervenant autour de lui. Elles s'intéressent davantage à l'effet produit sur une personne par des phénomènes apparemment fortuits, auxquels elle se trouve confrontée. Les amateurs de Lovecraft sont des solitaires : pour des raisons évidentes, ils entretiennent peu de rapports avec les autres. Lovecraft prenait soin de donner l'impression d'authenticité : il se réfère à des interviews, à des coupures de presse, à des lettres transcrites *in extenso*, à des photographies, à des enregistrements sonores et à des messages radiotélégraphies. En cela, ses contes se rapprochent davantage des récits d'horreur traditionnels (*comme Dracula*) qui reposaient paraît-il sur des faits divers de journaux ou de revues : ils préfigurent également la célèbre émission radio d'Orson Welles sur l'atterrissage de Martiens à la ferme de Grover's Mill dans le New Jersey *(La Guerre des mondes*, 1938). Welles utilisait le reportage sur le vif, des entretiens avec un astronome de Princetown, des messages radio, des émissions officielles. Les meilleurs récits de Lovecraft sont construits sur le même modèle : dans *The Whisperer in darkness*, il profitait de la découverte très récente de la planète Pluton pour ajouter la planète Yuggoth à sa propre mythologie. Mais, chez lui, les tentatives de suggérer l'authenticité reposent sur une fiction totale, de même que les « références savantes ». Les noms sophistiqués utilisés par Lovecraft, quand ils ne sont pas tirés de Bierce, de Dunsany et de Chambers, représentent souvent une curieuse façon d'établir et de développer des rapports avec d'autres écrivains, de ceux que Lovecraft admirait – tout comme sa façon d'utiliser l'image de l'« érudit amateur d'Antiquité » dans sa correspondance privée. Le « terrifiant Tsathoggua » apparaît d'abord dans l'œuvre de Clark Ashton Smith : Lovecraft fait référence à cette « créature amorphe à forme de crapaud », et l'associe à « Klarkash Ton, prêtre gigantesque ». L'un de ses « livres interdits » est le *Culte des goules* du comte d'Erlette – référence à son ami August Derleth. En 1935, Robert Bloch (jeune membre du « Cercle ») décida d'écrire un pastiche d'une nouvelle de Lovecraft *(Le vagabond venu des étoiles* – « The Sambler from the stars ») dans lequel le « rêveur mystique de la Nouvelle-Angleterre » connaît lui-même une fin atroce, sous les dents d'une espèce de vampire, après avoir jeté un dernier regard au terrible *Necronomicon* (« Les rats avaient rongé le cuir, les rats qui avaient peut-être une nourriture plus effroyable pour ordinaire »). Lovecraft lui retourna le compliment en appelant « Robert Blake », dans le dernier conte Cthulhu, le « Chasseur des Ténèbres » (the Haunter of the dark). Robert

Bloch parlait aussi des « Rites noirs grotesques de Luveh-Keraphf le Mystique ». Les plaisanteries de ce genre plaisaient beaucoup à Lovecraft, et ses lettres en sont pleines. Ces plaisanteries, ainsi que son image d'« amateur de l'Antiquité », devaient être des stratégies adoptées pour s'accorder avec l'un de ses mondes. Ses tentatives de paraître authentique et la structure interne des références savantes rendaient ses récits plus engageants, et aussi plus accessibles aux rares amis qu'il possédait.

L'exemple le plus frappant de l'« érudition » de Lovecraft est peut-être l'utilisation de « livres interdits ». De livres qui offrent des clés énigmatiques en ce qui concerne l'univers des dieux les plus anciens ; de livres dont la simple possession, ou la lecture, exposent le lecteur à de mystérieux dangers : de livres dont les images obsèdent, et finalement vampirisent le lecteur – et qui se teintent de son sang. Nous l'avons vu, Lovecraft manquait de culture. Mais les annotations apportées à ses rêves jetaient un pont vers un monde bien reconnaissable, auquel Lovecraft désirait être associé. Essentiellement autodidacte, il plaçait invariablement ses récits des mythes dans un contexte universitaire. Son essai *L'Horreur surnaturelle dans la littérature* (*Supernatural Horror in Literature*) révèle à quel point Lovecraft était impressionné par ceux des écrivains qu'auréolait une réputation d'érudition. Il parlait de H.R. James, son auteur favori, comme d'un « amateur de l'Antiquité de renom, et une autorité reconnue pour les manuscrits médiévaux et l'histoire des cathédrales ». La vision de Dunsany était « la plus véritablement cosmique de toutes celles présentées dans la littérature de tous les temps… Cet auteur se penche avec une effarante efficacité sur pratiquement tous les éléments de mythe et de légende participant de la culture européenne » ; il voyait en Arthur Machen, autre auteur favori, un « homme de lettres universel », auteur d'« essais revigorants, d'ouvrages autobiographiques très vivants et de traductions fraîches et inspirées ». Lovecraft ne pouvait espérer atteindre l'érudition de ces littérateurs – ses mythologies proviennent de sources beaucoup plus modestes. Mais il estimait que sa qualité d'« érudit amateur de l'Antiquité » méritait cependant le respect. Et, de toute façon, il aurait certainement été « corrompu » s'il s'était intégré à une université…

Lovecraft tira de H.R. James le cadre universitaire de la plupart de ses contes Cthulhu ; de Dunsany, la notion d'une « mythologie imaginée » et d'un environnement de « marécage désolé » ; de Machen, l'atmosphère d'un héritage hanté par la légende (la tradition de la Nouvelle-Angleterre remplaçant ici la tradition celte). C'est peut-être en partie parce que sa mythologie se montre si maniable que l'on apprécie tant Lovecraft aujourd'hui. Les lecteurs peuvent suivre les éléments ajoutés aux mythes d'une histoire à l'autre, et deviennent rapidement assez experts dans cette tradition pour en connaître autant que l'auteur lui-même. Lire les contes Cthulhu (quatorze en tout), c'est faire le tour complet de ce paysage de rêve. En un sens, l'attitude de Lovecraft envers le genre d'« érudition » sur laquelle devrait reposer l'étude des sciences occultes ressemble à celle de Montague Summers, le Mage qui préside au monde des anthologies d'horreur. Summers serait, bien sûr, une espèce d'érudit s'il n'avait pas à se mesurer à des éditeurs académiques et des bibliographes, et si les sources douteuses sur lesquelles il base ses commentaires ne risquaient pas d'être contrôlées par ses lecteurs. En dehors de cela, les parallélismes sont frappants. Dans son œuvre sur l'occulte, Summers ne s'intéressait qu'au marché limité de l'édition. Lovecraft était bien heureux d'être publié dans de petits magazines. Summers était attiré par le théâtre et les rituels de l'étrange ; Lovecraft aussi, dans une certaine mesure. Ils semblent avoir tous deux méprisé le film d'horreur : Summers prétendait « n'être pas amateur du cinématographe », Lovecraft traitait les films de vampire de « pure exploitation » et beaucoup de ses commentaires sur les « histoires puériles » (dans ses essais théoriques) semblent viser le cinéma. Lovecraft eut de la chance : lorsque Hollywood se décida à tourner *The Case of Charles Dexter Ward*, ce fut un succès commercial qui prit le titre de « Edgar Allan Poe's The Haunted Palace ». Montague Summers estimait qu'une prose anglaise archaïque, gothique, était ce qui convenait le mieux pour relater les recherches sur l'occulte. Et Lovecraft également. « Il ne faut peut-être pas s'étonner que sous cette quintessence de verjus et de poison [...] dont la vase immonde a souillé la Calédonie du nord au sud et a rongé, comme une plaie purulente, jusqu'au cœur même de ses enfants, des ténèbres plus denses, un désespoir plus profond tombent sur la terre désolée. »

Est-ce du Lovecraft, dans quelque récit d'horreur du genre de Cthulhu ? Non, Summers dans John Knox, dans *La Géographie de la sorcellerie* (*The Geography of Witchcraft*, 1927).

« Sur quoi mon hôte, peu soucieux d'être dévoré, se précipita, terrifié, derrière la porte, qu'il prit soin de fermer à double tour et de barrer derrière lui, laissant sa cape s'en tirer toute seule. Ainsi un tourbillon saisit l'homme vêtu de la toge et voici le Prince Prig sur la voie de connaître tous les aspects de l'univers. Moralité : nous ne devons pas croire tout ce que l'on nous dit. »

Est-ce l'une des citations tirées de l'un des « livres interdits » de Lovecraft ? En fait, il s'agit de Summers dans *Les Loups-Garous* (*The Werewolfs*, 1933). Je défie quiconque de donner un sens à ce passage, même dans le contexte.

Summers n'était pas opposé à « élever » certains passages (dans son style inimitable) lorsqu'il devait être traduit. Il semble ne pas avoir eu conscience des implications sexuelles des récits qu'il étudiait, et n'en avoir retenu que les éléments les plus macabres et les plus étranges. Lovecraft, on le sait, avait peu de penchant pour « la fesse ».

Tous deux témoignaient d'un certain manque d'humour dans la présentation de leurs œuvres. Bien sûr, ce n'était pas nouveau de faire référence à des « livres interdits » dans les livres d'horreur. Sax Rohmer, dans ses *Mystères orientaux* avait parlé du *Livre de Thoth (The Book of Thoth*) et du *Livre des Morts* (*The Book of the Dead*). Dennis Weatley allait bientôt faire de même, dans ses incantations tirées du *Book of Set*. Dans ces cas, toutefois, les « livres interdits » étaient utilisés comme arsenal de référence faisant autorité, pour « ces sciences qu'aucune université ne peut aujourd'hui enseigner » (Rohmer), comme une « arme » pour l'expert et comme garantie puissante d'authenticité. La préface de Tolkien à *The Lord of the Rings* (Le Maître des anneaux) vise à indiquer les « sources » sur lesquelles repose la saga, mais ces « sources » ne jouent aucun rôle dans l'histoire elle-même – mélange de mythologies norvégiennes, anglo-saxonnes et wagnériennes, ainsi que célébration de la vie banlieusarde contemporaine. Les « livres interdits » de Lovecraft ne sont pas utilisés dans le même dessein, comme nous l'avons vu – ce sont des annotations apportées à ses rêves, et à une partie du paysage du rêve, et non pas des sources authentiques autour desquelles des légendes se sont formées. Ils ne servent pas non plus de « préface » à un « texte ». Ils représentent ce qui est enseigné par le sommeil. La meilleure façon d'envisager le rapport existant entre les lectures et les connaissances de Lovecraft, ses rêves et ses récits, est d'examiner sa tentative de convertir l'expérience d'autrui en un « Conte Étrange ». C'est ce qui se passa en 1924, lorsqu'on demanda à Lovecraft de prêter sa collaboration anonyme pour une œuvre concernant les expériences de Houdini au cours d'un voyage en Égypte. Houdini avait raconté une histoire à l'éditeur de *Contes étranges* (*Weird Tales)* : il avait été jeté dans un ancien temple souterrain à Gizeh par deux guides arabes, qui l'avaient laissé s'en tirer comme il pouvait. L'éditeur pensa que cela pourrait faire l'objet d'un récit à succès et demanda à Lovecraft de « mettre cela sous forme de récit vivant ». Ce fut le plus grand succès commercial de Lovecraft, et on lui offrit de ce fait la direction de la publication « Weird Tales ». Sans doute a-t-il tiré l'atmosphère de cette histoire de *La Descendance de la Reine-Sorcière* (*Brood of the Witch Queen*), livre qu'il admirait (il devait par la suite adapter le titre et l'utiliser dans plusieurs contes Cthulhu) et qu'il avait trouvé dans le guide de Baedeker sur « L'Égypte et le Soudan ». Il imagina la suite au fur et à mesure. « Ce que j'ai vu, ou ce que j'ai cru voir, commence-t-il, n'a certainement pas existé ; cela provient plutôt de mes récentes lectures sur l'égyptologie et des suppositions relatives à ce thème naturellement suggérées par mon environnement. » La scène d'introduction, l'arrivée d'Houdini au Caire, vise à « stimuler l'imagination » : le « métropolitain prosaïque » est comparé à « l'atmosphère des nuits arabes » de la rue ; au Caire, le « Bagdad de Haroun-al-Rashid semblait revivre » ; « en suivant (notre) guide », le groupe se dirige vers « Le Caire, qui est en soi un livre d'histoires et un rêve – labyrinthe des rues étroites et odorantes de secrets aromatiques... » (ici intervient une longue phrase comportant encore une quinzaine d'adjectifs de ce genre). Au loin, « le Nil secret et jaune », et « les sables menaçants du désert de Libye, ondulant et irisé, néfaste d'anciens arcanes » ; puis le premier regard sur le Sphinx : « Le sourire du Sphinx nous déplut vaguement ; nous nous interrogeâmes sur les légendes de passages souterrains se trouvant au-dessous de la monstrueuse créature, descendant, descendant dans des profondeurs que nul n'oserait évoquer – profondeurs liées à des mystères plus anciens que l'Égypte des dynasties que nous explorâmes, et ayant un sinistre rapport avec la persistance de dieux anormaux présentant des têtes d'animaux, dans l'ancien Panthéon nilotique. Puis je m'interrogeai vainement et l'horrible signification de mon interrogation ne devait pas m'apparaître pendant plusieurs heures. » Cette question, à laquelle je répondis pendant l'horrible apogée de l'histoire, est : « Quelle prodigieuse et repoussante anormalité le Sphinx était-il censé représenter lorsqu'il fut sculpté ? » Suivent ici trois pages décrivant les pyramides et certaines des légendes qui leur sont associées ; trois lignes tirées de Thomas Moore *(Prisonnier avec les pharaons* doit aussi quelque chose à *L'Épicurien)*. Puis quelques soupçons se font jour chez Houdini : « Je pensais à la ressemblance profonde de mon guide à la voix si grave avec un vieux prêtre égyptien, un pharaon ou un Sphinx souriant [...] et je m'étonnais. » La partie centrale de l'histoire parle de la chute d'Houdini dans la pyramide, et de ses hallucinations pendant qu'il « tombait en haletant dans les nadirs aspirants de vides dévorants et nauséeux... » « Derrière tout cela, je voyais l'ineffable malignité d'une nécromancie primitive, noire et amorphe. » « Mon Dieu ! si seulement je n'avais pas lu tant d'ouvrages d'égyptologie avant de venir dans ce pays qui constitue le fondement de toutes ténèbres et de toute terreur. » « Les légendes les plus narquoisement glaçantes sont celles qui ont trait à certains produits pervers du cléricalisme décadent – des momies constituées par la réunion artificielle de troncs et de membres humains et de têtes d'animaux, à l'image des dieux les plus anciens. » Et à la fin de l'histoire, voilà ce qui arrive… L'horrible monstre à cinq têtes surgit dans « un gargouillis de cadavre diabolique et ululant, ou un raclement de mort ». Houdini découvre alors à ses dépens ce que le Sphinx était censé représenter, bien que le monstre à cinq têtes qu'il peut voir ne soit que la seule patte de celui-ci.

Malgré quelques erreurs révélatrices de son inexpérience dans ce genre d'œuvres, Lovecraft mentionne, à peu près au milieu de l'histoire, « un souvenir d'horreur pure que rien d'autre dans ma vie – si ce n'est une chose qui intervint plus tard – ne peut égaler ». Lui-même doit formuler des hypothèses afin d'expliquer pourquoi Houdini s'évanouit si souvent, « erreurs dont la succession ne me rappelait pas, à ce moment-là, autre chose que les mélodrames cinématographiques de l'époque ». Et même compte tenu du penchant de Lovecraft pour l'hyperbole (la phrase en italique : « Les hippopotames ne devraient pas avoir des têtes humaines et transporter des torches… » va un peu loin), *Prisonnier avec les pharaons* est excitant et le magazine « Weird Tales » – ainsi qu'Houdini – en fut très satisfait. C'est une œuvre intéressante, sur le plan de la technique d'écriture et du fait de l'utilisation de détails « authentiques » ; dans les premiers chapitres, les lecteurs peuvent partager les impressions produites sur Houdini par Le Caire (qui leur rappellent peut-être les livres de leur enfance) ; cela rend d'autant plus effrayants les détails sinistres, et cela les adoucit en vue de l'horreur finale. Tout au long de l'histoire, Lovecraft insiste sur le fait que cela pourrait bien être une invention issue de l'imagination d'Houdini (qui a sans doute lu trop de « livres interdits ») ; mais d'autre part…

Il est révélateur que Lovecraft souligne l'influence de ces « lectures concernant l'égyptologie » sur l'imagination de Houdini. En termes d'explications « réductionnistes », il n'ira pas plus loin. (Ainsi, il n'aurait pas particulièrement apprécié d'apprendre que la « malédiction de Tout Ankh Amon » n'était en fait que le résultat d'une proximité prolongée avec la fiente de chauves-souris.) Le « livre interdit » le plus apprécié de Lovecraft – le *Necronomicon* ou Livre maudit, de l'Arabe fou Abdul al-Hazred – reposait lui-même sur un souvenir d'enfance relatif aux « Mille et Une Nuits ». « Lorsque j'avais cinq ans, se souvenait-il en 1924, j'étais fou des Contes des Mille et Une Nuits... Je montai une collection enfantine de poteries et d'objets d'art, me présentant comme un musulman dévot et prenant le nom de "Abdul al-Hazred". » « Al-Hazred » a peut-être été choisi par référence à la famille Hazard, dont descendait Lovecraft : toute sa vie il a aimé les jeux de mots de ce genre. Par la suite, le *Necronomicon* devint le « Livre défendu » (ou Livre maudit), le « volume mangé des vers » dont on pouvait tirer à volonté des références savantes pour les Mythes de Cthulhu. Le livre n'est pas exclusivement associé à ce mythe : on en trouve mention (tout comme les références à la région de Miskatonic) dans plusieurs récits antérieurs. Et en un sens, on a tort d'isoler les contes Cthulhu du reste de l'œuvre de Lovecraft : le premier conte sérieux, par exemple (*L'Appel de Cthulhu*), est une refonte d'un récit déjà publié (*Dagon*, 1917). Pourtant, c'est en tant que « source érudite » des Mythes Cthulhu que le *Necronomicon* est devenu l'œuvre de Lovecraft la plus célèbre.

Notons que Lovecraft a produit une « histoire et chronologie » de ce « livre interdit » – une espèce de pseudobibliographie. Appelé à l'origine *Al-Azit, le Necronomicon* avait été écrit en 730 à Damas par « un poète arabe fou » de Sanaa, au Yémen, qui eut son heure de gloire sous le règne des Califes Omeyyades. Il fut traduit en grec sous le nom de *Necronomicon*, le Livre des noms éteints, en 950 après J.C. par Theodorus Philatelas. En 1050 après J.C., « le patriarche Michael le fit brûler », mais, en 1228, Olaus Wormius le traduisit du grec en latin. Les éditions grecques et latines furent supprimées par le pape Grégoire IX, en 1232. Vers 1440, une édition en caractères gothiques fut imprimée en Allemagne, et le texte grec, en Italie entre 1500 et 1550. Dans *L'Horreur de Dunwich* (*The Dunwich Horror*), nous apprenons l'existence d'une traduction anglaise réalisée par le Dr John Dee, mage et cosmographe élisabéthain : celle-ci date probablement de 1560-1608 ; c'est pourquoi la strophe souvent citée :

Cela n'est pas mort qui peut reposer éternellement
Et en des temps étranges, même la mort peut mourir

rappelle tellement John Donne. En 1600, on réalisa une version espagnole du texte latin. Deux pages de Lovecraft, écrites en 1926 et 1934, nous apprennent comment se procurer le *Necronomicon*. Dans le premier (le Descendant), un jeune amateur de sciences occultes apprend d'un « vieux libraire voûté de Chandos Street » que « seules cinq copies sont supposées avoir survécu aux édits pudibonds de prêtres et d'hommes de loi, toutes sont enfermées avec un soin craintif par des gardiens qui avaient osé commencer la lecture des haïssables caractères gothiques ». Pourtant, ce jeune amateur s'arrange pour retrouver la trace d'une des copies « dans la boutique d'un Juif, dans les environs crasseux de Clare Market » (le texte latin, accompagné de dessins, relié « de cuir abondant, avec des fermoirs de cuivre ») : au moment où il l'achète, pour une bouchée de pain, il remarque que le « vieux lévite tordu » ricane distraitement – on ne sait pas si c'est parce qu'il est un « lévite » ou parce qu'il « sait ». Dans le second fragment (*Le Livre*), une copie est découverte « en un endroit faiblement éclairé près de la rivière noire et huileuse sur laquelle plane toujours la brume ». Ce n'est pas une presse d'imprimerie, mais « la main de quelque moine à moitié fou qui a tracé ces abominables phrases en latin, en écriture onciale d'une terrifiante antiquité » (peut-être une référence à l'édition de 1228). Le narrateur se montre assez fou pour proférer à voix haute une incantation tirée du « livre interdit »... avec les conséquences épouvantables que cela entraîne.

Le *Necronomicon* apparaît pour la première fois dans *La Cité sans nom* (*The nameless City*, 1921), où intervient la strophe de Donne ; l'auteur (non identifié) est présenté comme un « Arabe dément », un « poète fou ». Dans *The Hound* (1922), le nom d'Abdul al-Hazred apparaît ; *Le Festival* (1923) nous présente la « traduction latine interdite » d'Olaus Wormius, et nous donne quelques indications sur le contenu du *Necronomicon :* il renferme « une pensée et une légende trop hideuses pour un esprit sain ou une conscience normale » : il joue un rôle dans un « rituel horrible » et est évidemment écrit dans un style allusif et allégorique : « Car le bruit court depuis longtemps que l'âme de celui qui est vendu au diable ne s'échappe pas en hâte de son enveloppe charnelle, mais prolifère et dirige jusqu'aux vers en train de ronger, jusqu'à ce que du sein de la putréfaction une horrible vie jaillisse et les mornes insectes nécrophages croissent sournoisement pour la contrarier et enflent monstrueusement pour la tourmenter… » Le narrateur contrôle sur la « copie soigneusement protégée provenant de la bibliothèque de la Miskatonic University ». Dans *L'Appel de Cthulhu* (1926) la strophe de Donne trouve un écho dans l'étrange incantation rituelle : « Ph'nglui mglw'nafn Cthulhu R'lyeh wgah'nagl fntagn », qui, grossièrement traduite (prétendument par un « métis »), signifie : « Dans sa maison de R'lyeh Cthulhu Mort attend en rêvant. » Le *Necronomicon* est mentionné ainsi que *La Branche dorée* (*The Gorden Bough*) de Frazier, et *Le Culte des sorcières dans l'Europe de l'Ouest* (*Witch-Cult in Western Europe*) de Murray, et nous apprenons qu'il renferme des « ambiguïtés [...] que les initiés doivent interpréter comme ils l'entendent ». *Le Cas de Charles Dexter Ward* (1927-1928) nous parle d'une autre copie se trouvant dans une collection privée cette fois dans une fausse reliure, « un mince volume manifestement intitulé "Le Qanoon-é-Islam". » Dans *L'Horreur de Dunwich* (*The Dunwich Horror*), 1928, nous apprenons que « quelques » copies, dans diverses traductions, ont été préservées dans des bibliothèques universitaires, y compris celle de Miskatonic. *The Whisperer in darkness* (1930) distingue le contenu du *Necronomicon* de la « traduction fantastique "d'obscures petites gens" rendues populaires par la magnifique fiction d'horreur d'Arthur Machen », et parle des « mythes redoutables antérieurs à la venue de l'homme sur la Terre... qui sont évoqués dans le *Necronomicon* ». *The Whisperer...* mentionne également « des mondes d'entités plus anciennes, extérieures, que l'auteur fou du *Necronomicon* n'avait fait que deviner d'une façon assez vague », et décrit « le monstrueux chaos nucléaire, au-delà de l'espace répertorié, que le *Necronomicon* avait heureusement voilé sous le nom d'Azathoth ».

Dans *Sur les montagnes de la folie* (*At the Mountains of Madness*, 1931) chaque découverte empirique est étayée par une référence au *Necronomicon* : cela nous aide (et aide le narrateur) à placer ces découvertes empiriques dans le contexte global des Mythes. Ainsi, la première vision de l'Antarctique rappelle au narrateur une « étrange et bouleversante description du plateau de Leng, de mauvaise réputation, se trouvant dans le terrible *Necronomicon*... Je regrettai, par la suite, d'avoir jeté un œil sur ce livre monstrueux à la bibliothèque de l'université ». Un message radio adressé à un camp de base suggère que « la disposition (de fossiles) rappelle un des monstres des mythes primitifs, dénommés "Elder Things" (choses les plus anciennes) dans le *Necronomicon* ». La découverte suivante suggère au narrateur de se référer à nouveau au « plateau de Leng de mauvaise réputation », pour regretter d'avoir lu le « *Necronomicon* maudit » (qui l'a peut-être rendu très impressionnable) et pour ajouter qu'il avait discuté avec « Wilmarth, ce déplaisant spécialiste des traditions » (narrateur du précédent conte Cthulhu, *The Whisperer*), avant de commencer. Les découvertes ultimes sont, elles aussi, présentées par une nouvelle appréciation de ce que nous avons entendu dire jusqu'ici du « livre maudit » et par des références à des « mythes auxquels un livre comme le *Necronomicon* fait allusion », « masses visqueuses qui étaient sans aucun doute ce qu'Abdul al-Hazred dans son terrible *Necronomicon* évoquait dans un murmure (en prose ?) comme étant les "Shogguths", bien que même cet Arabe dément n'ait pas insinué qu'elles existaient sur la terre, sauf dans les rêves de ceux qui ont mâché une certaine plante alcaloïde », et « le légendaire plateau de cauchemar dont même l'auteur fou du *Necronomicon* n'aimait pas parler ». La conclusion à *Sur la montagne de la folie*, intelligemment présentée comme une discussion entre le narrateur et Danforth, « grand lecteur de choses étranges qui a beaucoup parlé de Poe », et « l'une des rares personnes à avoir lu entièrement la copie mangée aux vers du *Necronomicon* mise sous clé dans la bibliothèque du collège », essaie de mesurer l'influence exercée par le « livre maudit » sur les protagonistes (« il ne faisait pas allusion à un événement horrible particulier, jusqu'à ce que sa mémoire ait eu l'occasion de retrouver son ancienne lecture ») par rapport aux découvertes scientifiques modernes. Lovecraft utilisa cette technique pour la première fois dans le texte sur Houdini, mais il présentait maintenant la conclusion de ses récits avec beaucoup plus de sophistication. Peut-être « l'Arabe fou » avait-il raison, quand il « tentait nerveusement de jurer qu'aucune de ces créatures n'avait été créée sur cette planète et que seuls des rêveurs sous l'emprise de la drogue les avaient jamais conçues ». Ce thème revient dans *Rêves de l'antre de la sorcière* (Dreams of the Witch House, 1932) : les autorités universitaires empêchent

Gilman de « consulter les vieux livres douteux », mais trop tard car « Gilman avait déjà eu un terrible aperçu du *Necronomicon* maudit… » ; à rapprocher de sa formule abstraite : « Il avait vu le nom d'Azathoth dans le *Necronomicon* et savait qu'il représentait un mal primitif trop horrible pour être décrit » ; les choses qui avaient été « citées avec précaution » dans ce livre arrivent à convaincre Gilman de son excessive impressionnabilité (« il décida qu'il avait puisé cette conception dans les passages du *Necronomicon* consacrés à Azathoth, l'entité sans esprit »). Dans *À travers les portes de la clé d'argent* (*Through the Gates of the Silver Key*, 1932) on apprend que « tout un chapitre du *Necronomicon* interdit » sert à Rudolph Carter lorsqu'il essaye de replacer dans le contexte les dessins gravés sur la clé : Carter se souvient de ce que l'Arabe fou « avait vaguement laissé pressentir, de façon déconcertante, au sujet du Guilde », et cite en entier un paragraphe concernant « les formes des ténèbres qui enveloppent et lient ». Le *Necronomicon* lui indique également quelles « dévotions » il doit faire, en présence de « la Forme ». Et dans *The Shadow out of Time* (1934), la personnalité « seconde » de Nathaniel Wingate Peaslee est curieusement attirée par « d'affreux livres de tradition interdite » (entre autres, le *Necronomicon*) : pendant sa crise d'amnésie, Peaslee lit le « livre maudit », l'annote en marge, et effectue même « d'ostensibles corrections du manuscrit, et dans une langue qui semble parfois curieusement inhumaine » (cela est particulièrement curieux, puisqu'il « ignorait trois des langues utilisées »). Le *Necronomicon* n'est pas inutile, cependant, car il permet à Peaslee de reconnaître le culte de Cthulhu lorsqu'il le rencontre : « Dans le *Necronomicon*, on suggérait que les êtres humains s'adonnaient à ce culte – culte qui aide parfois les esprits voyageant à travers la durée depuis les temps de la Race Noble (Great Race). »

Il existe manifestement plusieurs façons de considérer le *Necronomicon*. On peut le lire par intérêt, avant d'entreprendre une expédition scientifique à la bibliothèque de l'université de Miskatonic. Ceux qui s'intéressent déjà à l'occulte peuvent en trouver des copies dans des collections privées. Si quelqu'un est « habité » par les dieux les plus anciens, sa « personnalité seconde » sera sans doute attirée par le « livre interdit » ; il le lira et pourra le comprendre. L'état d'esprit nécessaire à la compréhension de la prose allusive d'Al-Hazred peut également être provoqué artificiellement en mâchant « une certaine plante alcaloïde » (Lovecraft souligne les rapports entre ce fait et ce qu'a écrit Edgar Allan Poe). Et que dire de ceux qui ont lu ce livre ? Ils se trouvent généralement associés d'une façon ou d'une autre à l'université de Miskatonic : Wilmarth, professeur de littérature, s'intéresse tout particulièrement aux traditions : parmi les membres de l'expédition décrite dans *Les Montagnes*, le biologiste, le géologue et l'ingénieur ont consulté le livre, mais seul l'étudiant lauréat l'a lu d'un bout à l'autre ; Gilman, un spécialiste de la géométrie non euclidienne et de la physique quantique, s'intéresse lui aussi aux traditions anciennes ; Peaslee est professeur d'économie politique (il meurt pendant un cours consacré aux « tendances actuelles de l'économie »), sans curiosité pour l'occulte jusqu'à ce qu'il soit « possédé ». Quelques-uns – qui ne participent pas aux débats du personnel enseignant de haut niveau, concernant le chef-d'œuvre de l'Arabe dément à Miskatonic – connaissent aussi très bien le livre : Akeley, autrefois spécialiste de mathématiques et d'astronomie à Vermont, s'est consacré en amateur à l'étude des traditions ; il suppose que Wilmarth aura une bonne connaissance du *Necronomicon* (« Je suppose que vous connaissez tout des mythes inquiétants… ») ; et après qu'il fut « possédé », devient coutumier de lancer des « bombes », du genre « Savez-vous qu'Einstein se trompe ? » ; Charles Dexter Ward s'intéressait à la généalogie ; et, bien sûr, on peut consulter « un vieil excentrique de Providence, Rhode Island, nommé Ward

Phillips » pour ce qui est des passages difficiles de ce livre. Des copies sont conservées à Miskatonic et dans « quelques rares » autres bibliothèques d'université (où elles sont enfermées à double tour) : on peut probablement en trouver dans les collections privées de « livres interdits » détenus par des moines ; et, avec beaucoup de chance, vous en découvrirez une dans une sombre librairie d'occasions aux environs de Clare Market. Peut-être les copies ne sont-elles pas aussi rares que le prétendait Lovecraft. Si vous réussissez à en dénicher une (en supposant qu'elle ne se cache pas sous une fausse couverture), vous constaterez rapidement qu'elle est rédigée dans un style vague, allusif, qui « suggère », « évoque », « laisse vaguement pressentir », « suppose », « cite avec précautions », « voile heureusement », est « ambigu » et donne « des impressions générales ». Sauf si vous êtes « initié », les « dessins ne vous seront d'aucune utilité ». Et vous vous heurterez peut-être à un problème de langue. En dernier ressort, vous pourriez essayer « une certaine plante alcaloïde ». Mais si un policier ne s'empare pas de vous, les dieux, les plus anciens le feront certainement. Il serait préférable de consulter un « vieil excentrique de Providence, Rhode Island ».

La façon dont Lovecraft décrit le *Necronomicon* résume en un sens sa façon de présenter le paysage de rêve de « Cthulhu ». Le « livre maudit » est invariablement associé aux mots clés « Très anciens », « Venu d'ailleurs », « Initier », « Vague », « Impressions », « Fou », « Antiquité », « Élitisme », le « Cercle », « États d'esprit », « Rêves », « Folie ». « Ce qu'enseigne le sommeil » reflète à la fois la structure des histoires et les rêves sur lesquels elles sont basées.

« Je me suis retrouvé habitant de ce terrible monde de rêve ! Cette première nuit céda la place à l'aube, et j'errais sans but sur ces marécages désertés. Lorsque vint la nuit, j'errais toujours, espérant m'éveiller... Et tous les jours, c'est la même chose. La nuit m'emporte toujours vers ces contrées horribles. J'ai essayé de ne pas bouger, lorsque la nuit tombait, mais je dois marcher dans mon sommeil, car je me réveille toujours avec cette vision d'horreur hurlant devant moi dans le pâle clair de lune, je me tourne et m'enfuis dans une course folle. Dieu ! Quand vais-je m'éveiller ? »

Mais le rêve que Lovecraft se rappela toute sa vie – « le cauchemar des cauchemars », comme il l'appelait, « le plus réaliste et le plus horrible que j'aie jamais fait depuis mes dix ans, dont l'horreur pure et le côté oppressif ne peuvent être que faiblement traduits par des mots », un rêve qu'il nota « avant d'être complètement éveillé » – était totalement différent. Il concernait Nyarlathotep, le dieu-démon des Mythes de Lovecraft. Mais dans son rêve, Nyarlathotep n'avait rien d'un dieu-démon. C'était un charlatan, un forain itinérant. Dans ce rêve, les relations qu'il entretenait avec Lovecraft ressemblaient à celles qui existent entre Mario et le magicien Cipolla, dans la nouvelle de Thomas Mann *Mario et le Magicien* (Mario and the Magician).

« Nyarlathotep était une sorte de forain itinérant qui haranguait la foule dans de grandes salles et dont les exhibitions provoquaient crainte et débats. Ces exhibitions comprenaient deux parties – d'abord, une projection de film horrible et peut-être prophétique ; ensuite, des expériences extraordinaires avec certains appareils scientifiques ou électriques… Nyarlathotep se trouvait déjà à Providence, responsable de la peur affreuse qui s'abattait sur tous… » Cette image hanta Lovecraft pour le restant de ses jours. Il essaya à plusieurs reprises de l'exorciser en la prenant comme sujet d'un récit. Mais il n'y parvint jamais. Cela restait pour lui « le cauchemar des cauchemars », et il ne comprit jamais pourquoi.

APPENDICE C

LOVECRAFT
ET SON ENVIRONNEMENT

par Angela CARTER

Puisque la géographie de Lovecraft est celle du rêve, elle en a la précision inquiétante. Nous en savons beaucoup plus sur le livre de son monde que nous n'en saurons jamais sur le monde réel, précisément parce que Lovecraft inventa le premier de toutes pièces et qu'il en connaissait les moindres détails. Le repoussant plateau de Leng ; les forêts hantées de la Nouvelle-Angleterre et Arkham, ville où règnent les sorcières ; les Cités de rêve ou de cauchemar, de rêves se changeant insensiblement en cauchemars, dont les épreuves étaient tirées sans l'aide de la géométrie euclidienne – tout cartographe compétent pourrait reproduire en détail le monde de Lovecraft.

Mais pas tout à fait. Lovecraft évolue à son aise dans un ensemble de constructions réalisées dans l'espace et dans le temps, mais, du fait que ces décors sont essentiellement la projection, ou des modèles, d'états d'esprit, ils se teintent d'une ambiguïté particulière. Cette précision avec laquelle Lovecraft note la structure des formations rocheuses, l'âge et le type des chambranles, les dimensions d'une place hallucinante, c'est la précision excessive de la paranoïa. Les formes tordues des arbres, dans les bois qui dominent Arkham, sont l'émanation de la menace qu'ils évoquent – menace, angoisse, agitation, terreur. Les villes elles-mêmes, que ce soit celle de la Nouvelle-Angleterre du temps jadis ou celle qui s'étend aux portes du sommeil, présentent l'énigme effrayante d'un labyrinthe. Et toujours – Minotaure au cœur du labyrinthe – s'y trouve l'innommable sous une forme ou une autre, l'informe sous un aspect particulièrement ignoble – l'innommable, terreur sans nom et qu'on ne peut nommer.

Le décor de Lovecraft exprime une terreur imminente ; son monde n'est pas bienveillant à l'égard de l'homme. L'homme ne se sent jamais vraiment chez lui, au milieu de ces paysages, mais ceux-ci peuvent dépérir et mourir – comme les hommes. Pis, ils peuvent devenir fous. Même les étoiles sont évoquées en termes humains. « L'étoile polaire regarde encore en bas, à la même place sur la voûte noire, clignant horriblement comme l'œil d'un fou qui essaie de transmettre un quelconque message, mais ne se souvient de rien, si ce n'est qu'il avait un message à transmettre. »

La terreur plane sur tous les paysages de Lovecraft. Une horreur toute particulière, régionale, pourrait-on dire, trouve place dans les localités déjà touchées par l'écho d'antiques paranoïas : la Nouvelle-Angleterre des premiers colons, ou, à l'occasion, les Catskill Mountains dans l'État de New York, région encore plus sauvage, compte tenu de ses références littéraires de lieu surnaturel où Rip Van Winkle fut plongé dans un long sommeil.

La Nouvelle-Angleterre de Lovecraft provient également de sources littéraires. Si le fantôme de Poe traverse Boston d'un pas majestueux, on trouve un grand nombre de Nathaniel Hawthorne (lui-même né à Salem, la ville des procès de sorcières) dans ces villes coloniales aux toits en coupe et, plus particulièrement, dans les bois dominant Arkham – ces bois, touffus, obscurs, dans lesquels les protagonistes de *La Lettre écarlate* (*The Scarlet Letter*) avaient rendez-vous avec les émissaires de Satan. Voilà le décor de l'Amérique vierge auquel Lovecraft fait appel dans son essai *De l'horreur surnaturelle en littérature* (*Of Supernatural horror in Literature*), la « forêt vierge vaste et obscure, dans le crépuscule permanent de laquelle pourraient bien se tapir toutes les terreurs ».

Les bois qui dominent Arkham, très typiques de la forêt hantée des contes de fées, sont habités par les fantômes des Indiens autrefois dépossédés par les nouveaux venus dans ces étranges contrées. C'est la forêt primitive, dans laquelle le passé domine le présent et que l'avenir ne pourra modifier. L'homme n'a rien à faire ici et il lui arrivera les pires malheurs s'il s'obstine à la visiter. Lovecraft parle de « l'élément étrange et surnaturel, inhérent à l'héritage américain » ; dans ces paysages de forêts infernales, il touche quelque chose de très profond dans la conscience de ces premiers occupants, une fibre cachée de paranoïa archaïque. Les bois dominant Arkham représentent l'image exacte de la crainte des terres inconnues qui s'étendent au-delà des clôtures édifiées en hâte par les colons, des terres qu'ils venaient conquérir mais qui, pour l'instant, ne montraient aucun signe de soumission.

Il existe une peur légendaire de la forêt, la peur panique que Pan lui-même inspirait à ceux qui pénétraient dans son domaine. L'armée romaine, qui ne craignait aucun ennemi, fut littéralement terrifiée en découvrant pour la première fois les forêts vierges en Allemagne. Il s'agit d'une peur légitime en face de la preuve abondante d'une forme de vie tumultueuse non humaine, le monde des végétaux géants.

« À l'ouest d'Arkham, les forêts poussent, sauvages, et on trouve des vallées aux bois profonds que la hache n'a jamais attaqués. » Là coulent des ruisseaux qui n'ont jamais vu le soleil ; les pierres tombées en ruine de fermes abandonnées suggèrent à quel point le visiteur n'était pas le bienvenu, quand il pensait pouvoir venir vivre ici, et combien son départ fut ignominieux. C'est la demeure de la Chèvre Noire des Bois, aux Mille Petits, ces « masses luxuriantes et solides de forêts ; entre leurs arbres primitifs, des armées entières d'esprits élémentaires se cachent peut-être » (*The Whisperer in darkness*). Après avoir été anéanti par une météorite, ce paysage perd son peu de bienveillance superficielle. Maintenant, l'herbe est grisâtre et fanée, les vignes sont tombées des murs d'une ferme en ruine comme de « fragiles épaves » et « de grands arbres dénudés brandissent leurs griffes, vers le ciel gris de novembre, avec une malveillance voulue » (*La Couleur tombée du ciel*). Ce terrain anthropomorphe exsude des poisons ; la terre cultivée, devenue lande anéantie, ressemble peu à peu au plateau de Leng, nu et ténébreux, de la mythologie de Lovecraft. Un paysage stylé reposant malgré tout sur des formes réelles, devient progressivement invention pure, ou encore préfiguration sinistre de ce qui suivra le cataclysme nucléaire, et non plus l'agression de ces globes curieusement colorés venus du ciel. Mircea Eliade affirme : « La forêt est un symbole qui renferme la mort. »

L'homme est exclu de la forêt, où choses et gens, plantes et animaux, se mêlent et mêlent leurs formes. Dans les bois qui dominent Arkham, dans les profondes forêts du Massachusetts et du Vermont, on trouve les cavernes qui mènent à la demeure de l'innommable et les pierres noires gravées de curieux hiéroglyphes qui permettront d'invoquer les Anciens que Lovecraft associe à la tradition des sorcières de la Nouvelle-Angleterre. On trouve également – fantômes cornus dans les ténèbres verdâtres – les ombres des Indiens qui vivaient là à l'origine, en parfaite harmonie avec les forêts que nous ne redoutons que faute de les connaître. L'homme blanc est exclu de la forêt – mais non pas les Indiens, parce qu'ils ne sont pas humains. Peut-être vivaient-ils comme des anges avant l'arrivée des Européens ? Mais maintenant, quelque influence démoniaque les a transformés en créatures des ténèbres. De même, la tribu des sorcières de Salem/Arkham peut s'installer dans ce qui n'est plus des forêts d'avant la Création – demeure de l'innocence – mais des jungles d'après la Chute, royaumes imaginés par une nature devenue folle, dont la vie instinctive a aboli la raison.

Lovecraft évoque souvent les Indiens Narragansett comme des serviteurs des savants et des nécromanciens du XVIIIe siècle, dont les descendants doivent traîner derrière eux cet abject héritage de damnation, jusqu'à l'âge du moteur à combustion interne. Les Indiens eux-mêmes existent au XXe siècle en tant que fantômes, noms de lieux et de rivières… La Miskatonic, la Pawtuxet. Mais leur absence même suggère la présence de la mort. La Pawtuxet est une longue rivière « qui serpente à travers de nombreuses régions colonisées qui abondent en cimetières » (*Le Cas de Charles Dexter Ward*). L'absence même des Indiens dans leurs propres forêts concrétise l'aliénation de ce pays étranger. Sombres et sataniques, ils sont ligués avec Satan, qui n'est lui-même pas autre chose qu'une métaphore des Anciens (Elder Beings), ou l'innommable. Ils ne sont pas des hommes, mais font partie du paysage, créatures de la même substance que les arbres tordus et malveillants et que les feuillages rampants d'où pourraient, à tout moment, jaillir des fleurs carnivores.

Le Mal fait partie de la structure de ces « collines anciennes et secrètes », « les collines sauvages et hantées dominant Arkham, séculaires et aux mains des sorcières ». Mais la magie noire de ces collines n'est pas celle du sabbat ; pourtant Lovecraft fait souvent référence à Cotton Mather. Ces arches creusées dans les profondeurs de la forêt (*Le Cas de Charles Dexter Ward*) sont « les passages que certains hommes audacieux et honnis ont ouverts dans des murs gigantesques qui séparent le monde d'un ailleurs absolu » (*Par les Portes de la clé d'argent*). Les savants de l'Antiquité utilisaient des méthodes kabbalistiques pour échapper au temps et accéder au royaume infernal de la mythologie Cthulhu ; la forêt renferme ces secrets dans son labyrinthe végétal. Car la forêt est une sorte de labyrinthe ; mais, labyrinthe sensible, elle possède une « âme horrible » (*La Tombe*). La forêt, créature vorace et multiforme capable de passions, s'exprime par le mouvement inattendu, injustifié, des branches et par l'agitation provoquée par un vent qui déplace les feuilles mais que nous-mêmes ne sentons pas sur notre visage.

Les villes, chez Lovecraft, sont également des labyrinthes. Un labyrinthe est une structure architectonique, apparemment sans but particulier, et d'un dessin si complexe que, une fois entré, il est impossible – ou très difficile – d'en sortir. Certains labyrinthes antiques ont peut-être été conçus comme des pièges pour les démons : une fois les créatures malveillantes attirées à l'intérieur, elles seraient piégées, tels des djinns dans une bouteille.

Et, de façon plus plausible en ce qui concerne Lovecraft, Waldemar Fenn suggère que certains labyrinthes préhistoriques devraient être interprétés comme la reproduction des mouvements apparents de corps astraux. Une illustration de *De Groene Leeuw*, de Goosse Van Wreeswyk (Amsterdam, 1672), dépeint le sanctuaire de la pierre philosophale, encerclé par les orbites des planètes comme par des murs et suggérant en ce sens un labyrinthe cosmique ; puisqu'un labyrinthe est un symbole positif d'angoisse existentielle, la présentation de choix innombrables dont un seul est – ou pourrait être – le « bon » choix, les villes – labyrinthes chez Lovecraft, transposées à l'échelle cosmique – suggèrent la possibilité d'une panique éternelle et infinie.

Le labyrinthe est le symbole de l'intériorisation, de la spiritualité, du voyage tourmenté vers le centre de l'inconscient, le cœur des ténèbres. Dans ces ténèbres, la cécité présente un avantage : « Les cavernes les plus profondes ne doivent pas être sondées par les yeux clairvoyants », tire Lovecraft du *Necronomicon* de l'Arabe fou. Un des tout premiers récits de Lovecraft commence ainsi : « J'étais perdu, complètement perdu et sans espoir dans l'immense gouffre digne d'un labyrinthe de la Grotte du Mammouth » (*La Bête dans la grotte*). Pas de labyrinthe sans un Minotaure au cœur de celui-ci. Il faut se perdre afin de se retrouver ; la forêt, le labyrinthe et les taudis entassés dans une grande ville ont tous la même fonction, paysages d'une perplexité concrète dans lesquels – terreur la plus puissante et la plus primitive – on risque de se perdre soi-même complètement. Le labyrinthe, c'est la voie vers l'intérieur ; au-dehors, dans la lumière du jour, dans la salle des professeurs de la Miskatonic University, par exemple, il n'y a aucun danger.

La description de la ville de Providence, Rhode Island, dans *Le Cas de Charles Dexter Ward*, montre une décadence toute particulière du monde extérieur, du monde public sécurisant, et une descente dans les bas-fonds, dans le labyrinthe dangereux. Le jeune Ward vit dans une grande demeure géorgienne, construite, alors que le monde était encore en possession de toute sa raison, au sommet d'une colline, dans l'air pur d'une existence publique, décor extériorisé et donc sûr. Les États-Unis, qui, politiquement, se sont inspirés du siècle des Lumières français, de sa foi en la sagesse innée de l'homme, ont créé, à Providence, une architecture typique de la période, aux proportions classiques, une ville débarrassée des fantômes du passé qui se terrent dans les coins encombrés des villes européennes. Mais la Providence de Ward – qui, vue des fenêtres de sa maison pleine de recoins, ressemble à l'une des villes de rêve de Lovecraft, avec ses flèches, ses dômes et ses toits – est surtout située au haut de la colline. Allons plus bas. Laissons la ville publique siège de l'objectivité. Laissez derrière vous « l'exquise première église baptiste de 1775, somptueuse avec son incomparable flèche Gibbs, les toits géorgiens et les coupoles pointant tout autour ». Descendez les « anciennes petites ruelles », « spectrales dans leur archaïsme dépérissant », descendez vers le « débordement du délabrement incandescent » du front de mer, avec ses débarcadères pourrissants, son vice et sa crasse polyglottes. Comme dans une gravure de Piranesi, les lignes claires de l'architecture palladienne se transforment, par un processus de paranoïa progressive, en un labyrinthe d'inconnu et d'angoisse. Red Hook, à Brooklyn, « est un labyrinthe de crasse antique tout près du front de mer », « un enchevêtrement de pourriture matérielle et spirituelle », alors que, comme à Providence, la présence de l'Océan, père de tous les monstres, « demeure insondable », résidence de Dagon et des amphibies étranges de Lovecraft, suggère l'horreur de l'informe. New York connaît pour « Lui » la même décadence. Vue pour la première fois par un nouveau venu, d'un pont au coucher du soleil, la ville ressemble à un Eldorado, cité de rêve légendaire avec « ses incroyables pics et pyramides se dressant à la façon de fleurs, délicatement, au-dessus de nappes de brume violette ». Mais quand on la connaît mieux, on découvre une ville « presque morte, son corps gisant imparfaitement embaumé, et infesté d'étranges choses inanimées, qui n'a rien à voir avec ce qu'elle était de son vivant ». Le nécromancien, le « Il » du titre, ramène le narrateur en arrière dans le temps, jusqu'à une ville innocente du passé colonial, puis lui révèle, dans un miroir magique, la ville du futur. « Je vis les cieux grouillant de curieuses choses volantes, et en dessous, une ville noire et diabolique de terrasses de pierres géantes avec des pyramides impies s'élançant sauvagement vers la lune et des lumières infernales brûlant à travers des fenêtres innombrables. Et, grouillant de façon repoussante sur des galeries aériennes, je vis les habitants jaunes et au regard malveillant qui peuplaient cette ville, horriblement vêtus d'orange et de rouge, dansant comme des fous au rythme de timbales enfiévrées... »

Le rêve d'Eldorado s'est aussi transformé en une des cités de cauchemar, toutes de pierres noires, qui s'étendent également au-delà des murs du sommeil. Le narrateur s'échappe de la demeure du nécromancien, qui se situait au cœur d'un labyrinthe, point central dans lequel était préservé l'épouvantable secret. « Je n'ai jamais essayé de retourner dans ces ténébreux labyrinthes. » Il retourna vers l'innocente Nouvelle-Angleterre, en empruntant ces chemins « parfumés du vent du large, le soir ». Cependant, si l'on tient compte de la signification de l'Océan dans la mythologie de Lovecraft, cette innocence est illusoire ; à tout moment, elle risque d'être envahie par les habitants informes des profondeurs. Gnorri, barbu et muni de nageoires, n'a-t-il pas bâti « de singuliers labyrinthes dans la mer, en dessous de la ville d'Ilek-Vad » (*À travers les Portes de la clé d'argent*) ?

L'innocente Nouvelle-Angleterre, que Lovecraft évoque de temps à autre comme un symbole de rusticité, est, cependant, habitée par des démons. Arkham, avec son enchevêtrement de ruelles non pavées, sentant le moisi, « la ville d'Arkham, inchangée, hantée par la légende, avec ses toits en croupe qui penchent et s'affaissent sur des greniers où des sorcières se cachaient des hommes du roi », est en elle-même un labyrinthe. Le secret que renferme ce labyrinthe est le spectre du sacrifice humain et du cannibalisme, qui semble avoir hanté Lovecraft de façon toute particulière.

À Arkham, dans la maison où vivait autrefois une sorcière, Gilman rêve d'une ville infernale, avec « des ogives étranges, des surfaces équilibrées, des dômes, des minarets, des disques horizontaux posés sur des clochetons » – tout cela étincelant dans la clarté gondolée tombant d'un ciel polychrome. Le plan du labyrinthe est transposé des taudis d'Arkham, il devient une épreuve pour les villes entièrement imaginées par Lovecraft et dont les noms semblent être victimes d'erreurs d'imprimerie. Ilek-Vad, R'lyeh, Sarnath, Ulthar, Thalarion, « cette ville fascinante et repoussante [...] où seuls errent des démons et des choses folles qui ne sont plus des hommes ». Les entités qui demeurent en ces lieux ne sont pas constituées de chair.

Lorsque nous jetons un coup d'œil sur le profil majestueux que ces villes découpent sur le ciel, nous comprenons que nous avons laissé loin derrière nous les terreurs enracinées dans le monde réel de forêts, de taudis et de front de mer. L'architecture n'est absolument pas fonctionnelle et présente souvent une confusion de styles – arches gothiques, porches Renaissance, pyramides aztèques, dômes maures –, pillage à grande échelle de toutes les villes réelles ou imaginaires.

Parfois, cette architecture inhabitable ressemble à ces cités de brume et de dentelle dessinées par Paul Klee. « Les murs de Sarnath étaient en briques vernies et en calcédoine, chacun ayant son jardin entouré d'un mur et son petit lac cristallin » (*The Doom that came to Sarnath*). D'autres ont la sonorité métaphysique des perspectives de De Chirico, comme Atlantis, la cité sous la mer, dans *Le Temple* (The Temple) : « Vaste étalage sophistiqué d'édifices en ruine, le plus souvent en marbre, immaculés et inviolés dans la nuit infinie et le silence d'un gouffre marin. » Ce sont des villes qu'il faut voir, mais où on ne peut pas vivre.

Ces cités de rêve commencent souvent comme des visions de beauté rendues avec tout le talent pour l'hyperbole Kitsch qui était celui de Lovecraft ; mais bientôt, le rêve tournera mal, la complexité paranoïde des colonnades (que Max Ernst aurait probablement appelées « phallustrades »), les allées, les rampes, les tourelles commencent à distiller leurs propres ténèbres. L'hallucination tourne au délire. Les terrasses croulent ; les fondations s'effondrent ; nous percevons le résidu d'un cauchemar et nous sentons l'imminence d'une catastrophe. Une inquiétude se tient cachée dans les péristyles. Et nous sommes contraints de nous rappeler que peu, très peu de rêves sont en fait totalement agréables.

Un certain son accompagne toujours la transformation de ces paysages qui passent du rêve à la terreur : celui des flûtes. La neurasthénie propre à Lovecraft (semblable à celle de Roberick Usher), sensible aux sons, aux textures et à la température, utilise sans cesse cette plainte de la flûte, en prélude à une crise de l'imagination qui fera sortir de leurs cavernes les entités informes ou changera une calme demeure de la Nouvelle-Angleterre en un lieu de terreur. Dans *Les Rêves dans la demeure de la sorcière* (*The Dreams in the Witch House*), Gilman, l'étudiant, définit la source de cette musique comme « le trône du chaos où des flûtes ténues jouent, indifférentes ». Le son de la flûte annonce l'approche des portes du monde intérieur dans *Le Festival* (*The Festival*). Dans les montagnes de l'Antarctique, les roches elles-mêmes émettent un bruit ténu, aigu, celui du vent qui s'engouffre dans leurs anfractuosités ; elles forment comme un jeu de flûtes de Pan en pierre, « les cimes désolées sont balayées par des rafales violentes, intermittentes, du terrible vent antarctique dont les cadences suggèrent parfois vaguement un son de flûte sauvage et à demi sensible, dont les notes couvrent une vaste gamme et qui, pour quelque raison mnémonique inconsciente, me semblait inquiétant et même un peu angoissant » *(Sur les montagnes de la folie)*.

Ce son, qu'il provienne d'une flûte, du vent, ou de grenouilles mugissantes, prélude toujours à la terreur. Il ressemble, et c'est inquiétant, à l'atroce note de violon aiguë, retenue, du quatuor à cordes autobiographique de Smetana, *Ma Vie* (My Life), que celui-ci utilise pour décrire le son ténu, poignant, qui lui annonçait sa propre surdité.

L'Antarctique de Lovecraft forme le plus terrible de tous ses paysages. Ce morne royaume de glace et de mort, le lieu où « l'Ancien Marin » (Ancient Mariner) rencontra « le brouillard et la neige » est d'emblée une version accentuée de l'Antarctique véritable : une vision de l'horrible plateau de Leng, le toit du monde ; la ville-labyrinthe des Créatures Anciennes (Elder Beings). C'est une structure symphonique de paysages. Selon De Quincy, Coleridge, avant de commencer *Le Poème de l'ancien marin* (*The Rythme of the Ancient Mariner*), avait envisagé « un poème sur le délire, confondant son propre scénario de rêve avec les choses objectives et relié à l'imagerie des hautes latitudes ». Sur ce plan, Lovecraft apportait ses propres terreurs ; il avait une horreur profonde, et même une totale allergie, pour les températures inférieures à 20 degrés et, bien souvent, à la fin de son existence, inférieures à 30 degrés.

Si trop de vies grouillent dans la forêt convulsive, elles sont totalement absentes du pays des brumes et des neiges. Les mirages dus à la brume du « grand continent inconnu et de son monde caché de mort gelée » transforment les icebergs en « remparts d'inimaginables châteaux cosmiques », lieux d'exil perpétuel. La blancheur de la neige représente le vide infini du véritable mystère ; la découverte d'une chaîne de montagnes dans le sous-continent révèle aux explorateurs « un passage vers un monde défendu de merveilles inexplorées ». Sous un ciel hermétique, le paysage lui-même devient vaste cryptogramme, qui, une fois éclairci, révèle à l'homme son insignifiance par rapport à l'ordre cosmique.

Le spectacle des cimes montagneuses « insinue de façon persistante et pénétrante un secret prodigieux et une révélation potentielle ». Elles ressemblent à un mandala. Elles forment l'entrée d'une caverne équivoque. « On aurait dit que ces flèches rigides, sorties d'un cauchemar, matérialisaient un passage effrayant dans des sphères de rêve interdites et dans des abîmes de temps passé, de dimensions non spatiales. » Montagnes de la démence pure, leurs pentes donnent sur quelque abysse maudit et ultime. (Il n'est guère besoin de souligner l'aspect sexuel de l'imagerie de Lovecraft.)

C'est le paysage de l'abandon, de la désolation, de la mort ; le passage vers le plateau de Leng, métaphore d'une désolation totale ; ici encore se trouve un labyrinthe de « masses minérales géométriquement eurythmiques » construites en « diabolique violation des lois naturelles ». Nulle main humaine n'a aidé à ciseler les pierres de cette vaste cité abandonnée. Là encore, l'architecture représente des tours et des ponts reliés entre eux ; Lovecraft admirait sans doute l'architecture futuriste du *Metropolis* de Fritz Lang.

Cette ultime énigme de pierre est « un enchevêtrement complexe de ruelles et d'allées tortueuses, qui sont toutes de profondes gorges, et un peu plus que des tunnels grâce à la maçonnerie en surplomb de ponts suspendus ». La cité tout entière représente la cachette idéale et sophistiquée du monde ou de l'antimonde, des secrets obscurs ; l'effroyable Minotaure dissimulé en son sein témoigne d'une préhistoire de la planète jusqu'ici inconnue, planète où l'homme n'aurait pas sa place. L'architecture, d'une « variété infinie, d'une puissance surnaturelle et d'un exotisme total », représente des cônes, des terrasses, des colonnes brisées et un motif d'étoiles à cinq branches qui revient très souvent, avec ses harmonies kabbalistiques. Cette cité, avec ses monuments et ses décorations murales, est absolument morte. « Nous errions sans aucun doute dans une mort qui régnait au moins depuis cinq cent mille ans. »

Le narrateur et son compagnon, Danforth, désormais seuls survivants de l'équipe d'explorateurs partis du monde rationnel de l'université de Miskatonic, s'engagent dans le labyrinthe. Comme Hans et Gretel dans la forêt, ils sèment sur leur chemin de petits morceaux de papier jusqu'à ce qu'ils arrivent devant un porche monumental – « avenues ciselées menant au sombre monde intérieur dont nous ignorions auparavant l'existence, mais que nous ne souhaitions pas traverser ». Le labyrinthe les a amenés jusqu'au porche donnant sur des ténèbres absolues, jusqu'à une colonne tombant à pic qui les emporterait au bord d'un grand abîme. Dans ces contrées, des pingouins albinos, aveugles, créatures foetales, constituent la seule faune. C'est le paysage authentique de l'intériorité, du lieu intérieur par définition, la matrice. L'imagerie intra-utérine est d'autant plus saisissante que l'on trouve, dans ce gouffre, les restes d'une immense tour. Dans ce décor d'une stérilité dévastée, ils découvrent la preuve concrète d'une vie autre ou humaine – le cadavre de leur ami explorateur, Gedney, et de l'un des robustes chiens de l'équipe, conservés à grand soin, comme des spécimens de laboratoire. Et c'est ce qu'ils représentent, en effet, pour les Anciens (Elder Ones) qui peuplent ces contrées de l'intériorité : d'intéressants exemples d'une forme d'existence inconnue.

Cette peur élémentaire du non-être forme les perspectives paranoïdes des paysages de Lovecraft.

BIBLIOGRAPHIE

Des extraits du *Necronomicon* et du *commentaire*

Manuscrits

Magical Treatises, par Gajus, Forman, Dee et Kelly, British Museum, Add. Manuscrit 36.674, XVIe siècle.

Invocation of Spirits, British Museum, Sloane 3702, XVIIe siècle.

Tractatus Magici et Astrologici, British Museum, Sloane 3821.

Schema Magicum, British Museum, Sloane 430, XIVe siècle.

De Maleficiis, British Museum, Sloane 3529, XVIe siècle.

Œuvres imprimées

AGRIPPA Henry Cornelius, *Three Books of Occult Philosophy* (traduction de James French), Londres, 1651.

PARACELSE, *The Archidoxes of Magic* (traduction de Robert Turner), Londres, 1656.

Magiae Albae et Nigurae Citatio Generalis, Rome, 1501.

SCOT Reginald, *The Discoverie of Witchcraft*, 1584.

MURREY M.A., *The Witch-Cult in Western Europe*, Londres, 1921.

BARRETT Francis, *The Magus*, Londres, 1801.

FRAZER James, *The Golden Bough*, Londres, Macmillan and C° Ltd, 1963.

The Leyden Papyrus, éd. F.L. Griffith et H Thompsen, Dover Publications Inc., New York, 1974.

Al-Azif (Le *Necronomicon)* par Abdul al-Hazred, Owlswick Press, Philadelphie, 1973.

BLAVATSKY H.P., *The Secret Doctrine* (3 volumes), The Theosophical Publishing House Ltd, Londres, 1928.

FORT Charles, *The Book of the Damned*, Abacus, Sphere Books Ltd, 1973.

FORT Charles, *New Lands*, Sphere Books Ltd, 1974.

KEEL John A., *Strange Creatures from Time & Space*, Neville Spearman.

SPENCE Lewis, *The Myths of Mexico & Peru*, Harrap & C, 1913.

MACKENZIE Donald A., *Indian Myth & Legend*, Gresham Publishing C°.

POIGNANT Roslyn, *Myths & Legends of the South Seas*, Hamlyn, 1970.
PLOTT Robert, *The Natural History of Staffordshire*, 1686.

Autres sources

Extrait de *Tables kabbalistiques magiques*, par Cid-Ali-Baal Zoroastre, 1674 ; *The Aboknazar Codex ; Clavicula Salomins of Zekerboni & Aboqunazar ; The Polygraphia* de Trihème ; *The Order of the Cubic Stone Archives* de Wolverhampton. Ainsi que *The Complete Works of H.P. Lovecraft*, diverses éditions.

POSTFACE

Des livres maudits d'Amérique au *Necronomicon* : une suggestion de filiation

« Vous avez eu de la chance de trouver des exemplaires de l'infernal et abhorré *Necronomicon*. S'agit-il de la version latine imprimée en Allemagne au XVe siècle, de l'édition en grec publiée en Italie en 1567, ou encore de la traduction en espagnol, qui date de 1623 ? À moins qu'il ne s'agisse de versions différentes ? Pour ma part, je suis obligé de me contenter de l'exemplaire qui se trouve sous clé dans la bibliothèque de la Miskatonic University, à Arkham. Quel malheur que le texte original en arabe ait été perdu ! »

Ainsi s'exprimait H. P. Lovecraft dans une lettre du 13 mai 1936 adressée à deux jeunes fans, Jim Blish et William Miller Jr[1].

Le contenu de la lettre suivante, datée du 19 mai, sonne bien différemment : « À propos du *Necronomicon*, juste ciel ! j'étais persuadé que vous saviez

1. Voir H. P. Lovecraft : *Lettres d'Innsmouth, Cahiers d'Études lovecraftiennes* n° 1 (Éditions Encrage, 1989), p. 64.

qu'il s'agissait d'un ouvrage purement imaginaire ! L'annonce où vous avez lu qu'il était à vendre au prix de 1,45 dollar était une plaisanterie ; je ne sais pas qui l'a faite, mais je soupçonne cependant le jeune Bloch. Tous les mystérieux livres maudits cités dans les magazines d'histoires fantastiques sont imaginaires. J'ai inventé *Le Necronomicon*, Clark Ashton Smith a imaginé le *Livre d'Eibon*, Robert E. Howard est responsable de l'*Unaussprechlichen Kulten*, Searight a "découvert" les *Eltdown Shards*, Bloch est à l'origine de *De Vermis Mysteriis* de Ludwig Prinn, comme du choquant *Culte des Goules*, et ainsi de suite[1]... »

Pourquoi ce brusque revirement de Lovecraft, à quelques jours d'intervalle seulement ? Pour éviter à ses jeunes admirateurs de gaspiller leur argent dans l'achat d'une grossière contrefaçon ? Par crainte pour leur santé mentale et volonté de décourager leur quête, compte tenu du danger bien connu que court tout esprit, même des plus solides, à la lecture de ce texte odieux ? Ou encore, hypothèse effarante, parce que *Le Necronomicon* serait un ouvrage *vraiment* imaginaire, une pure invention de Lovecraft ? Et dans ce cas, que dire du volume que vous tenez entre les

1. *Ibid.*

mains, cautionné par tant de sommités lovecraftiennes, évidemment au-dessus de tout soupçon ?

Malheureusement, vous ne trouverez pas dans cette postface les réponses à ces angoissantes questions : elles dépassent largement la compétence de son modeste rédacteur, lui-même étourdi par ce formidable mystère. En revanche, vous y ferez peut-être une découverte : l'Amérique vue en tant que patrie de livres maudits, dont nous analyserons brièvement deux représentants tout à fait typiques de ce curieux corpus américain – le premier à l'existence relativement connue du grand public ; l'autre plus obscur, mais non moins remarquable.

Le fait semble au premier abord paradoxal : comment un pays aussi jeune pourrait-il cacher des textes antiques interdits, révélant un passé inconnu et inquiétant de l'humanité, bouleversant les mythologies traditionnelles établies par les textes sacrés de l'Ancien Monde ?

Parfois, le plus simplement du monde : en creusant au bon endroit. Pour cela, il vaut mieux cependant se targuer de soutiens puissants, qui peuvent faire gagner un temps précieux.

Joseph Smith Jr (1805-1827), natif de Sharon (Vermont), fondateur de l'« Église de Jésus-Christ des saints des derniers jours », mieux connue sous la dénomination d'« Église de Mormon », bénéficia pour sa part des conseils éclairés de l'ange Moroni qui, dans une série de visions, lui révéla l'emplacement précis de tablettes gravées en or, détentrices de mystères sacrés. Joseph Smith se rendit à l'endroit indiqué par l'ange, dans l'État de New York, à quelques kilomètres de Rochester. Il creusa… et trouva comme prévu une boîte taillée dans le roc contenant les tablettes – accompagnées de deux pierres serties d'argent, nommées *Urim* et *Thummi*, et qui devaient servir, paraît-il, à « interpréter » les tablettes.

Que sont devenues les tablettes en question ? Personne ne le sait, mais plusieurs témoins de l'époque, dont certains ayant quitté l'Église de Mormon et ne pouvant donc être taxés de complaisance, ont confirmé leur existence. Il est même possible de se faire une idée de leur contenu en lisant *Le Livre de Mormon*, qui se présente comme leur traduction officielle, publiée en 1830. La lecture en est certes un peu aride, voire ennuyeuse, mais le chercheur patient y apprendra que les Indiens ont pour ancêtres les membres d'une tribu d'israélites qui émigra jadis en Amérique du Nord. Une révélation d'importance, que quelques chercheurs audacieux avaient déjà pressentie.

Spéculons un peu. Rien n'interdit de penser que Joseph Smith ne dissimula pas au public quelques-unes des révélations les plus choquantes contenues dans les tablettes originales. D'ailleurs, la disparition de Joseph Smith n'est-elle pas éminemment suspecte ? Emprisonné à Carthage (Illinois), il sera assassiné le 27 juin 1844 par une foule en furie qui envahit sa cellule. Ce n'est pas faire preuve de paranoïa de supposer que Joseph Smith en savait un peu trop sur certains sujets…

Les esprits peuvent employer d'autres moyens pour révéler aux mortels les grands mystères de l'histoire de notre planète. La dictée, par exemple. Procédé désagréable, qui possède l'inconvénient supplémentaire de ne pas laisser de trace physique indiscutable. Force est alors de faire confiance au courageux médium quant à l'authenticité des révélations. Courageux, car la transcription des messages provenant de sphères supérieures peut ne pas être de tout repos. John Ballou Newbrough (1828-1891), natif de l'Ohio, dentiste de son état, en sait quelque chose, qui rédigea sous la dictée d'anges mystérieux un ouvrage sidérant.

En 1881, poussé par une force surnaturelle, Newbrough achète une machine à écrire. Alors, des esprits apparaissent et l'obligent à s'en servir. Le malheureux Newbrough se transforme littéralement en marionnette entre leurs mains. Laissons-lui la parole :

« Mes doigts couraient sur le clavier de la machine à écrire à la vitesse de la lumière. Il m'était interdit de lire ce que j'avais écrit […]. La même puissance reprenait possession de moi chaque matin. Mes mains tapaient, tapaient sans cesse. Cela se renouvela tous les jours, pendant cinquante semaines. Puis il me fut ordonné de publier le livre qui devait s'intituler *Oashpe.* »

Et, on s'en doutait, John Ballou Newbrough ne savait pas taper à la machine. Les chercheurs privilégiés qui ont eu accès au tapuscrit original ont pu le vérifier.

Sidérant, *Oashpe* l'est à plus d'un titre. D'abord, sa taille : mille pages, sur deux colonnes, près de cinq millions de signes ! Un véritable monument.

Ensuite, son contenu : *Oashpe*, sous-titré *The New Bible*, raconte non seulement l'histoire de l'humanité, mais encore celle de l'univers tout entier, en se fondant sur une cosmogonie incroyablement complexe, et en remixant d'une manière délirante certains éléments des plus importantes mythologies de l'humanité jusqu'à les rendre presque méconnaissables. Avec, en prime, une masse particulièrement dense de révélations nouvelles qu'il serait vain de chercher dans les textes sacrés que nous connaissons. Les anges ne se sont pas moqués de John Ballou Newbrough.

Enfin, ses illustrations. *Oashpe* s'enrichit d'un nombre considérable de gravures bizarres qui, au lieu d'expliciter un texte déjà plutôt énigmatique, ont tendance à ajouter à la perplexité du lecteur le plus attentif, surtout lorsqu'elles sont censées éclairer la foisonnante cosmogonie d'*Oashpe.* On arrivera cependant à identifier – enfin, si l'on peut dire – de nombreux exemples d'écritures oubliées, souvent à base d'idéogrammes – citons, parmi tant d'autres, les tablettes de Kil, de Zerl ou d'Emp'agatu –, des représentations de monuments disparus, dont le « Temple de Golgootha », aux murs composés d'empilements de crânes, et la curieuse « Tour de Gal », à forme plus ou moins humaine. Une longue série de vortex aux formes torturées, surtout concentrés en début de volume, symbolisent apparemment la difficile gestation de l'univers. Accordons une mention spéciale aux représentations de certaines des races proto-humaines qui ont précédé notre espèce, comme les Yaks et les I'huans. Disons-le tout net : le corpus graphique absolument unique d'*Oashpe* dépasse en mystère et en potentiel d'horreur celui du *Necronomicon* lui-même, et l'ouvrage n'est pas à mettre dans n'importe quelles mains.

Comme Joseph Smith, John Ballou Newbrough, fort de ce prodigieux savoir, forma sa propre secte qui prospère encore de nos jours, sous le nom d'« Essenes of Kosmon ». Newbrough mourut d'influenza en 1891.

On aurait tort de ne vouloir voir en l'Amérique que le pays de la modernité. L'esprit religieux y est fortement développé et les sectes les plus variées s'y épanouissent, ce depuis le début de sa colonisation. Cette religiosité peut prendre des formes très curieuses, surtout lorsqu'elle cherche à asseoir sa légitimité en se démarquant de la Bible traditionnelle. C'est ainsi qu'apparaissent d'étranges ouvrages, aux origines un peu confuses mais incontestablement autochtones, proposant une mythologie alternative qui, tout en puisant partiellement dans celle de l'Ancien Monde, parvient à s'en distinguer assez radicalement. De là à considérer ces productions plus ou moins authentiques – selon le sens que l'on accorde à un tel qualificatif – comme des esquisses du *Necronomicon*, il n'y a qu'un pas.

Nous le franchirons en reprenant, un instant seulement, et pour le plaisir de la discussion, l'hypothèse d'école blasphématoire évoquée timidement plus haut, selon laquelle Lovecraft aurait inventé de toutes pièces *Le Necronomicon*. Si cela avait été le cas, le maître de Providence n'aurait eu aucun mal, pour imaginer son livre maudit, à trouver les éléments de base de la mystification dans son propre terroir. Il n'est même pas indispensable, ainsi que l'a suggéré astucieusement l'essayiste Michel Meurger – inventeur de la fameuse expression *régionalisme cosmique*, qui définit de manière si pertinente tout un pan de la création lovecraftienne –, de chercher des sources d'inspiration étrangères au *Necronomicon*, comme l'énigmatique et fascinant manuscrit Voynich, qui défie encore aujourd'hui victorieusement la sagacité des meilleurs cryptographes[1]. L'invention du *Necronomicon* apparaîtrait alors comme une entreprise typiquement américaine.

À tout prendre, quand on y regarde de près, Abdul Alhazred aurait aussi bien pu naître dans le Vermont, ou dans l'Ohio…

Joseph Altairac,
directeur des *Cahiers d'Études lovecraftiennes*

---

1. Voir « Lovecraft, Newbold et le manuscrit Voynich », in : Michel Meurger : *Lovecraft et la SFI2, Cahier d'Études lovecraftiennes* n° 5 (Éditions Encrage, 1994), pp. 171-187.

Composé par Nord Compo
à Villeneuve-d'Ascq